非物质文化遗产丛书

磨石口传说

杨金凤 编著

北京出版集团公司
北京美术摄影出版社

图书在版编目（CIP）数据

磨石口传说 / 杨金凤编著. — 北京 ：北京美术摄影出版社，2015.7
（北京非物质文化遗产丛书）
ISBN 978-7-80501-825-6

Ⅰ．①磨… Ⅱ．①杨… Ⅲ．①民间故事—作品集—石景山区 Ⅳ．①I277.3

中国版本图书馆CIP数据核字(2015)第114883号

项目策划：李清霞
项目执行：董维东　钱　颖
责任编辑：董维东
执行编辑：鲍思佳
装帧设计：胡白珂
责任印制：彭军芳

北京非物质文化遗产丛书
磨石口传说
MOSHIKOU CHUANSHUO
杨金凤　编著

出　　版　北京出版集团公司
　　　　　北京美术摄影出版社
地　　址　北京北三环中路6号
邮　　编　100120
网　　址　www.bph.com.cn
总 发 行　北京出版集团公司
发　　行　京版北美（北京）文化艺术传媒有限公司
经　　销　新华书店
印　　刷　北京国彩印刷有限公司
版　　次　2015年7月第1版第1次印刷
开　　本　170毫米×230毫米　1/16
印　　张　20
字　　数　288千字
书　　号　ISBN 978-7-80501-825-6
定　　价　66.00元
质量监督电话　010-58572393

磨石口传说

　　民间传说来源于民众的口头创作，也因口耳相传的特点而具有极强的活态传承性。传说这一民间文学中经典带有叙事性的散文体裁形式，产生于原始社会，在神话时代向传说时代转变的过程中，两者相互并存。有专家称之为"神话经过历史发展向传说转化的现象。"

　　传说随着社会历史的变迁不断演变，使得某些传说具有变异性，这与传说的传承方式有关，人们凭着记忆代代口耳相传。在不同时期或不同环境下，传播者根据现实社会需求和自身的审美情趣及祈盼程度进行了某些带有主观臆断的添枝加叶或删繁就简，在传说中融入了当下的社会因素、个人的宗教信仰等多种元素，因此同样一个传说会形成不同版本。本书中的部分传说也存在不同的版本。

《磨石口传说》的内容涵盖了磨石口地区主要散文体民间叙事文学，其中传说是数量最大、也最具特色的部分，因此，以"磨石口传说"为名，作为本书书名。

《磨石口传说》有磨石口地区特有的传说，也有些传说不是磨石口地区的，但是磨石口地区的民众能够讲述。磨石口地区的传说，是千百年来民众创作的与不同时期的历史人物、历史事件、地方古迹、自然风物、社会习俗有关的故事，融入了民众的理想、幻想、愿望和智慧，再经过民众的集体创作、取舍、传播，经过历史长河的大浪淘沙，形成了流传至今的经典故事。

磨石口，作为历史上曾经的古镇隘口、驼铃古道、古老香道、古老村落和寺庙云集之地，融合了多种文化，因而《磨石口传说》所涉及的内容十分广泛，附着着村落的方方面面，包括人们的生产生活方式、宗教信仰、寺庙建筑、民居宅院、古井古道、山川河流等方面。这里既有皇帝敕建的寺庙，也有古民居院落；既有宫廷画师的画作，又有朴素的民间美术；既有寺庙出家人，也有与宦官相关的故事。

磨石口特殊的地理位置也成就了其传说的多样性，驼铃古道穿村而过，村里两边的街道上店铺林立，过去商贾云集，每天经过的驼队络绎不绝，塞外文化、草原文化、水利文化、村落文化、宗教文化和皇城文化在这里水乳交融，相互渗透，这也是磨石口这样一个小小的村落能够流传下来众多传说的原因之一。对传说的传播，关键是活态相传的传播群体，磨石口村落的人群流动性大，也为传说流传至今起到了有效的作用。

如今，磨石口作为北京市的历史文化保护区，未来需要在对村落整体保护的基础上，采取多种保护方式，将《磨石口传说》这一宝贵的非物质文化遗产项目传承延绵。

磨石口，现名模式口，1923年改为今称。《磨石口传说》已被列入北京市级非物质文化遗产代表性项目名录，本书"磨石口"名称，均与项目名称一致。

目录

第一章

磨石口传说形成背景

第一节　磨石口的地理位置

　　磨石口（现名模式口）古镇位于北京小西山的翠微山南麓。京西小西山东起颐和园北，京密引水渠西岸的百望山，西至永定河东岸门头沟三家店北山；南起石景山磨石口，北至海淀温泉一带。 主山梁为东北西南走向，支梁有两条：一是从老望京塔南侧打鹰洼东南向山梁，经香炉峰，向南延伸至八大处七处西侧的翠微山，再向南经虎头峰至石景山雍王府；二是由老望京塔向西，经"小五台"转向西北至海淀苏家坨镇周家巷村东南城子山（当地人称为藤子山）。小西山上寺庙云集，有著名的香山、碧云寺、西山八大处、百望山森林公园、北京植物园、慈善寺、双泉寺、万善桥、法海寺、承恩寺、隆恩寺、明代太监墓址等景区。

　　磨石口古镇是古今出入京西的门户，是京师通往山西、张家口、内蒙古等地的要道，也是晋商进京的要道。磨石口村西面曾有古隘

▲ 旧时磨石口隘口

▲ 磨石口（模式口）大街

口，位于蟠龙山（俗称白家坡）和黑头山（俗称杨家坡）的交会处，在金顶街路与京门路之间，自古以来为东西往来要道。古隘口路窄坡陡，地势险要，是一道可设防的天然屏障。磨石口村南有赵山为屏，北依蟠龙山为靠，西界黑头山，东邻金顶山，西南则是永定河，总面积2平方公里。从明宣德八年（1433年）始，已有"磨石口"之名。过去，凡被称为"口"的地方，多与军事有关，磨石口也不例外，旧时有兵把守。起码在明代，磨石口这个易守难攻的村落就是京西有名的古镇。

　　磨石口具有独特的地理位置，抵山靠河，拱卫京西，地险而易守，道辟而货通，自古以来在军事、经济、文化等方面都发挥了重要的作用。同时，磨石口还是一条古老的香道，仅清代及民国时期，通过此地去妙峰山进香的会档最多时有100多档。

　　过去，北京的城门曾经各有其职。西直门被称为水门，从玉泉山运的水经此门进城，由于皇家园林多汇集于海淀这一甜水之地，来往于城门的人相对较少；但经过阜成门的人就要繁忙得多了，因为西山的矿产、石材、山货、琉璃，以及塞外的皮货等其他商业、宗教、文化往来大多要经过阜成门，因此，作为京西古道上直通阜成门的磨石

▲ 京西民居老门联

口村，就成了商贾云集、驼铃昼夜不断的地方。2014年，北京九中退休教师丁传陶回忆："20世纪50年代，我在九中教语文，住在法海寺，每天都能听到过往的驼铃声，特别是傍晚以后，驼队从磨石口西边的山里一往东边来，叮叮当当的驼铃声就越来越近了，约莫半个时辰，驼铃声就停了，那是驼队从村西进了磨石口村，驼队就在村里歇息、打尖了。村里路边有钉马掌的、有饭铺什么的。"从磨石口村穿村而过的驼铃古道，东连京城，向西进山后过永定河，直通塞外，也

▲ 磨石口村内骆驼店

就有了历史上留下的"过山总路"之称。

有人把磨石口古道称为"煤道"，明代邱浚《大学衍义补》中记载："京城百万之家，皆以石炭为薪。"这些煤主要来源于京西，即房山、门头沟、海淀及丰台一带。清末以前，北京主要使用京西煤。据1925年《矿业联合会季刊》记载，京西煤每年由铁路运输进京14万吨，这个数字还不包括由京西骆驼、毛驴等运往京城内的煤的数量。

磨石口村中有一部分人的生产生活是与煤紧密相关的，煤炭的运输方式最早以畜力为主。元代学者熊梦祥在《析津志辑佚》中记述：

"城中内外经济之人，每至九月间买牛装车，往西山窑头载取煤炭，往来新安及城下货卖，咸以驴马负荆筐入市……二三月后不再运煤，而改运草货卖。"畜力运输主要是役使驴、马、骡、牛。磨石口村民既有靠养骆驼为生的，也有以运煤等其他方式为生的。

清中叶以后，随着运煤骆驼的增多，北京地区形成了专养骆驼的"驼户"。京西三家店、五里坨、磨石口、石景山、京南良乡、大红门一带有不少驮户，其中石景山区的衙门口村养的骆驼多达1000多只。驼户分为两类，一类是专门搞运输，

▲ 驼铃古道

给别人拉脚挣钱；另一类是自己买来货物驮到别处卖，既挣脚钱又挣货钱。磨石口村内也曾有过煤窑。阜成门是北京内城的西门，过去俗称"煤门"，运煤的车马均从此门进城。过去城门洞上还镶嵌着一块刻有梅花的汉白玉石，利用"梅"的谐音作为标记。明清以后，京城用煤量越来越大，仅靠阜成门进煤，已难供所需，所以在清康熙年间，作为"水门"的西直门也开始大量进煤了。过去，从"煤门"阜成门出城，径直西去，便踏上了进入西山的大路。一路从磨石口往西北方向经三家店、琉璃渠到王平口的古道，是西山大路的北道。另外一路从磨石口向西，经麻峪跨永定河过峰口庵到王平口的古道，是西山大路的中道。历史上，今石景山区的庞村也有一条进入西山的大路，那就是西山大路的南道，这条南道中途与中道会合后直奔王平口。然后，北、中、南三条古道在王平口聚合为一，再继续延伸西去。

磨石口村北的翠微山上，存有磨石的石料，因此人们认为是磨石的存在让这个村子得名。村子内建于明万历三十三年（1605年）的田义墓有碑文记载："于磨石口莹地之原。"据此来看，此村称为"磨石口"起码已经有400多年的历史了。磨石口盛产质地精良的磨刀石，一种是黑色，一种是黄色。黑色的为油母页岩，质地细腻，宜精

▲ 京西小西山

磨刀刃，是磨石的上品；黄色的为黏土砂岩，粒大浆粗，宜磨大型刀刃。据说，宋代即已开采，山上有石塘多处，分东西两群，现山上存有多处采石塘遗址。

磨石口原有城墙环绕，沿大街设过街楼4座。过街楼设谯楼，有军士把守。入夜，城门落锁，往来车辆不得通行。今过街楼已无存，仅存遗址三处。旧时，磨石口镇有龙形古道三里许，是有名的驼铃古道。民国三十六年（1947年），开通山沟（磨石口隘口）4米加宽至6米，整修路面。这样，人们可由西黄村到黑头山东麓，沿西北斜坡而上，从古隘口南侧西去门头沟，不再穿越磨石口大街。

如今，磨石口大街作为北京市历史文化保护区，仍然保留着原有的历史风貌，1.5公里的大街两侧商贾密集，古民宅、古建筑依然留存。

▲ 磨石口村西民国时期驼铃古道及海藏寺

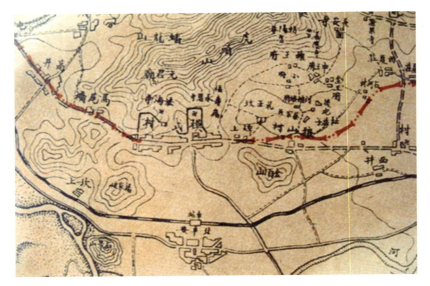

▲ 磨石口老地图

第二节　磨石口的历史沿革

　　1997年，考古学者在磨石口西侧的黄土断崖中发掘出保存完好的古陶罐及发现数处陶片遗存，陶罐的土里有炭化的谷物颗粒，陶片大多为夹砂红陶和少许灰陶，经专家鉴定这为商周时期古人类遗迹。公元前1046年，周武王灭商，封帝尧后代于蓟，蓟之疆域即现在包括磨石口在内的石景山区中西部地区。后来，燕强蓟弱，燕灭蓟，并将国都迁至这一带。后燕国内乱，齐宣王乘虚而入，15天攻破燕国都城。燕昭王姬平即位后，设黄金台，礼贤下士，立志报亡国之仇。经二三十年财力、物力和军力上的积蓄，燕昭王于公元前284年，封乐毅为上将军，统率燕、秦、韩、赵、魏五国兵马攻打齐国，连夺七十余城，齐国的珠玉财宝、车甲珍器全都被燕军掠抢，收置于燕国的宁台、元英、磨室三个宫殿之内。当时的"三宫"，有专家认为就在今石景山区的老古城、北辛安、庞村、磨石口一带。据成书于光绪十二年（1886年）的清光绪年间《光绪顺天府志·地理志九·村镇》记载："（蓟县）西四十里，山底村，亦曰旁村，北辛安，已上村在永定河东，旧有宁台、元英宫、（磨）室宫近此。"民国时期的学者奉宽在《妙峰山琐记》一书中认为"磨石口应即古磨室宫地"。当代著名史学家史树青先生对宁台、元英、磨室"三宫"均在石景山区地域内作出了肯定性的结论，并赋诗一首："蓟城遗迹睡多年，识得城依石景山。考献征文欣有获，宁台磨室信堪传。"学者的考证、专家的肯定不仅有力地证明了磨石口具有悠久的历史，而且也纠正了长期以来磨石口是由于出产磨刀石而得名的说法。既有磨室宫，西边又有山口，故名为"磨室口"。北京市社科院研究员常征先生在《北京史地丛考》一文中认为"磨石"是从"磨室"演变而来的，只是，由于磨

▲ 碾盘

石口村西的山上泥质板岩和碳质板岩质地细腻、硬度适中，是上等的磨石石料，所以，才会出现"磨石口是因出产磨刀石而得名"这种古老相传的民间说法。

历史上，秦始皇时期磨石口属于广阳郡蓟县地。西汉时此地属燕国，后改为广阳郡。250年6月，魏国镇北将军刘靖率兵士千人，在今模式口西南修戾陵堰，开凿车箱渠，用于农业灌溉。隋废郡，复置幽州总管府。唐改诸州为郡，当时磨石口地区属幽州范阳郡幽都县地。因蓟城在唐时是塞北重镇，故唐代著名诗人陈子昂、李白、高适、汪遵等都到过燕蓟一带，并留下不朽诗篇。宋代地理总志《太平寰宇记·卷六十九》载："《汉书·地理志》云：蓟，故燕国名，召云所封之地。垣墙山。一名万安山，在县西五十里，山有铁鼎，其下有旧铸冶处。"[1]（光绪八年金陵书局底本，王为华初校，郭声波初审）万安山在今模式口东北，京西只有模式口西北有一处冶炼所，相传大铁锅、二铁锅就是旧时冶炼的所在。文中所言"山有铁鼎"即为今模式口附近的金顶山。1012年，辽圣宗时，以磨石口中心街为界，北为析津府郊，南属宛平县。金灭辽，磨石口地区北半部为金中都郊区，南半部为宛平县地。1171年，在磨石口南原戾陵堰、车箱渠的基地上，复开金口河，引水至通州，入潞水，以利漕运。1266年，复凿金口渠，从磨石口西南的金口凿山而出，以运西山木石。那时磨石口地区北部属元中都郊区，南部属宛平县地。后中都改为大都，复置宛平、大兴二县，磨石口地区北为大都城郊区，南为中书省宛平县地。明成祖朱棣迁都北京，磨石口地区北半部为顺天府地，南半部为直隶河北宛平县地。从明宣德八年（1433年）开始，已

▲ 戾陵堰图（何大齐绘）

有"磨石口"之名，为村名最早的记载。明嘉靖三十九年（1560年）刊印的《京师五城坊巷胡同集》已将磨石口村同北京通往河北东部、山西及塞外的通道联系在了一起。宛平县令沈榜于1593年撰写的《宛署杂记》中，也记载了磨石口村在交通运输方面的重要作用，磨石口是集商道、军道、香道于一体的"西山大路"的必经之地。1644年，

▲ 1860年9月23日，英军随军摄影师费利斯·比托拍摄的通州燃灯塔

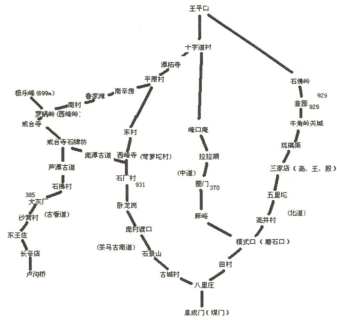

▲ 古道图

清顺治皇帝"定鼎燕京"，北京仍称"京师顺天府"，磨石口归属未变。民国初期，磨石口已成为远近闻名的富庶村落。在时任直隶省议员和永定河水会会长李堪（字雅轩，磨石口村人）的多方斡旋下，1922年2月，磨石口全村通了电，成为北京最早用上电灯的村镇，而且建立了小学校，李堪亲任校长。李堪看到磨石口有电厂、铁厂、煤业，又具有悠久的历史，经济文化会越来越繁荣，应当把家乡办成一个模范村，于是呈文上报宛平县长汤小秋，建议将磨石口改名为"模式口"。1923年春，经宛平县政府批准，磨石口正式易名为"模式口"。

第三节　磨石口的文化环境

一、磨石口的历史文化遗迹

　　磨石口村具有丰厚的文化积淀并且历史遗迹众多，其文化价值在北京乃至全国都具有一定的影响力。磨石口古镇中有一条东西向的驼铃古道，把整个村落分成南北两片。这条驼铃古道周边聚集了不少著名的文物古迹。村内十几处的寺庙中，有闻名世界的法海寺明代壁画，有寺庙内画有皇帝放生图的承恩寺，有明代宦官田义墓，有龙泉

▲ 磨石口村"京西古道"标志

寺、慈祥庵和后来建起的中国第四纪冰川遗迹陈列馆，可谓京西圣地，深山藏珠。与之相隔不远的慈善寺，过去更是香火繁盛，也因为有"顺治出家天泰山"的传说和冯玉祥三次在寺里居住的往事而声名远播。

（一）承恩寺

承恩寺位于磨石口大街北侧，格局完整，建筑宏伟。相传早在唐武德年间（618—626年），此地便有寺院。明正德八年（1513年），承恩寺由旧基而建，并得皇帝敕赐。根据少师兼太子太师大学士李东阳撰写的《承恩寺记》可知，此寺因司礼监大太监温祥所谓的

▲ 古碉楼

▲ 承恩寺

▲ 承恩寺壁画

▲ 承恩寺壁画

"梦"而建。他的一个梦就能使皇帝下"敕谕"，题寺额，而且优免一应繁杂的差役，并禁止在寺院附近建房盖屋，可见其地位之特殊，建寺背景非同一般。从建筑格局上看，承恩寺也有几个特殊之处：寺门前有上马石、下马石，旗杆座等；寺四周建有高大的石砌碉楼；钟鼓楼不在天王殿前，而在其左右；寺后有其他寺庙所没有的操练场，寺对面还有几十亩地的庙产僧园。承恩寺的庙产占了模式口的半条街。村西的田义墓、隘口和庙西的塔院连同高井村的翠云庵都属于承恩寺的庙产。有资料表明，承恩寺曾为"明代光宗舍佛者"，即该寺的住持居然是明代光宗皇帝的"替身"，称作"帝释"或"帝僧"。明神宗万历皇帝来石景山观浑河时也曾驻跸寺内；清代的礼亲王把此寺作为家庙，醇亲王奕𫍲多次在寺内住宿。承恩寺的天王殿里，至今还完好地保存着以"放生""放飞"为主题的明代中期的壁画，距今已近500年，壁画不如法海寺壁画那样细腻，但仍属皇家画派的作品，学者舒乙先生观后评价说："法海寺画的是神，而承恩寺画的是人。前者是宗教的，后者是世俗的。前者是天上的，后者是人间的。相比之下承恩寺壁画的人文价值显得尤其可贵。"

（二）法海寺

建在磨石口村北蟠龙山南麓的法海寺，传说是因太监李童梦后而建，明英宗赐额。表面上看是由李童倡导集资，实际上在英宗支持下，有藏僧法王、内阁大臣、宦官内侍等重要人物参与，并由工部的营缮所全面负责建造。明正统八年（1443年）寺庙建成后，英宗亲题"敕赐法海禅寺"匾额，后又赐《大藏经》一部、青铜佛钟一口。

▲ 法海寺

▲ 法海寺壁画文殊菩萨

▲ 东壁赴会图（法海寺壁画）

法海寺建筑融合了很多藏传佛教的特色。人们为法海寺归纳了"五绝"：四柏一孔桥和两棵白皮松为大自然原生态的奇绝；青铜梵钟为英宗敕赐；而曼陀罗藻井和明代壁画则是劳动人民智慧和汗水的结晶。藻井是我国传统建筑室内顶棚上的一种装饰性木构件，顶部为穹隆状的天花，饰以花纹、雕刻和彩画。法海寺大雄宝殿内3个造型相同的曼陀罗藻井，是我国现存的明代藻井中的精品，分别置于三世佛的顶部。法海寺壁画更是以其宏伟的气势、壮观的场面、巨大的画幅和高超精湛的绘画技艺著称于世。法海寺壁画无论从设计布局、内容情节、人物造型、服饰花纹、山水树石、奇花异草，还是技巧上白描、重墨、着色等各方面无不达到完美和谐的统一，具有极深的艺术内涵，是中国传统工艺——重彩画绘于墙壁上的典范，可与敦煌壁画相媲美。因此，早在1950年，当著名画家徐悲鸿先生发现壁画部分被损坏时，便立即反映到文化部，时任文化部部长的沈雁冰做了重要批复，并提出了保护法海寺壁画的重要指示。几十年来，党和政府为保护法海寺壁画做了大量工作，尤其是近几年，不惜拨巨款修缮庙宇、复制壁画，使500多年前的原作得到了更全面、有效的保护。

法海寺附属建筑——龙泉寺，位于法海寺之西，俗称"西庙"，始建年代无考，初称"龙泉古寺"，明末清初改称"碧霞元君祠"，清康熙年间易名天仙圣母祠，又称"圣母祠"。每年农历四月，京都诸"圣会"均赴蟠龙山圣母祠进香。

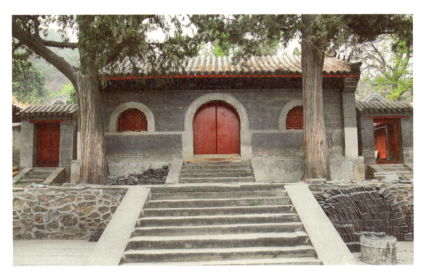

▲ 龙泉寺

（三）田义墓

位于磨石口大街北侧的田义墓也具有很高的文物价值。田义生于明嘉靖十三年（1534年），9岁入宫，侍奉过嘉靖、隆庆、万历3个皇帝，深得皇帝宠信。明万历三十三年（1605年）田义去世，万历皇帝辍朝三日，赏大量冥钱，赐祭三坛，赏东园秘器，令工匠挖地宫下葬，特竖享堂碑亭，祠额题"显德"。后代有些太监仰慕他的德行，死后也葬于他的墓侧。于是，田义墓成了宦官墓园，完整地展现了

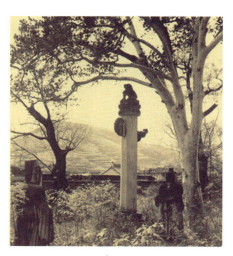

▲ 田义墓墓道华表和翁仲（民国）

明清宦官墓园的建筑风貌，现为北京市重点文物保护单位，后经修葺，已建成北京唯一的宦官文化陈列馆。田义墓园保存的众多石雕石刻文物，堪称明清石雕艺术的宝库，规格高、体系完整。田义墓前的石碑高大凝重，约有10吨重，上面雕刻有42条蟠龙游龙。石刻内容丰富，佛、儒、道兼融，既有象征佛教的莲花、八宝，也有象征道教的八音、八仙等。石刻具有浓郁的崇尚自然、热爱生活的人文思想，人物、动物、花草游鱼一应俱全。精雕细刻，栩栩如生。每组雕刻都蕴含一个生动的故事，如米芾拜石、羊续悬鱼、苏武牧

▲ 田义墓棂星门及石翁仲

▲ 田义墓石王供

▲ 墓围石刻

羊、彭祖焚香、商山四皓、烂柯山传说、刘海戏金蟾等，反映了民俗中的福佑愿望和对美好生活的追求，具有博大精深的文化内涵。

（四）中国第四纪冰川遗迹陈列馆

位于磨石口村北福寿岭南坡，永定河引水渠北侧。冰川擦痕形成于距今300万—100万年前的第四纪时期，擦痕多呈钉头鼠尾状，清晰可辨，集中成片，保存完整。1954年，地质学家李捷在勘测永定河引水渠的地质地貌时，发现在磨石口大街的翠微山东南脚下、永定河引水渠北侧的山坡上，有一处裸露的岩石表面有许多刨蚀而成的深、

▲ 冰川擦痕

细、长的痕迹，而且大都指向东南。当时的地质部长李四光亲自前往当地考察，经过李四光等国内外专家学者鉴定后，被认定为第四纪冰川擦痕，后来在当地建了一个第四纪冰川遗迹陈列馆（2008年重建）。此处冰川擦痕形成于距今300万—100万年前的新生代第四期，在我国北方极为罕见，属首次发现，是华北罕有的科学实物资料，为研究远古地质、气候、生物及古人类提供了极为珍贵的资料。1957年，地质部与北京市人民政府将其列为市级重点文物保护单位，并设护栏加以保护。

▲ 清明植树碑

磨石口第四纪冰川基岩冰溜面遗迹形成于第四纪气候大幅度波动的寒冷期，那时由于降雪量骤增，且远大于化雪的量，于是在山上海拔高度条件适合的区域积雪成冰，当冰的厚度和重量为山体无法承受时，冰体便在自身重力作用下随山势向下运动，即形成冰川。基岩冰溜面即是冰川经过时被刻磨、铲刮出痕迹的山岩。石景山地区曾经发生过多次岩浆岩活动，其中以中生代燕山期火山岩活动最为频繁，岩浆岩最大厚度在磨石口一带，达676米。

（五）清明植树碑

位于蟠龙山上，距法海寺一里许，于民国十三年（1924

年）立。青石碑高1.6米，底部长0.4米，正面镌"辑威将军京兆尹刘梦庚手植"，背刻"中华民国十三年植树节"。磨石口村92岁老人李天泰说，他们小时候管这座有植树碑的山叫"植树山"。磨石口村1923年改名为模式口，1924年就有了清明植树碑，可见模式口在植树造林上在当时也是个模范村落。

（六）天泰山慈善寺

慈善寺在磨石口村西北方向，位于天泰山上，曾称天台寺。慈善寺始建于明末清初，至今已有400多年历史。整个寺庙占地面积约15万平方米，共有38座殿宇，100多间房舍，建筑面积3000多平方米。慈善寺分中东西三路，以西路的大悲殿为主。大悲殿三楹，正中供金漆木雕观音像，两旁有碧霞元君等八尊塑像，这种佛、道两家共进一堂的殿宇，在京郊不多见。慈善寺是京西一座集佛教、道教和民间诸神为一体的庙宇。民国初年张恨水先生审编的《北平旅行指南》中记载："进山门后有七座小庙，号庙七，是乾隆游寺时敕建，是按北斗

▲ 天泰山慈善寺

▲ 慈善寺燃灯塔

七星方位排列。"慈善寺的名气既与顺治在此出家坐成肉胎的传说有关，又与爱国将领冯玉祥将军有关。民国时期，爱国将领冯玉祥将军曾在1912年5月至1925年1月三上天泰山慈善寺。慈善寺的南山坡有座藏式塔，高约10米，相传为魔王和尚衣钵塔。每年三月十五日，为魔王和尚成道之期，慈善寺开庙三日，堪称京西香火极盛之寺。《燕京岁时记》载："每岁三月十八日开庙，香火甚繁。"在该寺西墙外有多座石碑林立，碑刻上记载慈善寺"例于每年三月之望，为古佛成道之期，远近村民、绅商学界、善男信女焚香顶礼者络绎塞途，感灵祈福者争先恐后……诚为一方香火极盛之寺也"[2]。史料证明，从清乾隆年间起，如意礼仪钱粮圣会、上吉如意老会、鲜果圣会、放堂圣会等大型民间集会都在慈善寺举行，是旧时京西著名的庙会所在地之一，也是京西古香道从香山至妙峰山的必经之路。那时，上香、游玩的人络绎不绝，踩高跷、唱落子的也来此走会。

寺内外石刻众多，其中有冯玉祥将军留下的"勤俭为宝""真吃苦""耕读""淡泊""谦卦""灵境"等石刻，还有一处石刻是从《周易》中摘录的"八卦谦"200多字，每字半尺见方。慈善寺内有一个洋日晷，于清乾隆五十五年（1790年）制作，其来历不详。

（七）翠微山双泉寺

　　双泉寺位于石景山区黑石头乡双泉山上，历史上曾是金章宗避暑之地，因为寺的右侧有双泉，因此得名。明宣德二年（1427年）奉旨与大能仁寺弘善妙智国师为下院。成化五年（1469年）赐名"香盘禅林"。嘉靖元年（1522年）重修，并立碑撰记。清光绪年间曾进行过修缮。双泉寺地处前往慈善寺进香的要道，坐北朝南，进山门为一进院落，进二道门有影壁，大殿门额书"清抹普润"。主要建筑有山门、正殿、配殿、厢房等。寺内有泥佛、铁佛、铁钟、黑龙壁画等。双泉寺北数百米处有一座祈福宝塔，寺前有明代所建的单孔石拱桥——双泉桥，清光绪年间重修，易名为"万善桥"。昔年，双泉寺前设有茶棚，很热闹。过往的香客和来此踏青的人，可以在这里喝上一杯清香的双泉茶，歇一歇脚。双泉寺以北400米处的巨石上，留有两处石刻：其一为"翠微山"石刻，隶书，50厘米见方，石刻下面刻一

▲ 双泉寺旧照

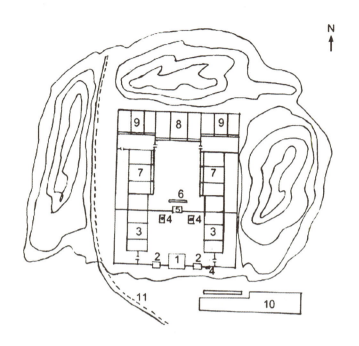

1.前殿 2.旁门 3.东西厢房 4.石碑 5.二门 6.照壁 7.东西配殿
8.正殿 9.东西耳房 10.双泉寺村生产队办公室 11.通往天太山小路

▲ 1958年文物普查时的双泉寺建筑示意图

首诗："转壑攀云路不迷，宦情尘虑暂相违。老禅究竟真空想，特为摩崖写翠微。"其二是翠微山石刻以东2米多的地方有一"佛"字石刻，隶书，66厘米见方。

　　明清以来，上至帝王将相，下至文人墨客纷纷前来，如冯玉祥将军曾视察过早期的"磨石口村小学"。老舍先生中学时代就来到磨石口东的金顶山参加"军事演习"，并创作了古体诗《野战行》，还把磨石口、北辛安一带的风土人情写进了他的著作《骆驼祥子》。无产阶级革命家邓颖超在1937年曾到磨石口西侧福寿岭的西山平民疗养院治病疗养，其间，她做了大量的革命工作。1973年，周恩来和邓颖超曾旧地寻踪。

二、磨石口民俗风情古朴悠久

经历代繁衍生息，磨石口逐渐形成了具有京西地域特色的古朴民俗风情，特有的民俗风情孕育了内容丰富的民间传说。

磨石口明清民居一条街，套用了北京四合院的基本建筑格局，巧妙地利用地形地势依山麓沿古道而建，随高就低，形成独有的特色。房屋硬山起脊，可抗风沙，泄雨水；抬梁式木架结构，承重在柱

▲ 磨石口过街楼旧照

▲ 民宅屋脊

▲ 民宅门墩

▲ 过街楼遗址

不在墙，可抗震；砖石混用，条石为基，砖瓦多为院落房屋的外装饰材料。四梁八柱的松木和石料基本上就地取材，砖瓦灰一般来自村中私办的窑厂。因为磨石口人大部分半农半商，故建有农具专用房、磨房等。小作坊则临街为店，后院为厂，即前店后厂建制。房屋装饰以实用为主，院门和正房装饰比较讲究，院门以如意门为主，门前多有石雕的门墩。正房门窗高大，木雕精致，影壁、屏门、房脊都有彩绘或雕刻饰物，房屋内则用罩或隔扇分割室内空间，小巧灵活。

磨石口的过街楼也与众不同，在东西走向全长1.5公里的大街上曾建有4座过街楼，每座过街楼都建有楼阁或殿堂。在过街楼的二层平台上，四周筑有高墙，高墙上留有射击孔。二层平台均为中空的形式，四周有条石砌成的约1米宽的长方形过道，在过道围拢下，中间形成了一个边长三四米的正方形天井。站在天井上，居高临下，四周情况尽收眼底，如有敌情一目了然。磨石口大街依山势而成，共有9道弯，人称"龙形古道"，4座过街楼如龙脊，过街楼之间最短100米，最长500米，是依田义墓、法海寺远山门、承恩寺所处位置而建。据乡民们介绍，过街楼其实是这三处的地界标志。西过街楼坐落在隘口的转弯处，是全村最高点，且地势狭窄，山体陡立，可通

▲ 连接磨石口村东第一座过街楼的古墙

往塞外，可凭险据守，堪称"一夫当关，万夫莫开"的咽喉要路。《光绪顺天府志·地理志》载："（顺天府）西北三十五里磨石口镇，千总驻焉。"并注"典史驻城，管鲁古等五十三。"当时的磨石口不仅为京西重镇，还管辖着包括今鲁谷在内的53座村庄。旧时的磨石口南北均有高大围墙，俨然一座城池，街上的4座过街楼不仅独立存在，而且和高大围墙连为一体。过街楼的建制特点充分说明了历史上的磨石口在军事防御方面的重要作用。

旧时，磨石口人的主要生计是务农兼经商。他们利用驼铃古道和出磨石及京西出煤的天然优势做生意或开煤窑，大街两旁的大小店铺一家挨一家，商铺最兴盛时期约在清末至民国，店铺总数有30个左右，涉及五行八作、衣食住行。

磨石口人具有勤劳、谦和、尚文、友善的古朴民风，村里的老门联即是古朴民风的集中表现，如开明绅士李雅轩宅院门联为"家祥世衍无疆庆，国泰民安不老春。"马骥家的门联是"国安家庆，人寿

磨石口传说

▲ 石景山区磨石口古镇（何大齐绘）

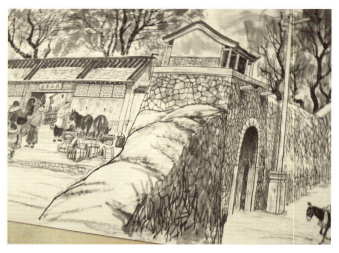

▲ 石景山区磨石口古镇过街楼（何大齐绘）

年丰。"其他如"忠厚传家久，诗书继世长。""备至嘉祥，总集福荫。""为善最乐，读书便佳。"等，均表现了村民的一种向往，还有文雅一些的，如"东鲁雅言知书执礼，西京明训孝悌力田。""箕裘世业，耕读家声。""云鹤展奇翼，飞鸿鸣远音。"等。

▲ 磨石口村古墙

▲ "模式口"石刻

　　文化是人民群众在社会历史实践过程中创造的物质与精神财富的总和。磨石口传说作为民间文学的内容之一，以其特有的文学形式反映了自古以来磨石口地区的丰富文化内涵，是研究磨石口人文历史的重要组成部分。对磨石口文化的研究，已故的磨石口村人栗加有先生曾有过论述。他说："磨石口文化包括"磨石文化、寺庙文化、民俗文化、古墓文化等。其中，在寺庙文化中，又含古建文化、钟文化、碉楼文化、碑碣文化、僧侣文化等。在民俗文化中又含井泉文化、生养（含婚嫁、丧葬）文化、四合院文化、店铺（含小吃、叫卖）文化、厨艺文化、社火文化以及土语、俚语、谚语文化等。在文学艺术中，又含壁画文化、诗词文化等。其中特别值得一提的是，磨石口还有政治色彩较为浓厚的一种文化，即'统一战线文化'。如此众多的大文化、小文化相加便是独树京西的磨石口文化。"

　　栗加有多年研究磨石口文化，并将其作了归纳。他认为磨石口文化具有多样性、特殊性、集中性和传承性。

第四节　磨石口文化的特性

一、多样性

磨石文化丰富。当地磨石石质有粗有细，颜色有黑有黄；其用途有适合磨制大型刀具的，也有适合磨制微型刀具的。

文化艺术及寺庙文化精湛而丰富。寺中的壁画，朝代有明朝的（法海寺及承恩寺壁画），也有清朝的（马楼台壁画）；内容有佛教的（法海寺），也有民俗的（马楼台）；画师有宫廷的（法海寺），也有民间的（马楼台）。在寺庙的种类上，有寺院、娘娘庙、五道庙、关帝庙、碧霞元君庙、龙王庙、苏武庙、城隍庙等。

文学艺术创作多姿多彩。仅相关的诗歌就有很多，诗人所处年代有明、清以及民国；作者的身份有亲王、大学士、内阁尚书等官宦，也有尊佛崇道的百姓或僧人，更有大文豪、教授等。在文学艺术方面，歌颂、描写磨石口的诗词创作近600年经久不息。从以明代内阁尚书胡濙以及清代光绪帝生父——醇亲王奕譞为代表的官宦诗人，到我国的现代大文豪老舍，再到毛泽东的表弟、全国政协委员文强；从著名画家潘絜兹、著名史学家史树青，再到当代大学教授、女诗人林岫，真是名家辈出，名诗不辍。

在民俗语言文化中，土语、俚语、农谚、民间小唱皆备。

在碑碣文化中，现存近20多方碑碣，年代既有明代的，也有清代与民国的；性质既有寺庙碑、墓碑，也有纪念碑；内容既有帝王圣旨、总统题额，也有臣下文章等不一而足。

二、特殊性

由于磨石口村在历史上重要的地理位置和该村独特的村落建筑，

使其传说、地域特色鲜明。

（一）独特的碉楼

磨石口村各类古建中有碉楼6座，这是磨石口寺院区别于其他寺院的主要标志。笔者（栗加有）曾游览过我国著名的古刹嵩山少林寺、开封相国寺、苏州寒山寺以及北京潭柘寺、戒台寺、红螺寺等，这些寺院只有钟鼓楼绝无碉楼，而磨石口承恩寺一寺便有4座，就连慈祥庵这样小规模的寺院也有一座碉楼。

（二）独特的过街楼

过街楼是磨石口古镇区别于其他村庄的又一特征。北京郊区的其他古村庄也曾修建过街楼，如门头沟琉璃渠村、圈门村等。但这些村中都只有一座过街楼。而作为京西重镇的磨石口村则在1500米的街上建有四座过街楼。这在北京古村镇建设史上极为少见。过街楼楼体高大，气势雄浑，东西两座扼住村口，中间两座把住法海寺山门。

（三）寨墙连环套

▲ 环村墙，从磨石口大街一直上延到蟠龙山上

旧时磨石口大街北皆建墙垣，墙垣之用，除墓域外，大都为寨墙。寨墙与四座过街楼相接，里外数层。其北侧最外层墙垣直达翠微山顶，绵延数十里。时至今日，翠微山山上山下仍可见大批墙垣遗址。而这种大面积、长距离城堡式古寨墙建筑是一般村庄所没有的。

▲ 田义墓西墙直连西侧老墙

（四）壁画水平高

　　磨石口文化特殊性的第四种表现形式是它的宫廷壁画出类拔萃并与民间壁画交相辉映。之所以说磨石口宫廷壁画出类拔萃，是有一定依据的。在这里我们以1993年北京市文物局局长孔繁峙在法海寺壁画历史艺术价值论证成果新闻发布会上的讲话为证。他说："在我国壁画艺术史中，法海寺壁画代表了一个时代的最高水平，是我国明代壁画之最；法海寺壁画可与欧洲文艺复兴时期的壁画相媲美；法海寺壁画是北京历史文物中壁画文物的杰出代表。"磨石口宫廷壁画不仅出类拔萃，它还与民间壁画交相辉映。一是法海寺的壁画是明朝宫廷画师所绘，而马楼台的民宅壁画则是民间画工所为；二是佛教与民俗相结合。法海寺壁画反映的是佛教内容，承恩寺壁画反映的是民间帝王放生，而马楼台壁画反映的却是民间日常生活。此三组壁画在今天仍相互辉映，放射光芒。

（五）"统战"文化

在全国古村镇中，具有"统一战线文化"的为数不多。而磨石口文化中的永定河引水渠、磨石口水电站和"全国政协劳动基地"，构成了一种独特的文化——"统一战线文化"。

统战文化是中国共产党在其领导的爱国统一战线各历史时期，与爱国民主党派、爱国民主人士共同创造形成的具有爱国统一战线特点的物质财富与精神财富的总和。新中国成立后，中国共产党在磨石口地区与爱国民主党派、爱国民主人士共同创造了具有爱国统一战线特点的物质与精神财富。1956年，磨石口以其优越的条件形成了一种政治色彩很浓的文化。这一文化的物质表现形式有二：一是自京西三家店始，向东贯穿磨石口蟠龙山的永定河引水渠，以及建在这条渠上的磨石口水电站；二是全国政协开办的劳动基地及所属奶牛场。

▲ 磨石口村内牲畜栏

永定河引水渠与磨石口水电站的开挖建设正是在原国民党陆军上将、北平和平解放国民党方面决策者、新中国首任水利部长傅作义将军亲自提议并亲自指挥下完成的。1957年初秋，傅作义将军一行到磨石口工地视察一事，遂成为磨石口人茶余饭后的美谈。永定河引水渠与磨石口水电站的开挖建设既是新中国成立后经济建设的需要，也是党在新中国成立后统一战线工作的需要，而后者的比重恐怕更大些。

创办时间稍早于永定河引水渠的全国政协磨石口劳动基地——磨石口人称之为"政协工地"，地点在磨石口村承恩寺以北的翠微山下。这里有青山、泉水、古寺、森林，且距京城不近不远。基地用途是组织原国民党战犯学习与劳动。基地中"职务"最高的当属我国末代皇帝溥仪。他们在磨石口村中开办了奶牛场，一边学习、一边修养、一边从事力所能及的生产劳动。基地将他们改造成"新人"，成为新中国的公民。后来他们大多参加了全国政协的各项工作，为祖国的统一事业作出了贡献。政协工地奶牛场与另一支由外地迁入磨石口

▲ 永定河渡口旧照

村的回民奶牛养殖队伍成为北京石景山区牛奶业的先驱。磨石口村的很多孩子都曾为政协工地奶牛场打过牛草，以积攒学杂费。

（六）水利文化

古代有庾陵堰、车箱渠，后来磨石口有永定河引水渠、引水渠蟠龙山洞口、磨石口水电站，是北京永定河文化中不可或缺的重要组成部分。

三、集中性

凡新中国成立前居住在该地区的老磨石口人都会记得，在长约1.5公里的街上，从东到西拥挤着古寺庙19座、古过街楼4座、古隘口一座、古墓4座、古碉楼6座、古碑碣20方、古井12口、古槐百余株，还有诸多的老店铺、老作坊、老四合院。在它所属翠微山及蟠龙山上，有古磨石坑4处、古寺庙3座、古泉2眼、民国纪念碑1座、劳动基地1处、养牛场1处、引水渠1条、引水山洞1座、水电站1座、过

▲ 磨石口引水渠

渠桥3座以及众多的古迹、文物。每走一步即可见到一处文化景观，可见其蕴藏的文化博大精深。

四、传承性

（一）村名

磨石口的磨石开采始于隋唐时期，在明朝中叶达到鼎盛。当时人们不但以"磨石"命名其山，更以"磨石"命名其村。自明嘉靖三十八年（1559年）至今，"磨石山"已叫了448年；自明隆庆二年（1568年）到民国十二年（1923年），"磨石口"村名已叫了355年。时至今日，"磨石口"三字仍不绝于人口。古镇的采石技术与加工工艺也一代代传承下去。作为祖籍磨石口的人，在20世纪50年代末，笔者（栗加有）有幸成为采石者之一。

（二）寺庙文化

自古至今传承不息的当属寺庙文化。法海寺建于明正统四年（1439年），66年后的明正德元年（1506年）重修。承恩寺建成于明

▲ 承恩寺（摄影：贾云龙）

正德十年（1515年），到清乾隆、道光年间三度重修。田义墓创建于明万历年间，以后每有太监入墓，都要修葺一番。前人在为磨石口建造或大修寺庙、墓域时，记其事、叙其功，村民总是忘不了为之树碑立传，故而几百年来村中有数十余碑碣存留。而今天政府在大修这些古迹时，村中也有人为之撰写碑文多篇以记其事。

在京西文化中，磨石口文化处于不可或缺的地位。首先，它是石景山区唯一一处"北京市历史文化保护区"。其次，它在京西文化中的比重很高。在这片历史文化保护区中，仅就其硬件而言，有全国文物保护单位三处（明敕赐法海寺、明敕赐承恩寺和敕封三界伏魔大帝庙）、北京市文物保护单位一处（明田义墓）；有国宝级明代法海寺和承恩寺壁画；有在佛教界享有盛名的法海寺梵钟；有华北地区难得一见的承恩寺碉楼；有北京地区唯一的有四座过街楼的村子；有全国唯一的宦官文化陈列馆。这些文化底蕴构成了京西文化的脊梁。

以上论述，是栗加有生前作为磨石口村人，对磨石口细致全面的研究。

磨石口古镇具有深厚的历史文化底蕴。2000年，石景山区曾出版《京西古道模式口》一书，老舍先生夫人、著名书画家胡絜青为书题词"古道沧桑"；著名历史、地理学家侯仁之先生题词"古道寻根，叶茂花荣"；著名史学家史树青题词"蓟丘遗迹睡多年，识得城依石景山。考献征文欣有获，宁台磨室信堪传。"著名诗人、作家、原文化部部长贺敬之题词"京西古道的回顾"；著名作家魏巍题词"古道新颜"；时任中共北京市石景山区委书记索连生题词"保护京西故道，造福人民群众"。可见，磨石口物华天宝，人杰地灵，具有丰厚的历史文化内涵，穿村而过的古道仅仅三里，两旁却是如锦缀玉、如带串珠，也才使得众多名家关注于此。

注释:

[1] [唐]乐史:《太平寰宇记》。

[2] [清]富察敦崇:《燕京岁时记》,北京古籍出版社1981年版。

磨石口传说涉及的内容广泛，类型多样，既有关于山川河流的传说，关于村落和民俗的传说，关于寺庙的传说，关于宦官的传说，关于僧人的传说，关于皇帝、皇族的传说，关于墓葬方面的传说，关于军事方面的传说，也有关于文人墨客的传说……

▲ 磨石口村民居砖雕

第一节　地方风物传说

地方风物传说是关于某一地区山川、风物等的解释性传说。地方风物传说的基本特点，是通过生动的故事情节，对于特定的自然物或人工物的来历、特征、命名原因等，给以说明解释。

▲ 从磨石口古镇经过的驼队（何大齐绘）

一、与山川河流相关的传说

  磨石口位于北京小西山之脉、翠微山之南，民众的生产生活与山有着密切关系，如磨石口村的磨石就是采自翠微山南麓。涉及山的传说，民间流传的主要有"翠微山的传说""蟠龙山的传说""天泰山的传说"。出磨石口往西几里就是永定河，永定河是北京的母亲河，千百年来流经这里，留下了各种各样的传说，如"浑河的传说""骆驼过河的传说""庋陵堰的传说"等。依山傍水的村落有许多泉眼，也就衍生出一些和泉水相关的传说，如"石景山双眼泉的传说""双泉寺双泉水的传说""康熙龙泉寺下棋的传说"。

▲ 蟠龙山

白龙的传说

桑干河顺流而下的地方过去是一片苦海，苦海的水特别苦，不能喝，黄帝和炎帝打仗的时候，士兵们因为长期缺水，很多人病倒了。

传说黄帝的一个孙媳妇听了很着急，昼夜不宁，帮黄帝想办法，时间长了，耳朵上长了个大瘤子。黄帝招来太医给孙媳妇看病，太医从她耳朵里挖出一条虫子，顺手放了随从端着的盘子里，太医怕黄帝孙媳妇看了虫子害怕，又顺手抓了个瓠扣住那虫子，就在这时，一阵电闪雷鸣，那虫子变成了一条白龙。

黄帝的兵将越来越缺水，病倒的士兵也越来越多，眼看炎帝就准备大举进攻，黄帝的谋士们也都急得束手无策，就出主意让黄帝出榜招贤，谁有办法弄来足够兵将们喝的水，就可以招为驸马。

榜贴出去，几天无人揭榜。黄帝一筹莫展之时，有人来报，说揭榜的人来了。黄帝一听，就赶紧召见。这一见可好，没把黄帝气晕了，原来他面前出现的是白龙。

黄帝问："你能寻找到淡水？"

白龙说："能。"

黄帝问："水够我这大队兵马所用？"

白龙说："够。"

黄帝一听，眼前的白龙似乎还真有点本事，就问："我除了把女儿嫁给你，你还有什么要求？"

正在此时，黄帝的手下来报，说黄帝的三个女儿都要上吊自杀，皇帝问怎么回事儿，手下说，黄帝的三个女儿都不愿意嫁给一条龙。黄帝龙颜大愁。

这时候白龙说："黄帝您是真龙天子，我只不过是个河渠之虫，您不用这么器重我。我不要您女儿嫁给我，我只要一座山，以后给我住就行了。"

黄帝说："地盘的事儿我说了算，你要哪儿，等你弄到水以后，咱们再谈，我绝不会食言的。"

白龙也没多说，起身来到桑干河，沿着河划了道大口子，河水就从上游往下游汹涌地流下来。黄帝的士兵有了淡水，士气大振，起兵跟炎帝打仗去了。白龙还没来得及得到黄帝的奖赏，就被桑干河里的虾兵蟹将给围困住了，说他们几千年都在这桑干河里住着，现在白龙放水，把他们也冲到这里来了，非让白龙送他们回家。白龙跟桑干河里的虾兵蟹将打斗了一阵，就佯装败阵，跑去见黄帝。

白龙见了黄帝，让他兑现诺言，黄帝立刻划给他一块地盘，这地盘可不是一座山，而是三座。这三座山就是翠微山，现在法海寺就在翠微山阳面，法海寺东边是馒头山，北边是福寿岭，西边是蟠龙山。

桑干河的虾兵蟹将追逐白龙而来，白龙也不跟他们打斗了，说我给你们找个新的家，于是就在翠微山前也划了一条河，其实就是永定

▲ 永定河峡谷

河，白龙把一些水从永定河里引过来，在翠微山上撒满了树种子，虾兵蟹将们一看这地方有山有水，也不错，就不再闹腾回家了。

白龙平时从永定河出来，就把尾巴盘在现在的蟠龙山上，人们就叫这里蟠龙山。后来白龙因为在人间行善，又被唤回天宫。磨石口一带的人们，为了纪念白龙引来了水，在山上种了树，就在这里建了一座寺庙，叫龙泉寺。后来连明代的皇帝都看中了这块宝地，就在龙泉寺地基上修了法海寺。据说，法海寺壁画上的天龙八部是专门为白龙画的。

搜集整理：杨金凤

"佛爷洞"的传说

在翠微山的一块巨石上，有座1.2米高、1米宽、双手叠压在一起、端坐莲花宝座之上的佛像。佛像的底下有一个约1.5米高、0.8米宽的石洞。石洞里面有一座石床。离佛像不远的地方有两块石碑，上面写着"翠微山隆庆庵庄彩圣像"字样。过去，磨石口村里的孩子们到山上玩，经常钻到石洞里耍，村民叫它"佛爷洞"。

相传，这尊佛像在这里已经好几百年了，那这佛像和佛爷洞是怎么来的呢？

过去山脚下有一个村子，村里住着一个叫纪庄的年轻人，靠打柴、挖石头过日子，因为力气大还帮别人砸粮食。砸粮食就是玉米收下来，他把玉米放在石台上，再用另一块石头砸，把玉米砸碎再用石头慢慢磨成面。每天人累得连炕都爬不上去，手又是茧子又是血，他想，要是有省力的办法把这些粮食磨碎就好了。

纪庄这天又上山砍柴，看见一个老人病倒了，靠在一块大石头上。纪庄连忙放下柴草，把老人扶起来，见老人昏迷不醒，就背回家去了。

到了家，老人慢慢醒了，不停喊饿，纪庄见自己家一粒粮食都没有，只好到地主家借了点粮食，都给老人吃了，自己就吃了几口野菜。就这样，老人在纪庄家住了下来。纪庄自己每天吃野菜、野果子，可总要给老人做点玉米糊喝，时间一长，地主见纪庄老不还粮，就来要，纪庄说尽好话，说给地主家砸玉米抵账。

地主说："一个捡来的脏老头，你还当爹供着？"

纪庄说："我是个孤儿，每天一个人冷食冷灶，他老人家来了，我这日子倒有盼头了。"于是纪庄就认了老头当爹。

到了地主家，地主指着几个大粮仓说："你三天要把这些玉米都给我砸成细面。"纪庄一看，别说三天，三年也砸不完啊。说也没用，只好动手干活儿。半夜，纪庄干累了，就趴在粮食上睡着了，梦里，有个老头，一手劈下山上的一块圆圆的巨石，一伸手指头在圆盘石头中间戳了个洞，撅下一根木棍，穿进石里，又把水缸大小的一个圆石碌子搬上了圆盘，接着又在地上画了一头毛驴。毛驴立刻欢蹦乱跳地跑起来。这时，忽见月光下闪出一个女子，把玉米撒在石盘上，让毛驴拉着石碌子碾，一圈一圈，只见那玉米一会儿就成了玉米面。不到一个时辰，地主家的几仓玉米都变成了玉米面。

纪庄醒来，自己正躺在家里炕上呢，他喊着："爹，爹，我怎么在家呢？"

从屋里喊到院子也没见爹，却见院子里一个女子正推着磨，笸箩里是金黄的玉米面。纪庄问那女子是谁，她说是她爹让她来跟纪庄过日子的，纪庄问老爹去哪儿了，女子说，老爹修行去了。村里人见到纪庄家有了磨盘碌子，都来让纪庄帮忙做，从此纪庄就成了这一代做碌子的石匠。

当石匠，就得到山上采石头，一天，纪庄突然发现山上多了一尊石像，他怕石像被风吹雨淋，就挖了个洞把石像放进去，还给石像凿

▲ 石佛

了个石床。可是说也奇怪，这石像今天被纪庄放进洞里，第二天就又在洞外了。最后纪庄也就不再往石洞里放了。可是一到刮风下雨，他就惦记着石佛，跑到山上给石佛罩上遮雨的草席，每次来，石佛都不在，他却看到一个老头在山上挖土种树。他回去就把这事告诉了他媳妇，他媳妇说："我爹走的时候，给这山起了个名字，叫翠微山，给这村子起了个名字，叫磨石村。"后来人们说那山上的佛是老头修成的，那一山的树也是老头种的。而磨石村，后来慢慢被叫成磨石口了。

讲 述 人：刘广泰
搜集整理：杨金凤

仙人捉妖

传说磨石口北边山里面有个黑龙潭，潭深千丈，据说是混沌时期留下来的，深潭里镇着一个妖怪，恶龙看上了这个地方，就变成一个"仙人"，来到磨石口村，跟村里人说，深潭里有妖怪，说不定什么时候就会出来祸害人，他有办法把妖怪的法力破了，从此磨石口附近的人就不用害怕妖怪出潭了。老百姓一听，有道理呀，祖辈都担心妖怪出潭，既然能把妖孽彻底除掉，往后儿孙们就不用害怕了。

人们按照"仙人"所说，引来浑河水灌进深潭，深潭的妖怪怕水，只要在水里泡七七四十九天法力就会被破。等到了四十九天的深夜，很多大胆的人就到深潭来看"仙人捉妖"，人们从天一擦黑一直

▲ 古潭

等到三更天，真就看见一个巨大的蝙蝠精从深潭飞出，摇摇晃晃往西飞去，没飞多远就掉到浑河里让大水冲走了。

　　没人知道，这"仙人"就是恶龙，刚在桑干河被金龙打败，逃到这里是来找安身之处的，看上了深潭，就骗人帮他收拾了蝙蝠精。恶龙不敢自己到浑河吸水，怕金龙收拾他，就装成仙人让村里人往深潭灌水。恶龙占领了深潭后，成天兴风作浪，祸害百姓。老百姓拿他没办法，谁让自己不辨恶人助纣为虐呢，个个都不好意思去求人。磨石口村有个十几岁的孩子，不听大人劝，就到庙里上香，白天夜里香火不断，十天十夜不睡觉。玉皇大帝在天上看见京西山上香烟缭绕，一打听才知道是个小孩要解救全村人。玉皇大帝就召来哪吒，说：

"你们今日领我之命，前去惩治恶龙。到了那里，先让那小孩回家睡觉。"哪吒奉命下凡，途中遇到了八仙，八仙说，这点小事儿，我们就能办了，于是八仙自告奋勇来治恶龙。

八仙来到潭边叫阵，几天几夜，恶龙不理不睬，恶龙心想：就这几个杂八凑，瘸的瘸，老的老，还有个乳臭未干的娃娃，你们连毛驴都不会骑，还敢跟我叫阵？我只要轻轻吹一口气，就把你们屁滚尿流地吹回昆仑山去。

八仙不知道恶龙会玩阴的，八个人还趴在深潭口往下叫阵呢，突然一阵妖风从洞口冲出来，这是恶龙吹的一口气，顿时地动山摇，张果老有点站不住，被吕洞宾一把拽住，要不然张果老准掉进深潭，还没等恶龙吹第二口气，八个人就已经立稳了脚跟，吕洞宾用剑直刺潭底，汉钟离扇了扇宝扇，何仙姑吹了一下玉箫，恶龙在深潭里头待不住了，飞出了深潭，向太行山逃去，铁拐李眼疾手快把他的葫芦一抖，恶龙就被收进葫芦里了。恶龙被制服了，老百姓从此过上了安生的日子。

在寺里一直烧香的那个孩子听说恶龙被制住了，一下子就昏过去了，他太累太饿了。玉皇大帝看见孩子昏过去了，就到处找哪吒，哪知哪吒把治龙的活儿交给了八仙，自己跑到翠微山玩去了，玉皇大帝一生气，拍了哪吒一巴掌，这一巴掌把哪吒眼泪都拍出来了。两滴眼泪掉在翠微山上，就成了后来的双泉寺。

搜集整理：杨金凤

湿经山

唐僧西天取经，是从北边出发到达的印度，路上他经过九州十八洞，洞洞有妖精，全仗着孙悟空一路保护着才没死。十几年之后，他回国了，是从南边往回走的。过去流传一句话："精涿州，怯良乡，不开眼的房山县。"其实呢，原来的意思可不是这个。"精涿州"是说唐僧师徒一路往回走，经过涿州；"怯良乡"是说在良乡这地方"打且"，休息一下；"不开眼的房山县"，是说赶到房山都没顾得上吃饭，不是"不开眼"而是"不开宴"，唐僧师徒想快一点进北京城。

他们接着往前走，前面有一条河，没有桥，也没有摆渡，正着急过不去，忽然从水中冒出一只大乌龟，孙悟空、猪八戒扶着唐僧跳到

▲ 石景山

了乌龟的壳上，乌龟就驮着他们往对岸游，游到中间，下起了雨，把从西天取回的经书全淋湿了。到了岸上，几个徒弟忙着把经书一篇一篇撕开，贴在一片山石上晾干。后来大伙儿就管这儿叫"湿经山"，久而久之，就变成石景山了。

讲 述 人：刘万忠
搜集整理：周止敬

河水变浑的传说

　　从前，有一个和尚，叫卢师，他撑着一个木筏子从桑干河漂流到了现在的西山，后来收了两个徒弟，一个叫清风，一个叫明月。师徒三人就在河边的一处悬崖上修行。这天，清风和明月正在下棋，突然从山崖下飘上来一个人，惊得清风和明月大张着嘴，来人二话不说，要跟清风下棋，没几招，清风就输了，一旁的明月不服气，要跟他下，三下两下也败下阵来。来人仙风道骨，提出要和清风、明月的师父下棋。

　　清风叫出师父卢师，卢师出来，没提下棋之事，而是问其是否要喝水、吃饭，来人说不吃不喝。卢师又问来人是否疲乏，是否需要歇息，来人也说不用。此时卢师似乎明白了什么，二话不说，摆上棋子，来人也不客气，二人对弈起来，三天三夜，两人不分输赢。清风和明月想了各种招数给来人捣乱，都被一一识破。

　　第四天，卢师借口要去喝水，卢师走进自己住的摩崖石室，打开

▲ 古井

一个葫芦，只见葫芦里冒出一股烟，直飞天上。顿时狂风大作，电闪雷鸣，卢师见此，放下葫芦，又回到棋盘跟前。只见那人坐卧不安，很快起身说："师父棋高一筹，本人告辞了。"

那人一走，卢师对清风和明月说，你们俩跟去看看。

清风说："师父，他在此耽误我们好几天修行，而且还输给了您，我看他也不是什么仙人。"

明月说："怕不是什么妖怪吧？会不会再来？"

卢师说："是仙人还是妖怪，你们跟去看看不就行了。"

清风和明月好奇，就跟着去了。只见那人到了河边，往芦苇丛里一钻，没影了。清风和明月也跟着进了芦苇丛，却什么也没找到。说也怪了，这人一钻进芦苇丛，风也停了，雷也不响了，雨也不下了。清风和明月也没看出个所以然，就回去跟师父说了。

隔天，那人又来了，还是要下棋。下着下着，卢师又要离开，这时那人也站起来，说师父您不用回去拿葫芦了，这葫芦在我这儿。卢师一惊，葫芦怎么到了他手里。那人说，我是河里的小白龙，犯了天条，被龙王贬到这河里看守，天天在这里待着没事儿干，听过河的人说，您棋下得好，就来讨教，既然您已经看破，还派了他们俩跟踪我，我就实不相瞒了。

卢师说，你还是回到河里去吧，现在是水灾季节，万一发大水，你没看守好上游的孽龙，我们这一带就要遭殃了。说罢让清风把棋子收了起来。

这小白龙看卢师不跟自己玩了，就跑到更远的地方找别的好玩的。不料那孽龙变成了一个美女，引诱小白龙，小白龙上了当，一连在妖女家里玩耍了十几天，这十几天里，孽龙在河里折腾开了，搅和得河水浑黄，还让两岸的百姓遭了秧。从此这河就被孽龙给占了，成了浑河。

搜集整理：杨金凤

太阳星君七子和双泉寺

过去，天上有七个太阳，玉皇大帝一查，原来是太阳星君的七个儿子趁太阳星君睡觉的时候跑出来玩了。这七子一跑出来，看到世间有山有水有花草，就迷上了。老大催老二先走，老二催老三先走，到最后谁都不愿走。

▲ 石景山区重点文物保护单位双泉寺

他们算是撒开了性子玩高兴了，但地上的人却遭了秧，河里的水被晒干了，山上的草枯死了，地里的庄稼也都干渴死了。

玉皇大帝一看，这怎么了得，就召唤了二郎神。据说这二郎神是人神混血，力大无穷，法力无边，通晓七十三般变化，额顶生神眼，手持三尖两刃枪，旁有神兽哮天犬。二郎神的师父是昆仑派玉鼎真人。《西游记》中说二郎神的母亲是玉帝的妹妹瑶姬，玉帝因为瑶姬嫁给凡人，龙颜大怒，就把她压在了桃山底下。后来二郎神"斧劈桃山"救出母亲。玉帝看他这么有孝道，就给他一个封号，二郎神的道号是"清源妙道真君"。总之，这二郎神跟玉帝有过节，所以他对玉帝是"听调不听宣"。玉帝说了一番好话，二郎神才答应下界去捉拿太阳星君的七个儿子。

二郎神法力大，力气也大，不过有点干事儿不动脑子，他抓七个太子，就像狗熊掰棒子，右手抓一个夹在左边胳肢窝，左手再抓一个搁在右边胳肢窝，结果是后一个抓住了，前一个又跑了。太阳星君的这七个儿子在天界关了那么多年，好不容易偷着下凡，怎么也得玩够了，他们这个往东，那个往西，这个钻进山洞，那个爬上树梢，累得二郎神拿出了担山的劲儿也没用。就这么追着追着，他们就来到了河边的双泉山上。二郎神早已经饥渴难耐了，一看这山，也被这七子给烤得冒青烟，七个人嘻嘻哈哈逗着他玩，气得二郎神两眼冒火，他想再这么下去，七个人万一把我围上，还不把我也烤焦了。

一连翻越了千山万水，二郎神决定休息一下，想想对策。可他

▲ 双泉寺

喝水没水，要坐下，地上石头都红了，烤得他疼痛难耐，只见他铆足力气，伸出左右手的食指，对着山就直戳下去，瞬间山泉水就冒出来，二郎神赶紧把头伸进这口泉眼里，把脚伸进那口泉眼里，喝了个饱。

二郎神歇了一气儿，有了精神，就又去捉拿这七子了。二郎神两手指头戳出的泉眼，成了后来老百姓吃水的井。为了纪念二郎神，人们还修了座寺，后来这座寺改名为双泉寺。

搜集整理：杨金凤

磨石山

　　远古时候，天地之间只有滔滔的洪水，睡了一万八千年的盘古醒来，一睁眼，左眼变成了太阳，右眼变成了月亮。可是盘古漂在洪水里特别难受，就呼啦从水里站起来，一伸胳膊，把天顶起来；一蹬腿，把地蹬出来。就这样，天和地分开了，水在地上流，慢慢地盘古的精灵就变成了牛羊鸟兽，天地间慢慢有了万物。为了挡住洪水，盘古就把他的胳膊变成了一座山，让牛羊鸟兽在山上生活。

▲ 京西旧照

　　这山崖千万年来经过水的冲刷，形成了一层一层的青石崖。后来洪水退去，人们采下青石崖的青石盖房子、做磨盘、当磨刀石。久而久之，就管这山叫磨石山了。老人说，盘古开天地以后，就被洪水冲到了这桑干河下游的大山里，堆起的磨石山，他就待在磨石洞里，后来人们叫成磨室。盘古嘴里吐出的气就成了云彩，他的血就成了河流，他的头发立起来就成了树林。如今磨石口西边的磨石山，树林茂密，西边的永定河流淌不息。

搜集整理：杨金凤

蟠龙山树神

在磨石口村北边的蟠龙山上，有一块清明植树碑。这碑位于田义墓北侧几百米的地方，离闻名的法海寺也是咫尺之遥。为什么层峦叠嶂的蟠龙山上会立此碑呢？

先说这立碑的人——刘梦庚，生于清光绪七年（1881年），据说他是个大政治家，还当过直隶督军参议。那他怎么就想起来跑这地方来立碑呢？有人说是受了孙中山先生和冯玉祥将军号召的"为国植树，造福于后人"影响，所以时任京兆尹的刘梦庚在1924年清明节那天就来到这蟠龙山上种植松柏，他还亲手立了一块植树碑。此碑青石质，高1.6米，正面镌刻"辑威将军京兆尹刘梦庚手植"12个楷体字，背面则题"中华民国十三年植树节"落款（民国时期，清明节曾一度被定为植树节）。这是北京地区最早为"植树节"立的石碑。其实，清明植树最早源于清明节戴柳、插柳的习俗。每逢清明节，人们扫墓祭祖、郊外踏青，民间还把刚发芽的柳条编成环戴在头上。柳在中国人心中有辟邪保平安的功用。佛教认为柳可以驱鬼，柳枝又可度人，观音菩萨的净水瓶和杨柳枝，可以遍洒甘露救人脱难，早年民间求雨时也戴柳条。也有人认为清明时节是柳树发芽抽枝之际，民间的戴柳和插柳活动是为了纪念"教民稼穑"的神农氏。柳树的生命力特别顽强，插柳插出不少柳树，正所谓"无心插柳柳成荫"，慢慢成了清明

▲ 刘梦庚

植树的习俗。

但在京西地区则有着另一种传说。相传，盘古开天地的时候，在大海里种下一棵神树，神树会发光，越长越高，照得四周都亮堂了。人们管这树叫吉祥海云树，后来大海退潮了，人们才看到这树长在一条盘曲的巨龙脊背上。到了秋天，大树每年都掉下一些树籽，散落在周围，就长出了更多的树，不但巨龙脊背上长满了树，连巨龙的眼眉、犄角、尾巴上也都长满了树。后来，人们就称这座青松苍柏的山为蟠龙山。

有一天，一个游走的和尚经过此地，看神树能放出万道霞光，霞光里万鸟齐鸣，满山的蝉鸣虫叫，这景象太奇幻了，于是就在这里住了下来，每天采石筑屋，可他一个人的力量太小了，大石头也搬不动，正在他发愁的时候，突然来了一群壮汉，帮他搬石头、挖土、和泥，还分文不取。

▲ 刘梦庚立的植树碑

和尚很奇怪，这方圆几百里没户人家，这些壮汉都是从哪儿冒出来的？到了傍晚，和尚挽留几个人吃了饭再走，但几个人都说不饿，让他们喝水，也说不渴，和尚纳闷，怎么劳累了一天，不饥不渴呢？和尚心里明白了几分。

等到几个壮汉走了，和尚就坐在神树下念经，一直念到深更半夜。突然他听到"噗噗"的声音，他微微睁开眼睛一看，树上的树籽落在地上，转眼就变成了一个个壮汉，这些壮汉悄无声息，到了他修寺的地方干起活来。和尚感念："阿弥陀佛。"后来这事儿传开了，很多和尚都来此种树，很快这蟠龙山就种满了树，他们就开始在紧挨着蟠龙山的翠微山上种树。许多高僧大德也到此修行。《道树经》里认为修道者从初发意菩萨至具足一切智、转法轮，乃至灭度的过程，犹如种树的发芽、开花、结果。所以树木是修行者的修道助缘。

但是，有一个皇帝不喜欢佛教，就开始灭佛。灭佛的时候把山上的寺庙和树都焚烧尽了，蟠龙山变成了秃龙山。后人为了再现蟠龙山圣境，就继续在山上种树，还立了植树碑，让后代子子孙孙都植树造林。

搜集整理：杨金凤

魔王争台

传说磨石口村附近的翠微山上曾经有一块大青石台，这青石有三间房那么大，高十余丈。到山上打草或者打猎的人，总是能看见一个白须长发的老道在上头打坐，据说这老道吃过金丹，金丹就是在翠微山的一个山洞里炼出来的。

所以人们就说"山上有老道，光坐不睡觉。刮风下大雨，青石浇不着"，意思就是下大雨的时候，躲到那块大青石上就浇不着，因为大雨遇到老道绕道走。有山里住的山民，从这里过就把从家里带的供品搁在青石头上，也见不着老道吃，东西多是被上山玩的孩子们吃了。

这年四月，到了上天泰山慈善寺上香的日子，几个小孩一边爬山往慈善寺来，一边嘴里喊着："山上有老道，光坐不睡觉。"这话让慈善寺的魔王和尚听见了，他问那几个小孩老道在哪儿。小孩就带着魔王和尚到了老道平时打坐的青石台。可巧这时候老道没在，魔王和尚见这地方不错，青石台上有古树参天，青石台背后有高崖遮挡，他

▲ 天泰山

上了青石台，再往远处一看，皇城就在远处。魔王暗暗想，这可是块宝石啊。于是魔王就一屁股坐下，开始练功。

魔王练功的办法和老道不一样，老道是坐，魔王是跳。他从青石台上跳下来，再从下边跳上十几丈高的台上。他正折腾呢，老道不知何时已经坐在了青石台的中间。魔王也不理睬老道，还是不停地跳，他觉得老道碍着他的事儿了，就让老道往边上靠。老道也不跟他争辩，从中间一点点往边上挪。魔王还是说老道碍事儿，老道就再往边上挪，眼瞧着老道已经挪到半个屁股悬空在青石台外头了，魔王还是嫌老道碍事儿。等魔王再次从青石台下跳上来的时候，老道不见了。

魔王暗自高兴，心想可算是把那老道挤走了。魔王撒开了练，从青石台前边挪到左边往上跳，又从右边往上跳，实在觉得没什么意思了，就学着刚才老道的样子打坐，往皇城看，看着看着，就心灰意冷了，不由地唉声叹气。魔王为什么叹气呢，因为他就是顺治皇帝出家到天泰山来的。约莫坐了半个时辰，刚起身要走，只觉得头顶上有热气传来，抬头一望，老天爷，原来老道坐在他头上十几米高的悬崖壁上，再看那老道坐的东西，竟然是一根竹竿。魔王看着来气，心想：你敢坐在我魔王的头顶上，这要是过去，你这是坐在皇帝的头顶上了，该是杀身之罪。

魔王跳下青石台，从地上捡起一块石头就往山崖上扔，他是想把那老道用石头砸下来，哪知扔了几十块石头，一块也没砸中，老道纹丝不动，依旧练功，魔王功夫不到家啊，任凭他连蹦带跳也砸不着魔王。

从此以后，磨石口的人老是能看见魔王在大青石台下边往高处的扔石头，而那老道就在石崖上打坐，不愠不火，时间长了，魔王的火气越来越小了，扔的石头也越来越高了，春去秋来，几年过去了，终于有一天，魔王扔的石头砸到了老道的竹竿，从此老道就不见了，而魔王的功夫越来越厉害了。有人说，那老道是慈善寺主持的老友，特意拜托老道帮忙修炼魔王的功夫的。

搜集整理：杨金凤

石塘

现在，人们到磨石口村北边的翠微山上，能看到一些采石塘的遗址，裸露在山坡上，在清明植物碑附近就有一处。这个石塘是怎么来的呢？

相传，很早以前，磨石口村里的人靠到浑河里捕鱼为生，那时候，浑河里的鱼可多了，浑河水泛滥以后，形成很多冲击成的水洼，时间长了，这些水洼慢慢清亮了，里面还能钓到王八呢，磨石口村法海寺前就有一片这样的水洼。

那时候，磨石口村有个叫慧茹的，慧茹小的时候娘就饿死了，爹在一次拉着骆驼到山西运货的时候，半道儿让土匪劫了货，连吓带病，回来没多长时间也死了。慧茹爷爷每天到浑河里撒网捕鱼，没想到一天爷爷小船翻了，掉进河里，一病不起。慧茹才十几岁，为了养活爷爷，她就到法海寺前边的水洼里抓鱼。这天，天刚蒙蒙亮，慧茹就拎着瓦罐子到水洼抓鱼，一下子抓到一条金光闪闪的鲤鱼，这鲤鱼有半尺来长，太阳一照，金光耀眼。慧茹拎着一罐子鱼去卖，不论谁买鱼，她都不卖那条金鱼，可从上午到下午，一条鱼也没卖出去。慧茹看着金鲤鱼，轻轻对鱼说："我是不想卖你的，可别的鱼没人买。我爷爷还在炕上躺着呢，他还没吃饭呢。"

凑巧，这时候有个财主家的丫头，一眼看上了金鲤鱼，哭喊着非要买回去红烧，慧茹就要把这条鱼卖给财主家，慧茹把鱼捞出水的时候，她看见那鱼的眼睛像是流出了眼泪一样，慧茹心软了，又把鱼放回罐子，然后拎着罐子回家了。

慧茹回到家，看着躺在炕上等着喝棒子面粥的爷爷，没办法，只好到邻居家借粮。到了傍晚，慧茹把金鲤鱼又放回到法海寺前边的水洼，看着鱼游远了。慧茹一屁股坐在水洼旁边的一块青石上，发愁晚上给爷爷吃什么。突然，她看到夕阳照着的水面上漂着一个金闪闪的小葫芦，慧茹挽起裤腿下水，把金葫芦捞上来，又坐到青石头上。这时，手里的金葫芦好像在跟她说话："你饿了吗？你想吃什么？想吃什么你就说。"慧茹恍恍惚惚地，她不知道这是自己饿得在心里乱想，还是真有人跟她说话，于是顺嘴说了句："我爷爷想喝棒子面粥。"好像金葫芦又说话了："你回家吧。掀开锅就有了。"

慧茹捧着金葫芦使劲往家跑，一进院子，就闻到了喷香的棒子面粥味儿，她冲进屋里，看着灶膛里还有火星，她掀开锅，一大锅热乎乎的棒子面粥，粥面上有厚厚的一层粥皮，跟黄金一样。慧茹赶紧给爷爷盛了粥，送到爷爷手里。说也怪了，慧茹的爷爷喝完这锅粥就像吃了灵丹妙药一样，病也好了。

慧茹把金葫芦的事儿告诉了爷爷，爷爷也好奇，就对着金葫芦说："宝葫芦啊宝葫芦，你要是金鱼来报恩的，就帮我们变一个石塘吧，我老了，河里风浪大，打鱼不行了。你变个石塘，往后我和孙女采石卖，也好过日子。"慧茹爷爷说完，就听到翠微山上一声响，他们赶紧跑上山，一看，果然有一块山变了样，山表面的那些乱石头被掀到一边去了，露出了地下埋着的磨刀石，从此慧茹和爷爷靠踩魔石卖为生。那金葫芦一直挂在他们家房梁上，爷爷告诉慧茹，金葫芦给了他们石塘，他们有吃有喝了，不能管金葫芦张口要别的东西了，人得知足。

搜集整理：杨金凤

十八蹬的传说

在永定河流经北京最险要的地方，有一处十八蹬，十八蹬是永定河河坝上的十八级台阶。这十八级台阶是干吗的呢？

相传，有一年永定河发大水，差点淹了北京城，皇上就派人来修筑河堤，还下令一定要修成铜帮铁底，不能再让河水冲毁堤坝。结果这个治水的官没大本事，河堤没修好，还花了皇帝给的大把银子，洪水一来，照样冲毁大堤，皇城的安全受到威胁。这时皇帝急了，就张榜，说谁有本事把石景山下的永定河修成铜帮铁底，就奖赏谁大笔银两。

永定河边上的磨石口村有个石匠，叫石神，石神是大伙儿给他起的外号，因为他的石匠手艺特别好。过去磨石口曾经流传着"法海寺的木工，承恩寺的地宫，田义墓的石工"的民谣，意思是这三个地方工艺精湛，别处没法儿比。据说田义墓里好多精美的石刻就是石神的手艺。

村里人见了皇榜，街坊邻居都来告诉石神，石神说，我可没那本事，够吃够喝就行了，别招惹官家。恰巧这时候有人给他说了个媳妇，媳妇家要一大笔彩礼，石神想，自己这手艺，不愁以后娶不到媳妇，就把提亲的打发走了。

哪知这天晚上，石神从山里采石头回来，脚下一滑，摔进了深沟，一个打猎的小伙子救了他，石神脚伤了，一时下不了山，就住在了小伙子家，可自打他进了小伙子家，就没见过一个男人，都是一个大姑娘照顾他，石神就纳闷，问姑娘你丈夫呢？姑娘说自己还没出嫁呢。石神又问，那背我回来的那个男人是谁，只见这姑娘抿嘴一笑说，是我。石神问，你是女扮男装？姑娘说，在这荒山老林里，我一个人只能这样，我爹前一阵才过世，我们是从口外逃荒来到这边的。

石神脚好了一点，就下了山。哪知上次给他提亲的又来了，还替

▲ 永定河十八蹬

他揭了皇榜，就想让石神把活干了，得了赏钱，娶他们家闺女。揭皇榜可不是小事儿啊，石神是去也得去，不去也得去了。他只好召集四村八邻的人去修永定河。可他只是个石匠，哪儿有修河道的本事，可又有什么办法呢，就硬着头皮干吧。皇宫里大队人马来看着他，因为皇帝出钱修河道，不能把钱乱花啊，还下死命令规定，汛期之前把铜帮铁底修好。石神愁得啊，他是实在没办法了，就趁着一天夜里逃走，哪知没跑出二里地，就叫一个人给抓住了，抓他的人不是别人，正是在山上救过他的那个姑娘，不过还是女扮男装。姑娘说你跑什么呀？石神说，我不跑，大水来了，淹了北京城，我还是活不了的。

姑娘从怀里掏出来一块白布，布上画着永定河的图，还有许多标志，比如在哪儿筑桩子，在哪儿修河堤，石头垒多高，多厚……说得详详细细。石神也没别的办法，说就按这个图说的修吧，结果，还真就修成了铜帮铁底。最关键的是在永定河高堤上修了十八蹬石阶，石头是他从西山上选的最好的石头，这十八级石头台阶就是用来察看水势的，大水到了十八蹬的第几蹬，下游就开多少闸口，结果这招管用了。

皇帝见石神修成了铜帮铁底，还发明了十八蹬，也没食言，给了石神一大笔银子。当初揭皇榜的那家，带着闺女就来找石神，说皇榜是我们揭的，闺女你得娶，石神说你们不就冲着钱来的吗？钱给你们，闺女你们也领走。村里人都打抱不平，那家就要告官，说石神欺骗皇帝，不是他揭的皇榜，却拿了皇帝的赏钱。就在争执不下的时候，救过石神的姑娘来了，她从石神手里夺过银两，给了那家不讲理的人家。

石神跟着姑娘上了山，两人就到西山隐居起来，过起了和和美美的生活。据说西山很多精美的石刻和石雕，都是石神的手艺。

搜集整理：杨金凤

仙女点杏树

　　磨石山上有很多好吃的黄杏，传说黄杏是玉皇大帝的三闺女种的。玉皇大帝的三闺女比两个姐姐开朗，从天上看到人间有河有山，一定要下凡看看。大姐二姐劝不住，三闺女就偷偷来到了凡间。

　　三闺女降落在了磨石山上，飘下来的时候挂在一棵几十米高的大树上，一个在永定河打鱼的小伙子救了她，她非要跟这小伙子回家，每天跟着小伙子划着小船到永定河里打鱼，不久就跟这小伙子结婚了，并生下了一个女儿。

　　一次，玉皇大帝的二女儿不小心说漏嘴，玉皇大帝大发脾气，派天兵来到磨石山抓三闺女，三闺女怕孩子也被抓回天宫，赶紧抱着孩子往山上跑，她把孩子放在地上，又怕有蛇虫伤害到孩子，就用手指头在地上点了几下，地上立刻长出几棵树，三闺女急忙把孩子放到树上，几棵大树密枝交叉，树下看不到孩子。

　　三闺女往相反的方向跑，还是被天兵给追到了，拽着她就往天界飞，等飞到三闺女种树的地方，三闺女的眼泪再也忍不住了，一串串

▲ 杏树

的泪珠从半空落下来，落在树上，变成了一个个又大又黄的杏。这是三闺女怕在河里捕鱼的丈夫回来找不到孩子，孩子被饿死，所以才以泪点果。这个孩子长大了就爱吃杏，吃完的杏核落在山上，于是山上杏树越来越多，每到春天的时候，杏花开得满山遍野，据说三闺女能在天上看到这磨石山的黄杏。

搜集整理：杨金凤

牛魔王葬身卧牛山

石景山麻峪村东头有一座卧牛山，传说卧牛山的来历与孙悟空有关。

唐僧从西天取经回来，唐太宗李世民十分高兴，下诏在洛阳给唐僧建座庙。在寺庙还没建好的这段时间里，唐僧决定北游燕山。

师徒四人渡过黄河，进入太行山，走了九九八十一天到了永定河畔，从河西向东眺望，发现目光所及之处一片汪洋。

他们来到一座古庙，庙里只有一位老和尚，和尚满脸愁容地说："这地方原来也是山清水秀的，谁知前年来了一个牛魔王，无恶不作，还专吃小孩，所以住在这里的人全都逃走了。"

孙悟空一听，暴跳起来："看俺老孙怎么收拾它。"

唐僧却很沉静，他把孙悟空叫到跟前，附在孙悟空的耳朵上说了些什么，孙悟空高兴得手舞足蹈。

第二天早晨，师徒四人告别老和尚，来到永定河边，唐僧变成了一位老农，沙僧变成一位艄公，猪八戒和孙悟空变成了一对童男童女。到了河边，孙悟空掐了一叶芦苇往水里一放，芦苇叶就变成了一只小船，他们四人都上了船。

船刚划到河中心，突然狂风四起，只见牛魔王从远处咆哮着直冲

▲ 卧牛山

他们过来。牛魔王是看见了孙悟空装扮的童男童女才出来的，正好中了唐僧的计谋。孙悟空立即上前与牛魔王打斗。

牛魔王边打边往西跑，一直逃到麻峪村东头，这时孙悟空找准机会，一棒子上去把牛魔王打翻在地，用金箍棒将牛魔王打死，牛魔王死后，人们不愿看见它的丑样子，用土把它埋了起来，这就是麻峪村现在的卧牛山。

搜集整理：李成志

蛤蟆精闹水

永定河过去有不少的名称，曾经称为湿水、㶟水、桑干河、浑河。为什么叫桑干河呢，传说到了桑树长桑葚的季节，河水退去，河道就慢慢干枯了，所以人们称这条河为桑干河。

不管这河叫什么名字，从前经常发大水，老百姓说，发大水不是老天爷惩罚人，是因为这河的上游住着一个蛤蟆精。蛤蟆精从前也不祸害人，是因为他觉得玉皇大帝不公平，动不动就奖赏龙王，蛤蟆精心里不服，心想你龙王不是本事大吗，我倒要看看你有多大本事，看你怎么镇守这条老河。

蛤蟆精赌气，一张嘴，把一河的水都吞进肚子里了。玉皇大帝就斥责龙王，没把河道看守好，龙王就费心巴力地降雨。正当龙王降雨的时候，蛤蟆精犯坏，一打喷嚏，一张嘴，满肚子的河水从蛤蟆精嘴里吐出来了，加上龙王正在降雨，大水就把河两岸的百里黄土都冲进河里。玉皇大帝以为这是龙王降雨没准儿，把雨降多了，就又斥责龙王。龙王爷纳闷啊，说我就用了五分的力气，怎么这大雨降了十分呢？只见河水顺着山，带着黄土、泥沙，汹涌澎湃地冲到下游，两岸的老百姓就把这条河叫作浑河、小黄河。从上游卷来的泥沙，留在河道里，可不就把河道给堵住了，河道一堵，河水就往旁边流，四处泛滥，久而久之，河里的泥沙越来越多，老百姓也叫这河是天河。河水一泛滥，村子冲毁了，人畜都遭殃，人们的日子没法儿过了，老百姓就怨声载道，埋怨玉皇大帝连龙王都管不了，听到这些，蛤蟆精偷着躲在大山里乐。

河两岸的人就一起找官府，让他们把河里的泥沙清除出去，官府派了很多人来清除河里的泥沙，有运的，有挖的，浩浩荡荡的，干了七七四十九天才清理了一小段。但可气的是，那蛤蟆精一个喷嚏，又把挖的一段给埋上了，汹涌的大水还冲走不少。

话说这龙王也不是个傻子，没多久就发现了蛤蟆精使坏，龙王就把这事儿托梦给了到龙王庙上香的老百姓。老百姓一听，原来是错怪了龙王，心想不行，这事儿得告诉玉皇大帝，不能轻饶了蛤蟆精，于是人们就求玉皇大帝管管那个蛤蟆精，别再祸害人了。

玉皇大帝一想，虽然这蛤蟆精这次犯了错，可也罪不至死啊，算了，饶他一命吧，就下旨把蛤蟆精镇在了大山的深潭里。官府马上派了一个姓刘的人来修理过去冲毁的河道。这刘官人就从桑干河的上游往下游走，走过了大山、悬崖，最后终于走到大山口，这山口正是上游河水冲下来的出水口，他沿着出水口往南走，看到大片的河道被冲垮，就琢磨着在这里治水。

眼瞧着规定修好河道的日子就到了，可这刘官人却不着急动手修河道，他天天坐在西山的悬崖上看着北边的山，再看看南边的平原。手下着急了，离皇帝的限期越来越近了，怎么刘官人还不下令修河道呢。过了几天，刘官人把宫里的、民间的高人都请来，他跟众人说："你们看，这座山的北坡坡度比较陡，快到山麓之时，由于水的不断冲刷，形成了一片陡崖。我有个想法，你们看看可行不可行。现在，河水撞击到石景山这座仙山的北侧山壁下汹涌往南流，我们就在这附近修个水渠，让这水渠的水流进这渠道里，这渠呢，就叫车箱渠，水入渠内，左萦右转，将河水引入平野，灌溉南面的千里沃野，还有一部分可以送入皇城。"众人都说好。

这位刘官人召集大批人马来修河渠，每天车马嘶鸣，人声鼎沸，搅得被镇压在洞里的蛤蟆精闹心，蛤蟆精想想自己捉弄龙王确实有点过分，还让这么多人兴师动众修理河渠。再说，老这么在深洞里待着太没意思了，他就叫来蝙蝠精，让他跟玉皇大帝通报一下，说自己悔改了，要是放他出去，他可以帮助人们修河渠。玉皇大帝听了以后说，"可以放你出去，但要是你再胡闹，可就没命了啊。"

蛤蟆精出来后，还真是帮忙修了车箱渠。据说河渠修好了以后，第一次放水试验，结果一个地方被大水冲垮了，是蛤蟆精用身体堵上去才把水洞堵住的，所以，石景山的永定河河段被人们称为铜帮铁底永定河，据说这铜帮就是蛤蟆精的身子，坚不可摧。

讲述人：老　龙

搜集整理：杨金凤

飞龙救母

潭峪村的东山腰上伸出一个偌大的平台，平台上就是远近闻名的慈善寺，从村东南可望双泉寺。村子北边是高高的挂甲塔山，村西是卧牛台山，西北角是荐福山，主峰海拔797米，西南是小青山，潭峪村在众山环抱之中，犹如青山捧珠。

村内有山泉，泉水汇集成潭，得名潭峪泉。这个潭的形状很像水井，在泉的旁边还有一棵古柏，泉的一侧是数十米高的峭壁，另一侧为十几丈深的悬崖，泉在悬崖之上，但泉水无论怎样流淌都不会流到山崖下，可谓奇绝的景观。

这眼泉一年四季各有特点，隆冬季节不会冰冻，春季之时不会干枯，夏天雨水量再大也不会溢出，秋高气爽的时令更不会缺盈，附近的人们都管它叫宝泉，潭峪村的人就靠宝泉的水生息繁衍至今。

现在的潭峪村东南角有一个大缺口，传说这个缺口是飞龙救母的时候留下的。很久以前潭峪村的潭峪泉是在村子里的，只住着一户人家，家里的老婆婆70多岁，可她的儿子只有六七岁，这个儿子是老婆婆在一场滂沱大雨过后，从村外的一棵大松树下捡的。

老婆婆给孩子起了个名字叫龙儿。龙儿什么家务活都不会干，世间的礼节也都不懂，老婆婆一点点耐心地教他。

龙儿有一个致命的毛病就是怕火，所以一到老婆婆做饭的时候，龙儿就一个人跳到潭峪泉里洗澡，年年如此。

老婆婆每顿做好了饭菜都先让龙儿吃，龙儿人小可胃口大得邪乎，一碗不喊少，一锅不嫌多，老婆婆每次让龙儿吃完饭出去玩，自己把锅刷刷喝点刷锅水，捡点龙儿的剩饭菜填肚。

一天，龙儿吃完饭出去玩忘了带小铲子，他蹑手蹑脚地回来，怕吵醒老婆婆睡觉。悄悄推开一点门缝，发现老婆婆在喝刷锅水，龙儿很奇怪，以后他又偷偷看了几次，才发现老婆婆吃剩饭的秘密，从此他吃饭总是要多剩下一点，可老婆婆在一边不停地催促着他多吃，龙儿心里很难过。

这天早晨，龙儿对老婆婆说："婆婆，我要到山外面去几天，我

▲ 慈善寺山下的村落

给您带很多好吃的东西回来。"龙儿说完就跑到了潭峪泉边，一纵身跳了下去，老婆婆赶到，连龙儿的踪影都没有了。老婆婆夜以继日地在泉边等待，泪水哭干了，晕倒在潭峪泉边。

10天以后，龙儿回来，发现婆婆倒在潭峪泉边，不论他怎么呼喊婆婆都不睁眼，龙儿大声地哭着，把婆婆背在背上，带婆婆到山外治病。

龙儿的泪水越流越多，整个潭峪村变成了一个几百米深的大水潭。龙儿背起婆婆猛然一冲，不料冲出了一个山口，潭峪村中的水汹涌地沿着缺口滔滔不绝地奔涌出去，把东南边的天泰山的一角冲出七八里地，成了现在的黑山头，把另一块冲出去十里地，成了现在的石景山。潭峪村的水一直滔滔不绝地奔流，流成了通天河，龙儿就是沿着通天河回到天上去的。

搜集整理：杨金凤

二、与村落和民俗相关的传说

磨石口传说中最脍炙人口的是"磨石口的传说"，讲的是磨石口村的来历；另外，还有"李陵撞碑的传说"；磨石口村内曾经有12口水井，民间流传着与水井相关的传说；磨石口古道被称为龙形古道，村民中有"青龙天降磨石口的传说"；

▲ 水井旧照

街上曾经有4座过街楼，此地流传着有关过街楼的传说；中国人有春节、端午等各种民俗节日，生产劳作又与二十四节气相关，因此又有关于节日和节气的传说；同时，村落中和从本村经过的商人、驼队等其人其事的传说也在民间流传。

▲ 京西古墓旧照—石人石马

磨石口的来历

永定河引水工程完工后，磨石口的水力发电站开始向首都送电。这个在全国范围内都出了名的磨石口，也有一段民间传说。

模式口原来不叫这个名字，是叫"磨石口"，1923年宛平县长汤小秋给改成了"模式口"，可是人们仍然还念作磨石口。磨石口专出产磨刀用的石头，现在还在继续生产外销。当地人对于能够解决他们生活问题的磨刀石，是看得特别重要的，故事就打这里传下来了。

说故事的老头儿说：磨石口当初是个苦地方，打北京这片地方还是苦海幽州的时候，磨石口就没有人住过，可荒凉了。后来，磨石口山上盖了法海寺、承恩寺、慈祥庵三座庙，庙里有了和尚，磨石口

▲ 磨石口街道北侧的采石场旧照

才算有了人，可是还没有住户人家。自打有了三座庙，不知道又过了多少年，有了段姓、章姓、殷姓、乔姓四家住户，磨石口才算有了人家。这四家人，整天地在土里刨粮食，去山上拾柴火，日子过得特别苦。不知想个什么方法，能让日子好过点，大伙儿都为这个发了愁。

又过了不知多少年了，这一年，不知道打哪里飞来一只会说话的鸟儿，这鸟儿飞着也叫，落在树上也叫，叫的声音是："刨土，刨土，往下刨土。"这哪像鸟叫，简直跟人说话一样，每个字都听得清清楚楚。人们不知道鸟儿为什么叫他们刨土。就在大伙儿猜不透这鸟叫声音的时候，磨石口又出了一件新鲜事：磨石口总也没有人烟，好容易才有了三座庙，好容易又搬来四户人家，哪有念书的人？哪有学堂？可是磨石口却来了一个背着包儿串村学堂的人。串村学堂的向来是卖纸、笔、墨、砚，这个串村学堂的，单单就专卖一样墨。这个卖墨的到了磨石口以后，成天地在这四家村里走来走去。尽管没有人买他的墨，他也是打东到西，打南到北，吆喝着卖他的墨。他只吆喝"谁买我的墨，磨磨就好使。"那一只会说话的鸟儿接着就叫"刨土，刨土，往下刨土"。卖墨的不吆喝，会说话的鸟儿就不叫唤；卖墨的紧吆喝，会说话的鸟儿就紧叫唤；卖墨的慢吆喝，会说话的鸟儿就慢叫唤，奇怪极了。起初，四家村里的四家子人听了还觉得有趣儿。小孩子们为了听鸟叫唤，就围着卖墨的人，叫他吆喝。后来，人们天天听他吆喝，天天听鸟儿叫唤，就厌烦了，只要卖墨的一来，大伙儿就轰他："去吧，去吧，我们这里没有写字的，用不着墨！"卖墨的不急也不恼，总是笑一笑说："磨磨可好使啊！""买我的墨吧，磨磨可好使啊！"日子多啦，段、章、殷、乔四家子里头，也有聪明人啊，就在卖墨的人吆喝声、会说话的鸟儿叫唤声里，留心琢磨了这件事。有一天，他们有一家菜刀钝了，在青石上磨，不出浆水，磨不快；在虎皮石上磨，不出浆水，磨不快，这怎么办呢？忽然，一个小孩子，举着一块石头，跑进来了，大声嚷着说："妈妈，甭发愁啦，卖墨的给我一块石头，说：磨磨刀可好使哪！"小孩子的妈接过石头来，磨了磨刀，磨了磨剪子，真的，放了点水，就出磨刀浆，磨了不大会儿，刀也飞快了，剪子也飞快了。妈妈乐了，问孩子："卖墨的这石头是哪儿找来的？你问问他去。"孩子说："甭问，是咱们村儿西头那个坑里的，一刨就有，可多着呢！"磨石口的人打这时起，知道了开采磨刀石，卖墨的人和会说话的鸟儿也就不见了。段、章、殷、乔四家人日子好过起来，磨石口的住户也就越来越多了，慢慢地就成了一个大村子。

现在，磨石口易名模式口，可是还生产磨刀石。大伙儿只顾看水力发电站了，就把这个故事慢慢地忘记了。

搜集整理：金受申

磨石口传说

▲ 磨石口民居壁画

从永定河东岸悬崖上的石景山向北走，有一个小村子，叫模式口，这是现在的叫法，原来的名字叫磨石口。说起原来的名字还有一段来历呢。

在好多年以前，这个地区一片荒凉。村子三面环山，土地贫瘠，当地人民生活很是艰苦。虽说苦吧，却是穷家难舍，谁也不愿到别的地方去，就在这儿苦熬日子。有一天，突然来了个陌生人，进村就高声吆喝："墨墨好使，墨墨好使。"开始，大伙都听不清，不知他说的什么。大伙围起来问他，见他从身上解下了包袱，打开一看，原来是写字用的墨。这才明白他说的是：

"墨，墨好使。"由于当地人很穷，孩子几乎都没有上学，更谈不上写字了。没有写字的，也就没有买墨的了。先生来了几天，也没有卖出一块墨。但是，这个人好像毫不在乎，每天照常来吆喝。日子长了，村里的孩子也就跟他熟了，边跑边跟着他喊："墨墨好使，墨墨好使。"甚至卖墨的一进村，还没张口，孩子们就先吆喝起来了。

过了十几天卖墨的先生不来了。村里有个大嫂，要去收麦子，但镰刀太钝了。她想，有什么办法让镰刀和新的一样好使呢。突然，她听到孩子们的吆喝声，"墨（磨）墨（磨）好使。"于是她便到山上找了块石头，在镰刀上磨了又磨。果然，镰刀比以前锋利多了，用起来特别痛快。

大家听了这个消息，都按她的样子，从山上找石头来磨镰刀，磨斧子，磨菜刀等。这消息很快便在石景山地区传开了，很多人都上山采石。后来有人出主意，把石头弄规矩一点儿，大小有一定尺寸，取名就叫"磨石口"。村里人把磨刀石销到北京，再卖往外地，这村的磨刀石便卖得出了名，穷村也变成了富村。后来村里干脆组织起来了

▲ 磨石口村出产的磨刀石

一些人专门经营这个磨石生意，为了扬名在外，他们把村子的名字也就叫作"磨石口"了。

讲 述 人：赵维贤
搜集整理：吕品生

二月二抓福

磨石口西边是永定河，过了石景山，南边有座大王庙，据说是永定河治水的时候修的，那是1890年永定河发大水，洪水把广安门都淹了，皇帝就动用各路官员一起治水，真就把水给治住了。可是往后永定河还发不发大水，谁也不敢打保票，这些治水的官员就商量，在河边建一座庙，这庙虽说是为了纪念治水成功，还要请光绪皇帝亲自题个匾额挂上，实际上是为了镇水祈求往后不再发水淹城。

这大王庙修好了以后，老百姓就没断过祈祷河神保佑的活动，每年的二月初二都举办祈福庙会，庙会上每人可以抓福，烧香的人可在这一天求平安，求家旺。

磨石口村有个拉骆驼的冯四，正好这天他拉着骆驼从周口店拉煤

▲ 大王庙

路过，就凑热闹抓了个福，他把福挂在骆驼上往家走。走到骆驼山西边，突然从山坡上冲下来几个土匪，上来就把冯四绑了，堵上嘴，扔进一边的树坑里。几个土匪拉着骆驼就进了山里。阴历二月，天冷，再加上走了几个小时的山路，也饿。冯四没多久就晕过去了。也不知道过了多长时间，冯四觉得身上暖和，醒过来。原来那挂着"福"的头骆驼不知道什么时候回来了，卧在冯四身边，紧贴着他，把他暖和过来了。

说也奇怪，堵在冯四嘴上的破布在地上，绑在手上的绳子也解开了。冯四顾不得多想，给这头骆驼磕头，谢这骆驼救了他一条命。冯四起来，跟在骆驼后边往家走，边走边垂泪，这一队骆驼一共七头，是他帮别人赶的，现在就剩下一头骆驼，其他的六头骆驼丢了，这可怎么办啊，把自己卖了也赔不起啊。

冯四垂头丧气地回到村里，走到雇主家门口，往院子里一看，那六头骆驼好好的已经回来了。冯四遇到劫匪的事儿很快就在村里传开了，人们不知道骆驼怎么回来的，就认为是冯四抓了的"福"保佑了他。也有人说，其实那头骆驼是头神骆驼。

搜集整理：杨金凤

白果树

在京西石景山，有个叫八角村的古老村落，距今已有400多年的历史了，相传400多年前，这里最早有赵、钱、阎、孔、祁、梅、王、肖八户人家，他们多是来自山西洪洞县的逃荒难民，还有自称"随龙来的"，即跟随李自成起义大军进京的，因为居住八户人家，所以称为八角村。因为山西洪洞口音把"八家"说成了"八角"，所以外人把八家村听成了八角村。

从前，八角村的村西头住着一对美丽善良的姐妹，姐姐叫金杏，妹妹叫银杏。金杏到了该出嫁的年龄，四里八乡的人都来提亲，金杏虽然对一个书生特别中意，但是她却没有答应出嫁。妹妹问姐姐为什么要错过好姻缘，姐姐说："还是再过些日子吧，我要是出嫁了，重病在床的母亲只靠你一个人照顾，我怕你养不了娘的。"

一晃三年过去了，妹妹银杏18岁，也到了出嫁的年龄，银杏说："姐姐为了母亲耽误了出嫁的好时机，现在我怎么能一个人去过好日子呢？"

半年以后，母亲不幸去世，姐妹俩特别伤心，担心母亲寂寞，天天守候在母亲的墓前。她们饭不吃，水不饮，消瘦得不成样子，过路人见了都很怜惜。

一天，观世音菩萨云游，问趴在地上的姐妹为何哭泣，金杏悲伤地说："菩萨佛力无边，求求您圆我们孝母之心，把我们化作娘墓旁的两棵银杏树吧，我们可以天天在此和娘说话，我们一家人就可以永远地相守在一起了。"

观世音菩萨把手中的拂尘轻轻一挥，姐妹俩一左一右在墓旁变成了两棵银杏树，人们说这是两个神女变成的神树。

不久盗墓人来盗墓，碰伤了银杏树的根，两棵树奄奄一息。后来观世音菩萨从王母娘娘那儿讨来两颗鲜果，救了两棵银杏的性命，并挑选了一个小伙子来保护他们。银杏发现小伙子对姐姐格外有意，就说服姐姐跟小伙子到世间过快乐的生活去了。现在我们看到八角村只剩下一棵银杏树了，那是妹妹几百年来一直在陪伴着她的母亲。

搜集整理：杨金凤

过街楼的传说（一）

　　京西流传着一个吕尼护驾的故事。大明年间，北方蒙古族头领率兵侵犯，守边的将领屡战屡败，皇宫里有个太监就煽动皇帝亲征，这皇帝头脑也糊涂，不知道自己能力有限，真就御驾亲征，还想着一定能大胜归来。

　　这一仗能不能胜，早有人知道了，这个人是个尼姑。这先知先觉的尼姑在皇帝出征的路上拦住了皇上，告诉他千万不能去征战，皇帝一看，哪儿来的疯婆子，我一个堂堂万人之上的皇帝，还不及你个小小尼姑的预断。于是让士兵把尼姑给推搡到路边去了。

▲ 旧时磨石口过街楼

　　一语正中，皇帝不但打了大败仗，还让敌军给抓住了，成了俘虏，这不就成了大笑话了吗。皇帝成了阶下囚，手下的人有的忠心护卫他，可有的就投靠了敌人，跟随皇帝的一个太监就暗中给敌人出主意，送皇帝回城，镇守的关卡一开，趁此机会就能冲进皇城，拿下大明江山了。皇帝在荒山野岭被囚的日子难熬，再加上又不知这个太监的坏主意，便傻乎乎地想赶紧回朝。就在皇帝第二天要启程的时候，夜里皇帝做了个梦，又是那尼姑跟他说："皇上，你千万不能回去，你不回去，只是你一个人深陷灾难，你若回去，皇门一开，那大明江山就彻底毁了，所有的老百姓都将生灵涂炭啊，皇帝你要三思啊。"

皇帝醒来，想想刚才的梦，觉得那尼姑说得有道理，自己打了大败仗，死了那么的官兵，再被敌人利用，回城可就害死全城的人了。这皇帝算是明白了，所以他没让坏太监和敌人的算计得逞。

吕尼一看，皇帝听了她的建议，就想着有什么办法救皇帝。救皇帝要面对敌人的强大兵马，得有计谋才行，于是吕尼来到口外，不断观察地形。先是建立第三道守城边卡，在京西南敌人可能追来的地方设置了一道长长的关卡，西北从长城居庸关开始，西南到房山一带的山峦，全部建了过街楼。这过街楼看上去不是碉堡，是为了不影响人们在商道上做买卖，把过街楼修建得能过牲口。吕尼还让人在所有的过街楼上供奉了佛像、神像，一是保佑皇帝在逃回到这个地方的时候，敌人攻不破此防线；二是保佑从过街楼过往的人们平安。

▲ 吕尼碑局部

皇帝最后虽然没按照吕尼的计划逃回皇宫，可是他回皇城的时候，一路上看到那么多的过街楼，知道了吕尼的良苦用心，就在离磨石口过街楼东边不远的地方修了座庙，认其为皇妹，那庙就被老百姓称为皇姑寺，皇帝敕赐寺额为"顺天保明寺"。

搜集整理：杨金凤

过街楼的传说（二）

磨石口街上有4座过街楼，这些过街楼都是谁修建的呢？为什么每隔几百米就修一座，一下子修这么多座呢？

相传，吕尼救驾朱祁镇以后，皇帝认她做了皇妹。这消息被两个来法海寺的游僧知道了，游僧走了不久，这吕尼就不得安生了。为什么呢？这两个游僧，一个去了河南，要去朝拜白马寺，一个去了山东的泰山，要去朝拜泰山娘娘。这两人各自到了自己的地方，就跟当地的人说起了这个天下奇闻，当朝皇帝居然认了个尼姑当皇妹。

说者无心，听者有意，这两个地方就开始修庙，一边修庙，一边派人到京西来请吕尼。河南的人来了，找到吕尼说，你是俺们河南

▲ 法海寺远山门西侧过街楼遗址

人，你还是回俺们河南去吧，那里已经给你修好了修行的地方。河南人正和吕尼说着，又有人来访，是山东人，山东人说，你是在山东修行成的，你还是回山东吧，山东已经把给你修行的寺庙修好了。

二人见吕尼不为所动，以为是吕尼为难。晚上，两人到附近的山上寺庙看看，大老远来的，不知不觉往西就走到了磨石口。两人一边走一边打赌，这个说吕尼肯定跟她回河南，那个说肯定回山东。两个人说着说着就有点急了，山东来的人不服气，说要不咱俩比试比试，谁赢了谁留下，谁输了立刻走人。河南来的人说怕什么，比什么。

两人在磨石口就比起功夫来，从街上打到蟠龙山上，又从蟠龙山上打到浑河里的船上，不分上下。她们俩一闹腾，惊动了吕尼，吕尼飞步赶来。劝谁都没用，吕尼说，要不这样吧，你们看，从北边的山上到南边的河边，谁先架起一座桥来算谁赢，我就跟谁走。不过架起的桥上面要能供奉佛，桥下还得能走人。

于是二人就开始架桥，河南来的人在磨石口西的隘口处，修了座过街楼，山东来的人在磨石口村东修了座过街楼。吕尼一看，都不错，就表扬了二人。在街上看热闹的法海寺小和尚，跑回寺里把这事儿告诉了方丈，说皇妹都夸那河南和山东来的人了。方丈闻声起身，来到法海寺远山门，站在山门前，两手往一左一右的山门狮子上一拍，瞬间拍出两座过街桥。这下看热闹的人纷纷议论起来，说我们当地法海寺的和尚，怎么能输给你们远道而来的女人呢。

吕尼本来是要跟山东来的人走的，哪知皇上圣旨到，要给吕尼建座寺，谁敢违背皇帝圣旨啊，于是河南来的人就起行回了河南，可那山东来的人就是不走，说没办法回去向山东父老交代，她就留下跟吕尼修行，后来也修成了正果，修成后她就回山东了，也算是圆了山东人的愿，据说现在泰山上还有吕尼徒弟的塑像。人们还一直供奉着她。

搜集整理：杨金凤

王八驮石碑

龙王常年镇守永定河，操心劳神，河两岸的人每年总要挑个日子犒劳小龙王。这天，磨石口村的人搭上了大戏台，敲锣打鼓，在村西头，等着迎龙王。没多久，村里的年轻汉子们抬着轿子回来了，高高兴兴把龙王请到了村里。

落轿以后，县官亲自上去，撩开绣着龙的布帘子，满面带笑，只见这龙王卧在一个3尺多长、2尺多宽的木盒子里。

县官高喊："龙王下轿！"

四个大汉上前把龙王抬着，走到戏台最前边，把龙王放在中间的座位上。陪龙王看戏的乡绅和县官们也只能坐到龙王后边的第二排。

戏一开演，没演多长时间，龙王就动了动身子，县官赶紧喊停，要马上换戏，这是因为龙王爱听的戏，它就一动不动地待着看，只要一动，就表明不合它意。

县官又让台上换了出戏，这下龙王爱看了，一动不动，戏演完了，龙王还是没动，县官只得下令给龙王再演一遍。又演了一遍，龙王还是没动，县官想，这出戏选对了，龙王是百看不厌啊，于是下令，只要龙王不动，就一遍一遍地演下去。从早晨到下午，眼瞅着就到晚上了，县官有点急了。龙王必须在太阳落山前送回去，县官心想，龙王一年才出来一回听戏，难免上瘾，可也不能耽误了回龙宫的时辰，耽误了要出大事儿的。

县官壮着胆子走到龙王旁边，就听着有震雷一样的声音传到他耳朵里，县官一拍自己的脑袋："唉，不是龙王爱听这出戏，是它睡着了。"

太阳一点点往下坠，县官急忙叫大汉们把龙王的轿子抬过来，几个壮汉闻声立刻去抬轿子，等了半天轿子也抬不回来，县官又差人去催，衙役慌张跑回来说："老爷，轿子不见了。"

▲ 王八驮石碑

轿子哪儿去了？却说这龙王听戏的时候，王八正好上岸闲玩，王八不爱听戏，瞧见那轿子在一边停着，觉着好玩，就让壮汉们把轿子搁在它的背上，说一会儿龙王回来，你们就不用抬了，我搁在背上把龙王驮回去，几个壮汉想想，省了自己的力气，就把轿子搁在王八背上，嘱咐它别走远了，就在原地等着，王八满口答应，这几个壮汉就听戏去了。

王八一等二等，也累了，就躲到阴凉的地方等。三等四等，又躲到河边的地方等，五等六等，就到河里去等了。几个壮汉到处找王八也找不到。

有个淘气的小孩，在王八在戏场子门口等的时候，给王八身上系了根红线，拉着王八玩了一阵子，玩完就把红绳子系在树上回家了。小孩听见村里又吵又闹翻了天，就出来看，听大爷大婶们说着急找王八，他就让大伙儿跟着他走，孩子把树上红线绳解开，人们就沿着线绳一直找了去，找到河边，线绳进了水。

小孩就拉着红绳子喊："王八大仙，王八大仙，你快上来啊。"

王八白天让太阳晒了一天，睡着了。几个大汉只得潜水到河底，把王八叫醒，叫醒了问王八轿子哪儿去了，王八说在身上啊。大汉们看看王八身上，哪儿有轿子啊？原来王八一进水，身上的轿子就让大水冲跑了。

没了轿子可怎么好啊，县官越急越没了办法。小孩聪明，说不就是把龙王驮回来吗，就叫王八去驮。县官也没更好的主意，龙王再不回龙宫，玉皇大帝知道了就得惩罚龙王。于是人们就把龙王放到王八身上，驮着往永定河走。到了永定河边上，人们把龙王抬下来，把龙王放进水里。

龙王入水前，咳嗽一声，水里的虾兵蟹将拿着武器出来接驾，龙王冲着王八说："你不是有本事驮东西吗？你就留在这里吧。"只见虾兵蟹将一拥而上，把王八爪子打折了。

从此，王八就留在了磨石口驮石碑了，传说，磨石口地区所有的石碑都是那个王八的子子孙孙被龙王发配到磨石口驮石碑的。

搜集整理：杨金凤、黑　阳

李家蝈蝈

磨石口村的山坡上，草深林茂，据说山上草稞子里能捉到好蝈蝈，民国的时候，北平南城有个朱六爷，他有个紫红松脖儿的装蝈蝈的大葫芦，这葫芦里放进去磨石口蟠龙山的大山青蝈蝈，叫遍四九城。玩蝈蝈的主儿一看朱六爷蝈蝈这么好，问他哪儿捉来的，朱六爷就得意地说："京西。"再问他京西什么地儿，他就悄悄附在你耳朵边上说："磨石口山上。"于是京城里的玩儿主就奔磨石口来捉蝈蝈。

磨石口的蝈蝈怎么来的呢？相传，磨石口村过去住着一个叫李大庄的人，老婆有病死了，他就带着儿子伺候老丈人和老丈母娘，就靠他一个人干活儿养家。拼死拼活地干，才能勉强养活几口人，哪知老丈人又病了，没钱瞧病，李大庄只得夏天天一亮就上山割草卖给养骆驼的，挣钱给老丈人治病。这天他正哈腰卖劲儿地割青草，忽然觉得脖子上痒痒，用手一抓，是一只大蝈蝈。李大庄就把这蝈蝈带回家给儿子玩。他儿子七八岁了，拿着蝈蝈上街跟村里的小孩们一起玩，地主老财的儿子一见这蝈蝈叫得好听，硬要借去玩。李大庄儿子小，脑袋瓜子好使，也不抠门，就说："蝈蝈借你成，不过不白借，你拿粮食来换，给钱也行。"

财主家的儿子一拍胸脯说："你要钱我给钱，你要粮我给粮。"就这么着，李大庄儿子在财主儿子手里赚到一笔钱，李大庄知道了，本来想训斥儿子小小年纪赚钱不好，可一想是地主老财家的，也就没再管他。

财主的儿子又拿着蝈蝈显摆，别的财主家孩子见了，也跟李大庄儿子来借蝈蝈玩。李大庄一想，干脆我再上山捉一只回来，说也怪了，李大庄还没走到上次捉蝈蝈的地方，就有一只大蝈蝈跳到他肩膀上了，李大庄把蝈蝈带回家给了儿子。财主们知道了蝈蝈能挣钱的事儿，就找到李大庄，要用钱把这蝈蝈买过来，李大庄的儿子哭着闹着就是不卖，财主就派人夜里到李大庄家来偷，把两只蝈蝈偷回了家。

财主把蝈蝈偷回家以后，财主的儿子就逗着蝈蝈玩。李大庄一看蝈蝈丢了，就四处找，李大庄的儿子也满村地找蝈蝈，因为李大庄的儿子跟蝈蝈待的时间长了，只要他一吹柳叶，蝈蝈就能听懂。李大庄的儿子从村东到村西，挨家挨户门口吹柳树叶，从早晨吹到天黑。走到了偷蝈蝈的财主家，蝈蝈听到李大庄儿子吹的柳叶声，开始上蹿下

▲ 年画——玩蝈蝈

跳，满屋乱跑。财主家少爷就满屋子追，不小心把大条案上的蜡烛碰倒了，起了火，把房子都烧了。

那两只蝈蝈，跑到院子外头，跳到李大庄的儿子肩膀上，一个肩膀一只。李大庄的儿子就回了家。

这天，李大庄又到山上割草，一个人跟他打听他惹祸烧了地主家房子的事儿，李大庄就跟来人说了来龙去脉，来人一听，非要买李大庄的蝈蝈，能给一大笔钱。李大庄一想，得了钱能给老丈人治病，就把蝈蝈卖了。那买蝈蝈的不是别人，正是京城蝈蝈玩家朱六爷。据说后来朱六爷专门到磨石口村找李大庄买蝈蝈。

搜集整理：杨金凤

铁胳膊和铁脚

京西一带习武的人多，骆驼队来来往往，就有高手跟村里功夫高的人交手。磨石口村北边山上过去住着个采磨刀石料的，常年干力气活儿，力大无比，都说他一只手可以举起200多斤磨盘大的石块，时间长了，人们就叫他铁胳膊。

法海寺远山门前有个面茶铺子，这天，一个背着包裹的大汉坐在面茶铺子吃饭，就听过路拉骆驼的七嘴八舌夸一个人，那人是个七尺大汉，铁塔一样，胳膊跟骆驼腿一样粗，各个都毕恭毕敬地叫他铁胳膊。

背包袱的大汉紫铜脸，人不粗壮可身板硬实，两目放光。紫铜脸汉子哼了一声，铁胳膊听见这一哼不大对劲儿，明显是瞧不起他。拍桌而起："怎么啦兄弟，面茶灌鼻子里了？"

紫铜脸大汉眼皮都没抬，又哼了一声。

铁胳膊是个火暴脾气，蹭地就一把上去把紫铜脸大汉从板凳上拎起来，举着扔到路边。这时候围上来好多人，各个拍手叫好，夸铁胳膊好力气。

铁胳膊端起面茶扬扬自得，仰起脖子正要喝的时候，只见坐在地上的紫铜脸大汉一伸左腿，一个趔腿就让铁胳膊倒在地上了，面茶泼了一脸。大伙儿仔细一瞧，妈呀，那紫铜脸大汉穿的是一双铁鞋，两只鞋光亮亮晃眼。刚才起哄的人一下子全闭嘴了。

紫铜脸一跃而起，扔下一句："你拿鼻孔吃饭的吧。"起身就往东走。走起路来，脚上的两只铁鞋就跟穿着茅草鞋一样，步子轻飘飘的。大伙儿就对铁胳膊说："你遇上对手了，你铁胳膊看来跟这铁鞋前世有过节。"铁胳膊仗着人熟地熟，不服气，说早晚要收拾紫铜脸大汉。

紫铜脸大汉没走，就在村里住下了，住在承恩寺墙东边的城门楼子里，那城门楼子北边有块大石头，他就躺在石头上睡觉，什么也不干。时间长了，村里的孩子叫他铁脚。

没几天，就是天泰山庙会了，敲敲打打声从磨石口村东边传过来。村里人知道，这是走会的队伍来了，一会儿的工夫，村里看热闹的大人小孩都从家里跑出来，铁胳膊也来了。来到东边的过街楼一看，过街楼下的洞口立着一块牌子，上面写着："在此借路，停脚献档。"铁胳膊明白，这是铁脚干的，牌子的意思是，你从这磨石口街上过，就得等停下来表演一番才能走。

磨石口村的人实诚，祖祖辈辈传下来的习俗，从街上过的走会的，都是送茶款待，哪有硬喊人家在这表演的。铁胳膊伸出两根手指头，把上百斤的大牌子扔到路边，铁脚闷声不语，冲着大牌子一踢，又准又稳，那牌子又回到原位立在那儿。铁胳膊再过去，把大牌子扔一边，铁脚又踢回去，就这么来来往往十几个回合，看热闹的人喊开了："别闹了，别闹了，走会的过来了。"

走会的已经到了过街楼洞前，铁鞋一跃就上了过街楼顶，对着下边几支要从街上过的走会队伍说："从今儿开始，凡是从这街过的香会，都得在街上要一遭再走。"

铁胳膊在下边是干着急，他虽然说力气大，可他轻功不行，上不去楼顶。哪知这些过路的花会队伍，不争不吵，规规矩矩，一支接着一支地在街上献档表演。到了最后一支队伍进街，半天也没起锣鼓家伙，铁鞋问："你们要破我刚立下的规矩不成？"

这队的督管赶紧上前说："兄弟莫火，我们是有难处。"

铁鞋问："什么难处？"

督管说："我们那打镲的拉稀跑肚，你看，那两个人搀着的就是他，镲也半道掉河里了，没镲，缺家伙儿点儿啊。"

铁鞋说："我打镲。"

说罢，铁鞋又躺回到大石头上，头朝北，脚冲南。只见他伸起两只腿，两脚冲天，穿着铁鞋的两只脚一碰，发出哐哐的镲声，其他吹鼓手们一看，赶紧应和起来。花会队伍听见鼓点，也跟着表演起来，

▲ 花会队伍在磨石口大街献档表演（何大齐绘）

▲ "佛"字石刻

▲ "翠微山"石刻

有舞龙的，有踩高跷的。

这队伍一边演一边往西走，只走出几里地，到了天泰山，那磨石口东北过街桥下躺着的铁鞋还举着双脚冲天伴奏呢。

从此以后，所有的花会队伍经过磨石口村的街道，都要在街道上表演献档，村里人有热闹看了，都来感谢铁脚，给他送吃送喝的。那这铁鞋后来是怎么离开的呢？传说是铁胳膊一直不服气，来和铁脚比试，两人打赌，只要铁胳膊把铁鞋举起来，铁鞋就认输离开。铁胳膊就让铁鞋躺在几百斤的巨石上，只见铁胳膊铆足力气，哈腰，伸胳膊抱住石头，憋足气，把石头抱在胸前，骑马蹲裆一举胳膊，连石头带人，一起举过头顶。

哪知这铁鞋在半空中还是较劲，说铁胳膊就是个莽夫，有力无智。铁胳膊一生气，把石头扔了出去，一下就扔到了翠微山上，据说翠微山上那块写着"翠微山"的大石头，就是铁胳膊扔出去的。另外有村民说，铁胳膊把铁脚扔到狮子窝了，狮子窝那个"佛"字就是铁脚刻的，因为他后悔自己太狂妄，就想在山上修行，刻下了"佛"字。此后那铁鞋再也没到磨石口来，而花会过磨石口献档的习俗却流传了几百年。

讲 述 人：乔守尚、杨文才

搜集整理：杨金凤

三、与寺庙相关的传说

磨石口村虽然很小，但村内的寺庙众多。与寺庙相关的传说主要有"法海寺的传说""白衣大仙的传说""承恩寺的传说""四柏一孔桥的传说""关帝庙的传说"等。

法海寺作为国家级文物保护单位，寺中最为珍贵的是法海寺壁画，壁画上绘有众多佛教人物，有许多佛教故事。

天泰山在磨石口村北边，天泰山上建有一座寺庙叫慈善寺，关于慈善寺的民间传说有很多，有关于寺庙的，也有关于寺下村落潭峪村及附近山川的。民间有关于"顺治出家天泰山"的传说。此外，双泉寺的传说在民间也广为流传。据《燕京岁时记》载："天台山在京西磨石口，车马可通，即翠微山之后山也。每岁三月十八日开庙，香火甚繁。寺门在南山之麓，寺在北山之巅，相去几至里许。"[1]天泰山又名天台山，慈善寺又称天台寺，早年是远近闻名的香火胜地，连京城内及河北等地的香会都来这里上香，并留有石碑。

慈善寺是远近闻名的香火之地。旧时关于庙会有句老话——"三山五顶供娘娘，唯有天泰供魔王"，说的就是慈善寺。慈善寺大悲殿后有个伏魔殿，从前只在农历三月三开门，相传里面所供的魔王和尚是个疯僧，清康熙年间来此修成正果，去世前告诉弟子如果他圆寂后身体发出异香，就将他做成肉胎佛像供奉，将衣钵藏于寺南的金刚塔中，因此慈善寺又被称为"魔王和尚庙"。据说这里的魔王和尚"隆准凤目，壮貌英武，宛若天人"，并且斜身向着东南方向遥望京城。当地老百姓都说顺治放弃朝野出家修行，伏魔殿北墙上308字《归山诗》据传

▲ 慈善寺石佛

也是顺治皇帝亲笔所书,其中"黄袍脱换紫袈裟,只为当年一念差;我本西方一衲子,因何生在帝王家;十八年来不自由,南征北讨几时休;我今撒手归山去,谁管千秋与万秋",更使这个传说越发可信。现在魔王和尚衣钵塔——燃灯古塔仍屹立在寺南苍松翠柏之间,周围挂满了五彩的经幡。而现在的伏魔殿,窗明几净,魔王和尚塑像早已不是当年那个肉胎。

▲ 慈善寺伏魔殿

四柏一孔桥的传说(一)

磨石口翠微山下,在通往法海寺的路上,有一座小桥。这座小桥极不起眼,如果无人提醒,恐怕谁也不会注意。

其实,还真不能小看这座小桥。它可不是一座普普通通的小桥,它不仅有着悠久的历史,还有着迷人的传说。

说它历史悠久,这有法海寺可以作证。根据这小桥所在的位置,可以估计,它和法海寺的年龄应该相差无几。

传说,大明成化年间,宪宗皇帝朱见深外出游幸,来到翠微山前,说要看看法海寺。陪他游幸的万贵妃带领韦兴、陈喜、高谅等先后到了法海寺前的溪边,被湍急的溪水阻住了去路。

▲ 四柏一孔桥

　　朱见深把整个地形、水势看了又看，把韦兴叫到身边指示说：
"去叫韦瑛领几个人，上山伐树，马上架桥。我们先到别处转转。"
韦兴按皇帝旨意，赶紧派出了韦瑛等人上山伐木。过了好一阵子，韦
瑛等扛了砍伐的木料来到溪边，他们左挑右选，就是找不出可以用作
桥桩的材料。这十来个人正心急如焚，宪宗慢悠悠地走了过来问道：
"什么时候能够架好啊？" "回万岁！现在还没有找到可以用作桥桩
的木料！要……"韦瑛战战兢兢地回答着。"一群废物！这漫山的树
木，连个桥桩都选不出来吗？"宪宗疑惑地问。"万岁息怒！这山上
的树木虽说不少，可是，也不知为什么，一棵棵长得稀奇古怪的，曲
的多，直的少！实在是不好选……"韦瑛怯懦地嗫嚅着。宪宗笑道：
"你们看，这满山树木不成材，何不罚它把桥抬？"韦瑛等顺着宪宗
的手指一看，原来这溪边竟有几棵大树。这伙人一起跪下磕头连连高
呼："万岁圣明！"韦瑛吩咐："马上给我砍树！"话音未落，几个
校尉抄起家伙就要去砍。不料斧头还没有举起，就听宪宗断喝一声：

"住手！一群废物！我叫你们砍树了么？等我回来你们要架不好这桥，以后就别吃饭了！"宪宗说完倒背着手走了。

韦瑛等个个是丈二和尚摸不着头脑，人人急得抓耳挠腮，谁也弄不懂是怎么回事儿？就在这时，一个老樵夫从山上下来，把柴担一放，一屁股坐在了路边，拿起草帽扇起风来。他刚扇了两下便被一个校尉喝住："干什么的？赶快走！""砍柴的，我实在是太乏了，上天罚我伐了一辈子的树，您就让我歇会儿吧！"老樵夫央求着。"不行！赶快走！一会儿让皇帝老爷见了还了得！快！"校尉急切地催促着。老樵夫无奈地挑起柴担走了。

韦瑛望着老樵夫的背影，思来想去，忽然叫了起来："我悟出来了！"众人惊问："悟出了什么？""你们没听这老翁在告诉我们吗？他是说这'伐、罚、乏'三字是一音！万岁爷是要我们'罚'这几棵树抬桥，而不是去伐树！"韦瑛激动地解释着。这使得几个小校尉也恍然大悟，不多时，他们就将一座以松柏为桩的桥架好了。

朱见深转悠回来，看了看这伙校尉架起的小桥，点了点头，走过桥去，便兴冲冲地奔法海寺了。后来这座小桥就被人们叫作"四柏一孔桥"。至于那个老樵夫，有人说他是"神仙"，有人说他是"树精"。"四柏一孔桥"呢，更有人说它是"界桥"，是人间与仙境的分界，意思是过得此桥，便进入了仙境。

搜集整理：刘　绵

四柏一孔桥的传说（二）

到法海寺要经过一座小桥，关于这座桥的来历在民间流传下来一个有趣的故事。传说法海寺建筑完工后，李童前来验收，连续5天挑不出半点纰漏，心里一阵阵欢喜。工程是不错，但支付工匠的工钱可不少。李童原打算将三分之一的工钱装入私囊，如今支付了这部分工钱，银两就所剩无几了。李童想鸡蛋里挑骨头，不找出毛病不死心。他发现寺门外二百余米处，有一条4米宽的小河，河面是木板搭的浮桥，不觉内心一喜："好，有了！"

回到院里，李童大夸工匠们如何能干，末了才装出一副为难的样子说："今天是八月十三，听说八月十五皇帝要来此游玩，寺前的木板桥经不住皇帝的车辇，两天内必须修好四百零一孔桥。这'四百'代表皇帝威震四方，这'零一'代表皇帝乃一国之主。若两天内建好桥，不但按原来约定付足你们的全部银两，而且每人另奖5两。要是完不成，每人扣除100两银子。"工匠们明知李童想借此克扣他们几年来的血汗钱，只是敢怒不敢言。夜里，大伙凑在一块儿，一筹莫展，一声接一声叹气。眼见天已大亮，半个法子都没想出来。

▲ 通向法海寺的四柏一孔桥

有一个叫路于的江西老工匠，独自走出寺庙，来到河边。坐在那里呆呆地望着流淌的河水自言自语："河水呀河水，难道我们几年来挣的血汗钱真的要付诸东流了吗？"这时，夕阳的余晖照在水面上，金灿灿的，真如鎏金一般。水面上有几棵树的影子摇来摇去，路于忽觉眼前一亮，他站起身走到树前，左看右看，啧啧赞叹："以前我怎么就没注意过这些树呢？"于是三步并作两步返回寺里，告诉大家快快吃饭睡觉，十四日四更天时正式修桥。

再说李童，这两天心里别提多高兴了，躲在屋里细吃慢喝，心想："这几百两银子到手了，你们再有神机，也不如我妙算。"八月十五金鸡报晓之时，李童迈着四方步踱到屋外，台阶还没下完，就听有人上气不接下气跑来禀报："大人，工匠们已经把桥建好了。"

李童大惊，急匆匆来到河边问道："四百零一孔桥在哪儿？"工匠指指河面，只见一大块青石板恰好被4棵树担住，石板面稍稍向上隆起，不偏不倚，严丝合缝，恰好是一座桥。李童不由得暗暗叫奇，但仍装出一副不以为然的样子问："现在才有一孔桥，那'四百'在哪儿？"路于不紧不慢地指着河两端撑着石板的四棵柏树数道："一、二、三、四，不正好是'四柏'吗？"李童哑口无言。工匠们用"柏"与"百"的谐音架起了"四柏一孔桥"，巧妙地从李童那里得到了自己应得的银两。

如今，您去游览法海寺，当看到这"四柏一孔桥"时，一定会为工匠们的智慧所折服。

搜集整理：杨金凤

山神庙

从前，要出磨石口村西，必经一个古隘口，这隘口地势险峻，与西山相连为一体，有一夫当关万夫莫开之势，隘口狭长，出隘口往西，路两侧山峰林立，驼铃古道像鸡肠子一样细，宽也就6米多，长200多米。过了古隘口，就是连绵的山路，这古隘口都是石头，不知道经过多少代人凿出来的。

民间传说，古隘口为山神所开，山神为什么在此凿山为路呢？老辈人说，过去磨石口西边的大山里住着一对夫妇，男的叫山林，女的叫山姑，冬天冷了，他们就砍柴取暖。这年发大水，把山上的树木全都连根拔走了，就剩下光秃秃的山，冬天大雪封山，特别冷，山林和山姑躲到山洞里还是冷。眼看着两人在山洞里就快冻死了。山姑就把家里仅剩的一点粮食做成窝头，走到山顶上，对着大山说："山神啊山神，保佑我们熬过这大冷的天吧，只要我们活下去，将来给你修座庙，让祖祖孙孙祭拜你。"山姑说了半天，山神也没出来应她。山姑一直就跪在山顶上叫山神，叫着叫着，连冻带饿就晕过去了。她躺在山顶上，就看见天上飘下来一团一团的火，她就说："火呀，火，你赶紧进山洞去吧，我家男人山林在洞里快冻死了。"

火就是围着她不走，热得她难受，就一下子醒过来了。醒来身上也不那么冷了，她就想刚才的梦，赶紧往山洞跑，跑进山洞一看，满山洞都亮堂堂的，山洞里的石头黑亮亮发着光，山林正把一些黑亮的石头堆放在一块。哪知山姑一进来，往石头堆上一靠，那石头就热乎起来。后来山林和山姑就把这些能热的石头送给山里住的其他人，从别人那儿换点粮食或者别的东西。

慢慢地，山里人开始找这种发亮能热的黑石头，因为石头黑，人们就管这石头叫黑煤，从山里采了黑煤往别处和别人换东西。山林和山姑走的地方越来越多，山林在山里开洞挖出黑煤，山姑就背上黑煤去卖，可是每次走到磨石口这个地方，因为翻山越岭，老是晚上赶不回来。这天，山姑背着煤走到这里天就黑了，就听着山风呼啸，远处狼嚎声越来越近，山姑想这下完了，今天是要喂了狼了。山姑就把背着的煤放下，大声喊："山神爷，出来救救我！"这一喊，真就把狼给吓跑了，山姑回去跟山林说，是山神救了她，要在那地方建座山神庙，保佑所有经过这个地方的人。山林觉得媳妇说得对，就到处联系山里人，在古隘口这地方修了山神庙，山神一看，人们把他这么当回事儿，一高兴打了个喷嚏，一下子把山给劈开了，有了一条能过一个人的山道，后来人们为了走着方便，就把这山崖中间的山道给凿宽了。从此磨石口祖祖辈辈的人，一直供奉山神庙里的山神。

农历六月初六，传说是山神日，参加祭祀山神的人们把整猪、羊等祭祀品摆在供桌上，还放鞭炮，给山神上香、磕头，迎接一年一度的山神日，感谢大山带来的恩惠，祈求来年五谷丰登，禽畜兴旺。

搜集整理：杨金凤

双泉寺的传说

双泉寺位于石景山区北部的双泉山上，双泉寺因双泉山而得名，双泉山又因双泉寺而闻名。双泉寺建于唐代，西侧的双泉流淌了至少1000多年，成为远近饮泉人的福泉，也成了双泉山一双明亮的眼睛。

所有喝过双泉水的人无不赞赏水的口感，泡出的茶芳香不绝。明嘉靖元年（1522年），太监冯重将任意流淌的双泉加以修治，形成两个深约2尺的井和一个雕有龙头的蓄水池。如今泉眼修成了井形，有3米多深。双泉寺水好，来取水的人络绎不绝，但令人惊奇的是不管天怎么干旱，泉眼中的水总是不干，不管多少人舀着喝，可泉水随掏随长，涓涓涌动，不见干枯。

传说过去天上有10个太阳，其中的一个太阳和月亮是好朋友，他们总是在每天昼夜交替的时候悄悄会面，亘古以来谁也离不开谁。不料有个叫后羿的人看太阳把大地烤得太炙热，一口气就射掉了天上九个太阳，这其中就有月亮的好朋友翠日。翠日正巧掉在双泉山上，她浑身燥热，求死不得，求生无路，痛苦不堪地对着双泉山说："山神，山神，只要你能够熄灭我身上的火焰，我愿从此在这里守候陪伴你，即使把我变成一股清水或者一缕清风都行，让我为世间的人造福吧。"

山神听了翠日的祈求，立刻把她变成了一眼甘泉，从此她一年四季地流淌。一天夜里，月亮在翠微山之麓的双泉山上找到了翠日，发现她已经变成了一眼清泉，于是也偷偷从天上下来，把自己化作另一眼甘泉，这样双泉山上就有了两眼泉，一眼是翠日泉，一眼叫月亮泉。

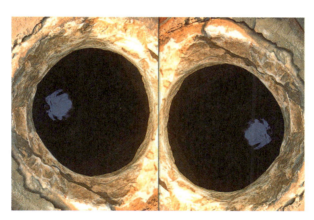

▲ 双泉寺古井

月亮化作甘泉以后，夜晚一片漆黑，给世间人们的生活带来了很多的不便，所以人们天天祈祷月亮快快回来。月亮听见了祈祷，心里特别不安，她想我不能只为了自己的快乐而不顾黎民百姓的苦难，于是月亮来到翠日泉前告别，流下了依依不舍的泪水，然后毅然回到天上去了。

现在人们到双泉寺只能够看到一眼泉了，那就是翠日泉，而月亮泉自月亮上天后就干枯了，翠日泉的水却比以前更多更甜了，人们说那是思念月亮的泪水。

在双泉的东侧有一座双泉寺，据古书记载，此寺在唐代便已建成。双泉寺周围环境优美，泉水浇灌出的樱桃特别红艳、光亮、香甜，柿子更是金黄味甘，在双泉寺的碑文中有一段生动的描绘："有山名翠微者，左冈右泉，曲回旁峙，云岚飞动，土脉丰腴。"也有古文记载："双泉幽胜，甲于他山。"

双泉寺在清光绪年间重修，寺坐北朝南，分为前后院，东廊有一铁钟，高1.5米，直径1.2米，上面有梵文、藏文和汉文。西廊有一鼓，直径0.55米，高0.8米。殿内有佛龛3个，有泥制彩绘菩萨像3尊。大殿左右各有正客堂3间；在西大殿有巨幅黑龙壁画，院内有4株古柏，挺拔苍翠，成为双泉寺古刹一景。

搜集整理：杨金凤

断趾的文官

石景山区磨石口中街西，原有一座庙，叫"显德祠"。祠中有两尊石像，一文官，一武官。

传说，过去庄户人家的姑娘们，常常路过这文、武石像，背着菜筐儿，到寺里烧香、拜佛，顺便路上拔草、掐菜……

一天，一群姑娘去掐菜，又走到这两尊石像前。忽然，从空中传来一个老翁的声音："谁能把菜筐套在石像的脖子上，谁以后就是有福之人，石像就能成为她的'官人'"。

听了老翁的话，姑娘们你看看我，我望望你，看看石像，又看看菜筐……突然，所有人蜂拥而上，争先恐后地把自己的菜筐伸向文官、武官的脖子、头顶……

▲ 田义墓内文臣武将石像

可是石像太高了，姑娘们连蹦带跳，没一个能把筐挂在石像脖子上的，即使她们很虔诚，可就是挂不上去。

似乎是"神"赐予了力量，终于，一个姑娘的菜筐真的套在了文官的脖子上。可是文官是石头人，他怎么可能成为家中的"官人"呢？

不料，新鲜事儿又出来了，那个姑娘竟然怀了孕，不久，还生下了一个男孩，长到两三岁，看上去简直就是一个"小文官"，和石像文官长得一模一样。

当地的光棍们知道了之后，颇为生气和嫉妒。不知在哪天夜里，也不知是谁，更不知用的什么家什，把石像文官的脚趾全砸断了。这样文官再也不能去那姑娘家了。因此，至今，显德祠中的文官石像的脚趾仍然全是断的。

讲 述 人：李万忠
搜集整理：刘亚琴

承恩寺前的下马石

▲ 承恩寺上马石

承恩寺山门殿两侧十几米处有下马石和上马石，这在北京的庙宇中是比较少见的。据说有上马石的寺庙规制高。上马石，古代叫"马台"。宋代就有了记载，说："造马台之制：高二尺二寸，长三尺八寸，广二尺二寸。其面方，外余一尺六寸，下面作两踏。身内或通素，或迭涩造；随宜雕镌华文。"辽代的时候，有个叫智化的和尚为此还写过诗：

见说曾为上马台，堪嗟当日太轻哉。
固将积岁旧凡石，又向斯辰刻圣胎。
月面浑从眦首出，出仪俨以补陀来。
愿同无用恒有用，不譬庄言木雁才。

传说清雍正年间，承恩寺内有位德高望重、道义深厚的高僧，法名元空。他出身贫寒，9岁时，因为家里穷得连肚子都填不饱，父母无奈，只好把他送到寺院里。在寺院里元空勤学苦练，练就了一身好武艺，渐渐地在寺院里的权力越来越大。但元空深知穷苦人的日子不好过，他总是尽其所能地帮助穷人，在京西一带很有声誉。

长辛店有个霸道的脚夫头子叫"斗子李"，只要外地路过长辛店的脚夫，都要向他交"份儿"钱，不然就会被拳打脚踢。"斗子李"的手底下还豢养了一群打手，这群打手穷凶极恶，对"斗子李"唯命是从，只要"斗子李"一声令下，这帮打手就冲上去，不问青红皂白地乱打一顿。许多穷苦的脚夫都吃过哑巴亏。

十里八村的脚夫都知道长辛店有个"斗子李"。凡是路过长辛店的脚夫，能绕的则绕，不能绕的也就只好给他上贡。

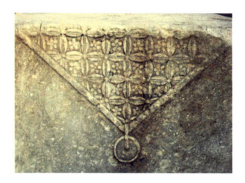

▲ 承恩寺上马石局部

一次，一位家住石景山的老汉，赶着驴车，车上坐着老伴，他们到闺女家串门。闺女刚刚生了一个胖娃娃，老两口乐得嘴都合不拢。车上还放着给女儿补养的几十个鸡蛋，催奶的老母鸡在车上"咯咯"地叫着。夫妇俩边走边聊着，突然听到一声大喝，老汉吓得一哆嗦，缓过神来一看，只见一伙人拦住他的去路，老汉赶忙下车作揖："大人，您这是？"只见为首的一个上前一步，抓住老汉的袄领子，恶狠狠地说："你这老东西，故意装糊涂是不是？"老汉听得越发得糊涂了。这个为首的就是"斗子李"。"斗子李"冲后边的人一努嘴，五六个人对老汉就是一阵拳打脚踢，老汉的老伴赶忙下车与这群人理论，一个人一挥手就把老太太打了一个趔趄。他们把老汉打得昏了过去，扬言："想要人，拿钱来。"

老太太鼻涕一把泪一把地回到家，家里的儿子得知此信，抄起一把菜刀就要跟"斗子李"拼命，但被人拦住，去了也是凶多吉少。家人急得像热锅上的蚂蚁，求告无门时，突然想起了承恩寺德高望重的元空和尚，于是抱着一线希望来到承恩寺。元空法师听说后很是气愤，马上写了一封亲笔信，让寺里和尚亲自交给"斗子李"。"斗子李"一看是元空法师的书信，便立即把老汉给放了。

后来，元空和尚的名声越来越大，威信也越来越高，雍正皇帝得知后，按三品俸禄供他资用，并在承恩寺左右半里处立了下马石、上马石，凡三品以下官员以及平民百姓，到此必须下马步行，以表示对元空的敬重。

也有传说，承恩寺的上马石和下马石是给到寺里的有权势的太监用的。也有其他的传说，说一次皇帝到永定河视察，他打扮成了一个老百姓，骑着一匹高头大马经过磨石口的时候，到承恩寺里歇脚，差点从马上摔下来，于是随行的太监赶紧让寺里的人叫来磨石口的石匠，做成了上马石和下马石。

搜集整理：王春梅、杨金凤

神秘的承恩寺

在磨石口村的东边路北，有一座古寺，叫承恩寺，它在北京寺庙群里的独特价值是寺内有匀称分布在院落四角的四个神秘的古碉楼。

相传早在唐武德年间，此地便有寺院存在。明正德五年（1510年）在旧基的基础上建了"新刹一区"，正德八年（1513年），该寺

▲ 承恩寺古碉楼

落成。承恩寺布局奇特，除用于瞭望的四座石砌的碉楼外，据说寺内还有地宫和地道与碉楼相通，人们说这在北京的庙宇中是仅有的。

传说宋朝杨六郎带着一队宋兵前去与辽兵作战，战前选定了翠微山下的一块平地安营扎寨、操练兵马。由于缺少粮食供给，队伍操练得很苦，也很艰难，但杨六郎鼓励士兵英勇作战。

杨六郎的练兵场就是现在承恩寺后边的练武场。正在大家加紧练兵的时候，从金顶山上飞来一名辽军的信使，原来是辽军派人下战书来了。

杨六郎连夜带领士兵修筑工事，第二天拂晓，辽兵就浩浩荡荡地朝杨六郎的军队包围过来，可谓是人海战术。而杨六郎带的这批新兵人数只有辽军的六十分之一。杨六郎镇定地布好战阵，等待辽军的进攻。

▲ 放生图原壁画

辽军首领突然发现昨天这里还是一片平地，现在突然变成了一座壁垒森严的碉堡，四周的碉楼拔地而起，冒出了十几米高的石头墙。辽军的首领这下傻了眼，他想这里面一定有埋伏，生怕自己吃了亏，想到此，急忙发令撤兵，从此杨六郎的军队在此镇守着京西通往塞外的要道。

虽然传说将杨六郎神化了，但承恩寺的确是个很有特色的庙宇。相传承恩寺为明代著名太监刘瑾所建，原因是他不满足"九千岁"之称，建承恩寺就是为了给自己建练兵造反的大本营。虽然这种说法没有根据，但承恩寺的军事用途是显而易见的。寺内布局严谨，由山门殿、天王殿、大雄宝殿、法堂殿等主要殿堂组成。寺内还有3座山门，汉白玉券门上悬着一块巨大的石额，上有"敕赐承恩禅寺"6个大字。山门以北为3间天王殿，殿的左右各有倒转角房3间，还有钟楼

▲ 于净波临摹放生图

和鼓楼。寺内有壁画，壁画上画有龙，还有放生图。民间传说，过去皇帝经常来京西放生，到永定河放生鱼，到翠微山放生鸟。

搜集整理：杨金凤

葛大和关帝庙

明清时期，一些人为了达到做成大事的目的，纷纷聚集力量，京城内外出现了各种帮会，成员来自五湖四海，姓氏也不一样，他们为了江湖义气而聚集，也有的以血缘乡里关系为纽带。有老人说，其实很多村子都有关帝庙，但像磨石口村这样的一个小村子就有三座关帝庙的并不多。村里关帝庙多，是因为不同的朝代对关公的称谓不一样，建的不能拆，于是就再建新的，用新名字。过去，关羽的形象是忠义思想的化身，是为了迎合封建统治者加强思想控制的需要。明万历四十二年（1614年），将其神位晋级为"协天护国忠义帝"，加封为"三界伏魔大帝神威远镇天尊关圣帝君"，敕封令下，"关帝庙宇遍海宇，一村一社处处有之，虽塞垣边障，祠宇亦多"。明天启年间（1621—1627年），"宫中竖关帝像二尊，一大一小"。清顺治九年（1652年）敕封关羽为"忠义神武关圣大帝"。乾隆二十五年（1760年）改封为"忠义神勇关圣大帝"，乾隆三十四年（1769年）敕封为"灵佑忠义神武关圣大帝"。关羽逐渐被誉为"武圣"。

▲ 敕封三界伏魔大帝庙

　　磨石口的三座关帝庙是怎么来的呢？老人们说，相传一年秋天，一队骆驼从磨石口经过，赶骆驼的葛大，30多岁，身强力壮，十几峰骆驼，驼背上的屉里装的全是山梨，这批货是要送到前门铺子的。葛大进磨石口的时候，招来一街的人看热闹，为什么呢？只见一个骆驼背上什么也没驮，而葛大却用木头棍子挑着装满山梨的屉。葛大进了村就找医生，说是骆驼病了。

　　天色已经黑了，葛大只得住在一家姓王的客店里。有人来给病骆驼诊治过，兽医要钱的时候，葛大翻遍了随身的东西，也没找到半个铜子儿。王家大哥一看这样，知道住店钱收不回来了，葛大憨厚，跟王大哥和兽医说等把山货送到地方，拿了拉脚的钱就送过来。王大哥的媳妇不干，说你走也行，把这头病骆驼先抵在我家。

葛大起身要走，王大哥发现葛大也发着烧呢，就给他煮了碗面，留他住下。第二天清早，葛大起身赶路，病骆驼就抵在了王大哥家，他赶着骆驼往村东走，快到村口，看见兽医站在路当中。兽医说："你就这么不吭气，走了。"葛大自知理亏，欠着人家给骆驼医病的钱，便一个劲儿说好话，哪知李兽医递给葛大一包药，说是葛大烧还没退，拿上吃了。

等葛大从城里交了货回来，不但还了王家的店钱，还给了兽医的药钱，另给了些礼物。就这样，葛大再到张家口等地拉货，一定要住到磨石口来。

▲ 关公

天有不测风云，兽医有一次给一匹过路的马看病，没医好，马死了。过路人硬说是兽医治死的，逼着兽医赔马。兽医只是一个村里看病的，去哪儿弄匹高头大马赔人家呀？兽医就跟开骆驼店的王掌柜说了，王掌柜见多识广，看出来这是个圈套，过路的人就是来坑人的。

说来也巧，葛大上内蒙古拉货，半路上捡了匹马，他乐坏了，想用这马换匹骆驼，自己干，不给别人当拉脚的帮工了。到了磨石口，听说了兽医的事儿，葛大掂量了半天，还是把马给了兽医去赔人家。

谁知这过路的不是个善主儿，说葛大偷马，王掌柜窝藏葛大偷来的马，兽医是幕后主使，混蛋官府把3人都抓了，最后还是王掌柜当掉了铺子，用钱把事儿了了。

3个人成了患难之交，出狱后结为异姓金兰，发誓生不同姓，居不同里，但要生死与共。说是说了，就是学刘、关、张结盟"不求同年同月同日生，但求同年同月同日死"的桃园结义，但拿什么做凭证呢？3个人同时发誓，在磨石口村建座关帝庙，一是表明心意，二是求关公保佑，磨石口村的商人们别再遇上倒霉事儿。

多年后，3个人都有了大出息，各自挣了一大笔钱，于是一商量，说干脆咱们一人建一座得了。关公庙多了，这护佑的事儿就多。

搜集整理：杨金凤

老君庙

老人们说，以前磨石口村的地盘很大，连现在的北辛安也属于磨石口村的地界儿，北辛安镇大街的西头，过去有座砖石结构的拱形门洞，门洞上建有一座精巧的小庙，庙内供奉着太上老君塑像。提起为什么修建此庙时，还有着一段颇有趣味的故事。

北辛安镇，位处石景山东麓，地势较高。过去永定河河水泛滥，决堤东流，沿岸地区一片汪洋。而北辛安镇却如鱼浮水，显露水面，故此每免水害。人们借此说北辛安镇是一条鱼，街西头的石塘是鱼嘴，南北胡同是鱼鳍，东头的两岔是鱼尾，真是块风水宝地。

然而1919年北洋军阀政府在石景山前购地兴建龙烟铁矿公司——石景山炼铁厂，建起了一座日产250吨的炼铁炉（今一高炉的前身）。村民们得知后惊恐万状，有的说："在北辛安这条鱼旁建

▲ 石景山炼铁厂旧照

▲ 龙泉寺古柏

磨石口传说

八卦炼铁炉，岂不是炉火相煎，破坏镇福？"有的说："炉火把鱼烤死，会给镇民带来灾难。"于是他们请来了风水先生指授免灾之术：决定由镇民集资，村长承办，在北辛安镇西头（今北辛安新华书店门外略西处）的门楼上建一座太上老君庙。庙成之后，只见太上老君这位神仙，手持着铁杵，向着炼铁炉，怒目而视。自此，村民们似乎得到了一些安慰。后来这座炼铁厂被日寇霸占了。

1943年秋，炼铁厂扩建时，太上老君庙便被拆除了。

搜集整理：关续文

龙泉寺神医

在法海寺西边几十米处有一座寺，叫龙泉寺，寺院西边山崖下有一口井，磨石口村的人都说这井水是从西边的大山里流过来的，水特别甜，许多村民就从老远到这里来挑水。

相传，从前有一家人，丈夫大牛靠采山上的磨石卖了养家，妻子多年不生养，大牛就到处淘药，给妻子看病。一天大牛买药回来，在山路上见到一条冻僵的蛇，这时候天上正飘着雪花，大牛想，这要一落大雪，蛇还不得冻死。大牛就在路边扒拉了个草堆，把蛇放进去，又给它盖上一把草才离开。

晚上大牛给妻子熬完药，心里老是不踏实，屋子外头的雪越下越大。他就冲着窗外头的山叹气，他妻子山菊问："大牛，我看你把我休了吧，娶个能生养的，给你们家传宗接代。"

大牛说："你又闹，不生养咱们慢慢治，别老让我休你。我心都烦了。"

妻子就趴在炕上哭起来，大牛一生气，就冲出了门。

大牛摸黑上了山，他老是惦记那条病蛇，怕蛇冻死。晚上山里漆黑一片，奇奇怪怪的各种叫声，大牛心里有点害怕，但还是壮着胆子深一脚浅一脚地找到了那蛇待的草堆。他急忙翻开草一看，蛇不在了。他就四处找，一边找一边唠叨："小白蛇，你上哪儿去了？找吃的去了？我给你带来了。"大牛就这么一直找到天亮，等他转悠了半个山，再转到昨天搭蛇窝的地方，那小白蛇已经回到窝里了。

看着大雪封山，大牛就把小白蛇暖在袖子里，带着小白蛇下了山，走到半山腰，眼瞧还有几百米就到家了，他冲着小白蛇说："我不能把你带回家，我老婆怕蛇。"

这时，大牛正好走到山崖下一块大石头凸起的地方，这山崖下是他们平时挑水的泉水井，大牛就在井上边悬崖上掏个洞，把蛇放进去，临走的时候说："你好生先委屈在这儿，我每天打水来，再给你带吃的啊。"

回到家，大牛见山菊已经睡下了，也没说什么，自己也就睡了。半夜，他听见有个小孩管他叫爸爸，大牛高兴得不得了，他大牛总算是有孩子了。大牛高兴地一咕噜坐起来，睁开眼一看，老婆不知道什么时候不在了，屋里什么也没有。大牛吓坏了，赶紧起来找老婆，找着找着就找到泉水井边上，正瞧见老婆在井边哭呢，想不开，要跳井，大牛好歹把老婆哄好了，带回家。

第二天一大清早，一个讨饭的上门，大牛给了讨饭的一碗饭，他自己只是喝了点水充饥。讨饭的吃完了不走，跟大牛拉东扯西，大牛急着出门干活，也不好意思催，讨饭的看到从外面回来的山菊，就一个劲儿恭喜，大牛说你恭喜个啥，我们家要吃没吃，要孩子没孩子，房子四面透风，园子荒年无果。讨饭的说："你们有喜啊，家有龙子要降临了。"大牛说："老人家，我家连个凡夫俗子都没得着，上哪儿找龙子去？"讨饭的也不多说，抹抹嘴，起身就走，大牛赶紧把仅有的半个菜团子也送出去，说："老人家，大雪天，您慢点，这个也带上吧，家里不富裕，就还有这口粮食。"老者也不客气，带着半个菜团子就上了山。

大牛回到屋里，看着山菊发愣，山菊说："你傻看着我干吗？"

大牛说："你好像胖了，要不上对门郎中家看看去。"

结果给郎中一瞧，山菊竟然有喜了。

怀胎十月，山菊生了对龙凤胎，儿子叫小龙，女儿叫小凤。孩子长到三岁多了，这小龙就老是到山泉井边上玩，几次掉到井里，大伙儿救上来，竟然还活着。村里有迷信的人说这小龙可能是天上龙王的子嗣，就更对小龙另眼相看了。又过了半年多，当年那个要饭的又来到了磨石口，就住在泉水井边上，用井里的水配了药方给四邻八乡的人看病，于是这泉水能治病的消息越传越广，人们为了给看病的师父一个安身的地方，就在井水边盖了几间房子。有一次皇上到京西来游玩，途中病了，正是这老人医治好的，皇上一看这泉水能治病，就在这里修了座寺庙，起名龙泉寺，据说看病的老人收了个徒弟，就是大牛的儿子小龙，不久老人过世，小龙就成了远近闻名的神医。

讲 述 人：曹玉兴
搜集整理：杨金凤

龙泉寺药碾

人们都说，在5000年前，炎、黄二帝出世。传说黄帝是部落的首领，炎帝是传授农耕、渔猎、蚕桑、衣帛、制陶、熟食的文明之神，又是集市交易、制作五音琴瑟的文化之神，也是"神农氏制医药以疗民疾"的神人，有"神农尝百草，始有医药"的记载。那炎帝跟磨石口龙泉寺的药碾有什么关系呢？

▲ 龙泉寺药碾碑

相传，黄帝和炎帝在涿鹿交战的时候，由于兵将伤亡严重，附近山上的草药都被炎帝采光了，炎帝就沿着桑干河往下游寻找草药，他一路寻找草药，采集、制药，一路给老百姓看病，让百姓脱离饥寒病苦。一天，炎帝走到现在的蟠龙山，累了，就到村里找水喝，发现了龙泉，一眼就看出这泉水的药力，随即就住下来，采集了西山的各种药材，在此制药，再令兵将运回涿鹿。炎帝走后，一个游僧和尚听村民说了此事，就在此住下，让磨石口村的人在山上开采石头，做成了药碾，还立了块石碑。

一年冬天，皇帝出京到西山打猎，从马上摔下来了。太监们一看，摔得太厉害了，怕送宫里耽误了，随队的御医又力不从心。太监和官兵就到山下磨石口村找能治摔伤的郎中，大伙儿一听是给皇上看病，都不敢去。龙泉寺的和尚思量了一阵，就跟随太监上了山。

没多久，皇宫里大队人马到龙泉寺，把那和尚请到宫里，说是上次给皇上看好了摔伤，这次让他进宫给娘娘看病。村里人都出来，劝阻和尚，和尚也不多说，即时取了些草药就跟了宫人进了紫禁城。过了几天，和尚回来了，大家都问他娘娘的病治得怎么样，和尚还是不言语，回屋给病人看病去了。

不久村里来了个说书的，说磨石口的和尚是神医，他一针治好了娘娘的病，两针治好一条龙；再看着龙泉寺里，一边搁着个轧药碾，一边供着铡药刀。京西一带，连皇城里的人都来求老和尚医病。也有传说，不是老和尚的医术高，是龙泉寺的那个药碾神奇，只要经过药碾碾过的药，能治百病。

搜集整理：杨金凤

慈善寺大悲泉

很多人到京西来，必然要去慈善寺，如果取道八大处，则须一路翻山越岭，慈善寺便在八大处西北十余里处的青松翠柏掩映处。

慈善寺的泉水是最出名的，寺内泉水各有说法也各有特色，水质和水味却各不相同，有僧泉、圣水泉、大悲泉。

进山门不远处有一个水帘洞。这是进寺以后看到的第一口泉眼。水帘洞被收进一个雕梁画栋的房子里，进入室内人们首先看到的是一尊观世音菩萨坐像，坐像下有一眼清泉，人们都叫它大悲泉。井内泉水清可见底，虽然前来打水的人络绎不绝，但水位一直保持在稳定的位置，距地面1.5米左右。人们之所以千里迢迢来饮水，是因为传说此泉水可以治病、消灾。

传说观世音菩萨有一次云游时经过此地。菩萨行至天泰山时，忽然听到山下潭峪村内传出哭声，并夹杂着一个男人断断续续的诉说："大慈大悲的观世音菩萨，发发慈悲救救我娘吧……"只见一个小伙子跪在炕前，炕上一位老太太已经奄奄一息。小伙子嘴里不停地念叨着："娘啊，我没钱给您治病，要是能给您点水喝也行呀，村里连丁点的水都没有，老天爷又不下雨，娘啊，儿子救不了您的命，就让我和您一块去了吧。"小伙子一边哭喊一边举起菜刀。

只见观世音菩萨轻轻地挥了一下手中拂尘，小伙子手中的刀落了

▲ 慈善寺泉水井

地。接着他隐隐约约听到屋外传来喊叫声："山上有水了！山上有水了！"

小伙子抱起罐子就往山上跑，到水帘洞外四处寻找水源，突然他听到了哗啦啦的水声，沿水声寻去，发现水帘洞里端坐着一位观世音菩萨，这里原来没有这尊菩萨的，什么时候有的呢？小伙子不禁纳闷起来。他赶忙跪下给菩萨磕头，看见一股清水从菩萨座位下的一眼泉中淌出来。他舔舔干裂的嘴唇刚要喝，突然又停住了。将罐子灌满了水，放在一边又给菩萨磕了个头才抱起罐子往山下奔。回到家，他给娘灌下小半碗水，不到半个时辰，母亲就睁开了眼睛，身上一点都不烧了。

这个消息不胫而走，得了各种疑难病症的人都到这里来求水，人们说这水是从观世音菩萨的净水瓶里流出来的。不过这里的水不能治所有人的病，比如不孝的、心地不善良的人即使喝了水也不管用。为什么后人们都管这眼泉叫大悲泉呢？就是因为小伙子孝敬老母，大慈大悲的观世音菩萨怜悯他的一片孝心。

搜集整理：杨金凤

碑儿上和苏武庙

石景山区磨石口村东下坡处，过去有座李陵碑，民间都叫"碑儿上"，这里是古代幽州沟通西北的交通要道。早年，此地有一眼水井，酒店数家。客旅多到此饮酒用饭休息，然后登程过磨石口，取道西去。当地老人们说，李陵碑为青石材，四方座，高约2.5米，宽1米，厚0.3米。一说碑阳有阴刻大字隶书，碑阴刻有5厘米见方的楷体字；一说字迹难辨。在李陵碑的南面为一间石砌墙小房，内供苏武牧羊塑像，人称苏武庙。苏武，西汉杜陵（今西安市东南）人，天汉

▲ 碑儿上遗址

元年（公元前100年）为中郎将，奉命出使匈奴被扣留，单于诱降，他严词拒绝，被幽禁于大窖之中，饮雪食毡而不死。后又被迁至北海（贝加尔湖）牧羊，掘野鼠和野草为食，持汉节19年。

李陵是西汉陇西成纪（今甘肃寿安）人。武帝命其率五千步卒赴浚稽山与匈奴交战，矢尽援绝降匈奴。匈奴单于以女妻之。李陵听说苏武被单于拘在北海牧羊，便去看望劝降，说："人生如朝露，何必自苦如此！"苏武答道："武父子亡（古意无）功德，皆为陛下成就，位列将、爵通侯，兄弟亲近常愿肝脑涂地。今得杀身自效，虽蒙斧钺汤镬，诚甘乐之。""王必欲降武，请毕今日之欢，效死于前！"李陵听后叹息道："嗟乎义士！陵与卫律之罪，上通于天。"哭泣着告别了苏武。兵临幽州城西，直取幽州。

后来匈奴与汉朝和亲。汉使者至匈奴，言汉天子在上林苑打猎，得一雁，其足缚有帛书，言苏武在泽中牧羊。单于大惊，承认苏武未死，遂发归汉。

李陵为之饯行自责道："径万里兮度沙漠，为君将兮奋匈奴。路穷绝兮矢刃摧，士众灭兮名已聩（音颓，意坠落），老母已死，虽欲报恩将安归！"言罢与苏武泣别。

京西一带另有传说，北宋的时候，宋太宗北伐，一共分了三路大军，其中西路潘美为主帅，杨业为副帅。宋太宗要收复燕云十六州，杨业所在的西路一连攻克了云、应、寰、朔四州，中路在飞狐北击败辽援军后，一举攻克了蔚州。可是由于东路急功冒进，被辽军打得大败，辽军以东线兵力增援西线和中线，由此牵动了整个战局。

此时，潘仁美、杨业在夺取四州后，正率部护送四州民众内迁，岂料途中遭遇辽兵主力，潘美指挥失误，强令杨业出战。杨业率部血战陈家谷，援军迟迟不至，所部伤亡大半，其子杨延玉战死，杨业被俘，叹道："朝廷待我不薄，本当讨敌安边，以报国家，不料被奸臣所逼，致使王师败绩，我还有什么脸面活着！"随后殉国。杨业并非如传说中撞死在李陵碑上，而是拒绝进食，三天后活活饿死。

不管传说怎样，李陵碑之说与苏武忠贞守节不辱使命的故事，则成为当地老人们茶余饭后的佳话。

搜集整理：关续文、杨金凤

白狐谢恩

民间传说："承恩寺的地宫好，别的寺庙比不了。不信下雨试试看，暴雨过后能走道。"还有的传说更神奇，说无论下多大的雨，承恩寺都不积水，寺里的和尚下完暴雨就穿着布鞋在院子里走。可这时候街上早就大水没膝盖了。

相传，建承恩寺的时候，宫里来的人四处招工匠，一个南方来的手艺好的人当头目带着人修承恩寺的下水道。修来修去，试验的时候承恩寺里还是积水。正好一个流浪的工匠走到磨石口，住在山上的草棚子里，钱花光了，靠吃野菜充饥。这天傍晚，一个猎人从工匠住的棚子经过，肩上扛着猎枪，手里拎着一只白狐，工匠见那白狐身上滴着血，好像还活着，就让猎人把白狐放了，猎人说靠山吃山，靠水吃水，靠一杆猎枪养活嘴。

工匠见那受伤的白狐痛苦不堪，追上去非让猎人把白狐放生了。猎人说放生也行，你拿钱来买。工匠身无分文，无可奈何。猎人说你要诚心要救这白狐，山下边正修承恩寺呢，到处招能修下水沟的能人，你去试试，要是被招上，你就挣钱来买这白狐。工匠答应了，但要求先把白狐给他，第二天就去承恩寺应招。猎人看工匠一再坚持，就把白狐给了工匠。猎人走的时候说，如果工匠应招不上，他还要把白狐拿走。

猎人走后，工匠摸黑上山采了草药，也没碾压的东西，就用嘴把草药嚼碎了，糊在白狐的伤处。他把白狐放在自己睡觉的草上，又用泉水给白狐洗干净身上的血。

折腾了一阵，已经是半夜了，工匠睡不着，他想明天一早，就去应招，怎么才能选上，想了好多办法都不行，就这样迷迷糊糊睡着了。夜里做了个梦，有高人指点他修下水沟的办法，从哪儿起槽，水往哪儿流，坡度多大，用什么石头砌，一应详细地都给他指点了。

第二天一大清早，工匠背上工具就去应试，负责承恩寺修建的那个南方人给他出了很多难题，他都回答上来了，于是工匠就留在了承恩寺修下水沟。没多久，他就挣够了钱还给了那个猎人。后来没过多久，那猎人又来找工匠，说这次打伤了一只老狐狸，要是用这老狐狸皮睡觉，冬天不用褥子不用被。工匠赶忙跟着猎人跑到山上一看，老狐狸比白狐伤得还重，工匠没把握能救活这只老狐狸，站在那儿犹豫。突然他觉得脚下有动静，低头一看，那白狐抓他的裤腿，救命一样抬头望着他，眼睛里流出了眼泪。工匠想，这白狐想必是让我留下老狐狸。

工匠接着挣钱，给了猎人狐狸钱。在工匠的用心医治下，老狐狸的伤也慢慢好起来了。这样老狐狸和白狐就留在工匠的草棚子里给他看家，说是看家，其实工匠棚子里什么都没有。

一天，工匠从山下下工回来，老远就闻着喷香的饭菜味儿，他纳闷儿，这山上附近也没别人住啊，哪儿来的饭菜香？工匠三步并作两步回到家，一看石台上摆着热乎乎的饭菜，一边的白狐和老狐狸看着他。工匠出了草棚子四处找人，也没找到，就回来把饭菜吃了。第二天，第三天，都有热乎乎的饭菜。工匠奇怪，第四天他假装上工，半路回来，发现一个白衣仙女正做饭呢，他上去一把抓住了白衣仙女的衣服，白衣仙女一下就飞走了。

工匠再看看屋里，只剩下老狐狸惊恐地看着他。工匠看没了白狐，就在山上到处找。找了几天也没找到，突然一天，那个老狐狸也不见了。工匠就把自己从白衣仙女身上拽下来的衣服挂在了树上，他冲着天说："不管你是什么仙人，我得罪了，衣服给你挂在这儿，你取走吧。"后来那白衣服果然不见了。

转眼半年过去了，白狐和老狐狸依旧没回来。可工匠天天夜里做梦，梦见有个姑娘告诉他承恩寺的地下水沟怎么修，他白天就按照梦里的指点修筑，后来承恩寺修好了。工匠回到草棚子里，夜深人静的时候，一个人对着大山说着想念白狐和老狐狸的话，说到伤心的地方还哭了起来。

第二天早晨，工匠被老狐狸抓醒了，睁眼一看，正是自己救过的老狐狸，老狐狸身边站着一个水灵灵的大姑娘。老狐狸冲着工匠点点头，就走了。

工匠问姑娘从哪儿来，姑娘说，自己就是被他救过的白狐，以前做饭的也是她。她本来和爷爷，就是那只老狐狸打算离开这里的，只

▲ 承恩寺

是她自己忘不了工匠，就又回来了，要跟他做夫妻，只是爷爷以后就孤单了。

后来工匠用挣的钱在磨石口村里盖了间大房子，和姑娘过起了好日子，他们每隔一段时间就上山去看狐狸爷爷。

承恩寺的下水沟被人们称为地宫，世世代代的人都称承恩寺的地宫修绝了。

搜集整理：杨金凤

刘木匠

磨石口的人过去都是靠手艺吃饭，能工巧匠多，石匠、木匠、铁匠、糊棚匠，各式各样的手艺人都有。其中有个木匠姓刘，木工活做得让十里八村的人叫绝，连皇帝都知道了，所以在建承恩寺的时候，刘木匠就被招去建寺。为什么要在这儿建承恩寺呢，据说皇帝相中了蟠龙山这山名，把这山看成了神山，是自己修行的地方，皇帝想，我一个人在皇宫里掌管天下，总得有个歇心的地方，蟠龙山这地方有山有水有甜泉，不如就在这儿吧，还离皇宫不远。皇帝来散心，得有歇脚的地方啊，正好当朝大太监想讨皇帝欢心，就赶紧下令找人来给皇上修歇脚房子，那太监早听说刘木匠手艺好，皇帝一听也高兴，点头认可了。

刘木匠被皇帝点名修承恩寺，既惶恐又害怕，说着好听，是光宗耀祖，可是万一哪儿不合皇帝心思，那是死罪啊，不但不能光宗耀祖，还得株连九族。

刘木匠心地善良，为人正直，所以很多磨石口村的人都来帮他拿主意。后来，刘木匠来到了承恩寺修建的地方。在此之前，承恩寺这地方是一大块山下的河滩，从蟠龙山上流下来的水正从这块地方经过，又是夏天，雨像是成心作对似的，下个不停，连地基都没办法打，这可把刘木匠和一帮工匠们急坏了，皇帝那儿是有期限的，误了交工的时辰可咋办呢。

刘木匠的娘看儿子开工不顺，每天把家里仅有的一点口粮带上，到蟠龙山的庙里上贡、烧香，祈望蟠龙山神仙们帮个忙，叫雨停了。

没想到，雨下了20多天真就停了，可雨停了也没用啊，这几里的洼地，没法儿在上面盖房子啊。

刘木匠只能叫上村里的人都来填坑，有背的，有抬的，连七八十的老太太和七八岁的孩子都来帮忙运土填水坑。刘木匠看了，流下了眼泪，每天

▲ 磨石口村北蟠龙山

夜里他都对着蟠龙山说："蟠龙山啊蟠龙山，你若是真龙就帮我们一把，等庙修好了，全村的人都给你烧香。你若是座土山，你就倒点土填上这坑。要是完不了工，皇帝要杀头啊。"

每天，刘木匠就这么念叨着睡在水坑边上。这天，天刚蒙蒙亮他就起来干活，这时候，从蟠龙山上下来一个老人，见刘木匠一身泥水，拼命从山上担土，就说："你这样什么时候能填满这泥水坑啊？给我吧。"刘木匠不肯，说您老也有七八十了吧，胡子都白了，我怎么能让您干活呢？

过路的老头伸出两个手指头，把刘木匠身上的挑子夹过来，也不放在肩上，就两根指头挑着，把沉沉的一担土举着走，他边走边说："你不要跟着我，回家去，等半个时辰以后再过来。"

刘木匠看这老人很弱，不愿走，怕老人累着。老人生气了，推了刘木匠一把，刘木匠倒退了十几步才定住。他似乎知道了这人是谁，二话没说赶紧转身回家。

等过了半个时辰，刘木匠带着一村的人赶到村东头的大洼坑，大伙儿一看，哪儿还有大洼坑啊，村东路北，高出来一个几里地的大平台。刘木匠带着一村的人冲着蟠龙山磕头，他说：您要是真龙，我往后给您建座龙王庙，您要是神仙，我给您建座神仙庙。后来等承恩寺建成以后，刘木匠按照他娘说的，给蟠龙山的神仙建了座神仙庙，后来老百姓把这庙改成了关帝庙。

搜集整理：杨金凤

能飞起来的画

相传，明朝有个皇帝，特别信佛，每天夜里都会梦见各种各样的菩萨、仙女、八部天龙、仙草祥云，夜夜在皇宫里飞绕殿庭。每天早

磨石口传说

晨起来，他就把梦中看到的都画下来，时间长了，画了厚厚的一大本。有一天，一个太监在皇帝屋里看见了那本画册，知道了皇帝的心思，就按照皇帝梦里遇到的样子寻找那仙境，要建一处宏伟、庄严的殿阁，还要把皇帝梦里梦到的各种佛像画下来。

这个太监终于找到了这样一处仙境之地，为了表达对皇帝的忠诚，他拿出自己所有的积蓄建造了一处寺庙，想在寺庙里把皇帝梦中的佛国景象画在墙上。建寺庙的钱是够了，但画壁画的钱还差不少，这太监就到处募集银两。皇帝知道后，就拨给他三十瓮银子，说不够你再来拿。结果银子还剩下很多，这是因为那些画是工匠们自愿

▲ 法海寺壁画局部

画的，不收一文工钱。太监一看还剩下一些钱，就又在寺里铸了一口钟。

画壁画的时候，有几个画师突然病倒了，眼看着就到皇上来看的时间了，这时候来了个年轻人。这年轻人本来每天上翠微山砍柴，累了，就用树枝在地上画仙女飞天，嘴里还不停唠叨，说他画的仙女真能飞起来。一天，他又在画飞天，突然来了一位银须白发的老翁，撂下一叠纸和一支笔就走了，说等到一千天的时候，纸上的仙女就能乘着祥云飞起来了，老翁说完便飘然而去。从此，年轻人每天砍完柴就在现在的法海寺前边的空地上画仙女、祥云、灵芝草。哪知他刚画了一百天，就觉得有些恍惚，恍惚中，只见那些画纸轻轻飘了起来，直飘到寺庙的大殿里去了，年轻人赶紧追，等他追进大殿一看，他画的那些仙女、小桥流水、仙草奇花都粘在了墙壁上。本来画师病了，太监怕完不了工，这下好了，太监就把年轻人留下，一起画画。

这寺就是现在的法海寺，年轻人画的大殿就是法海寺里的大雄宝殿。

讲述人：屈　丽
搜集整理：杨金龙

白皮松的传说

法海寺大雄宝殿前有两棵大白树，不是这树叫白树，而是这树的皮是白的。也有的人称之为大白龙，说这树是白龙落地，来到磨石口这地方。

传说早年间，磨石口附近大旱，山不长寸草，地不打颗粒。民间老百姓跪了一片，求玉皇大帝救灾荒。玉皇大帝拍着胸脯说，大伙儿都回去吧，今天夜里我就会普降甘霖。

▲ 法海寺白皮松

　　玉皇大帝派了白龙给民间降雨，哪知因为天黑，白龙把雨降错了地方。玉皇大帝也不是不讲理，便让白龙白天再去降雨。白龙因为前次犯了错，这次想将功补过，就一口气降了三天雨，结果暴雨把永定河都灌满了，还溢出来淹了不少村子。这下玉皇大帝真的生气了，下旨把白龙贬到永定河里看河，不让大水泛滥。

　　白龙被贬到京西永定河以后，他儿子在天上想他，就也偷偷来到了永定河里。岂料这永定河里以前住的黑龙，嫌白龙父子占了它的地方，就天天惹祸，不是大水淹死人，就是大水淹庄稼，要么就把永定河水吸干，嫁祸于白龙父子，每次一出事儿，白龙父子就被玉皇大帝招去惩罚一次。白龙对小白龙说，天界也这么不公平，我在天上受罚，在水里也受罚，算了，我要另寻出路了，你还是回到天上去，好好生活吧。

这天夜里，只见一道银光从永定河腾起，水光映亮了整个北京城，自然也惊动了天宫，玉皇大帝见白龙离经叛道，下令射箭，不偏不倚，正好落到白龙的头上，只见这白龙一头扎到地上，这地方就是翠微山磨石口后来的法海寺所在地，白龙扎到地上以后，就变成了白皮的松树。

小白龙得知老白龙被射死在翠微山上，就一路找来，等给老白龙过完了头七，也一头扎进老白龙不远的地方。就这样，小白龙和老白龙并排立在法海寺的大雄宝殿前边，千百年来父子永不分离。如今人们到法海寺，都会被像闪着鳞甲一样银光的白皮松古树吸引。老辈人传说这是白龙父子在守卫着大雄宝殿里的壁画呢。

讲述人：石素娟

搜集整理：杨金凤

法海寺四菩萨树

法海寺大雄宝殿前有三棵古树。三棵树中，两棵为白皮松，一棵为桧柏。

两棵白皮松，雄伟挺拔，高耸云天，风吹枝摇，犹如"玉龙狂舞"；那棵桧柏则躯干笔直，巍然而立，人称"武德将军"。

关于这三棵树，有人说，大雄宝殿前，原有四棵参天大树，名曰

"四大菩萨"。从东向西，他们分别是地藏菩萨、文殊菩萨、普贤菩萨和观世音菩萨。可是后来，地藏菩萨就不见了！原来是一天夜里，有个小和尚出去小解，就听院里有人吵架。一个粗声粗气地说："这是我的位置！"一个声调柔和地说："这是我的位置！"两个人你一言我一语争论不休。他们的争论，惊动了佛祖释迦牟尼。释迦佛祖化作一阵清风吹来，开口言道："你们身为菩萨还如此放不下名誉地位？都回到自己修炼的地方去吧！"打那儿以后，这第四位菩萨树就不见了，如今只留下一个空位。

还有人说，法海寺大雄宝殿前的四棵古树，由于长期在佛前听经习法，已经悟性大开，成了树精，有时竟然变作郎中去给人治病，此后一传十，十传百，各地到法海寺求医问药的人也就络绎不绝。

说也奇怪，有的人家，孩子受了惊吓得了病，大人到老树下磕两个头，拾几颗松子回去给孩子吃，孩子的病就好了。有的人，头上生了秃疮，到殿前老树下，跪下一祷告，拾几片白皮松落下的树皮，捡几片桧柏落下的叶子，回家用白酒一泡，洗几次头，疮也就好了。这些奇闻被传扬了出去，法海寺的香火更加旺盛了。附近人说两棵白皮松，一个是文殊菩萨化身，一个是普贤菩萨化身，两棵桧柏则分别自称地藏与观音。一日，观音云游过此，见山间云雾缭绕，遂收住云头，仔细一瞧，原来是四个树精在此作怪，于是化作一白衣老者来到天王殿前。四个树精一见，知道事情不妙，转身便跑。观音大叫一声："定！"四个树精再也动弹不得。观音菩萨问明了情由，见它们并无损害良民之心，并且做了诸多好事，便默许了它们为四菩萨的化身树，但限定它们只能站立在大雄宝殿之前，永不得四处招摇，再受人间香火。四个树精听后，三个树精都老老实实地站在了那里，只有"地藏菩萨"仍在摇头晃脑，好像有些不服。观音菩萨见状，拿起玉净瓶里的杨柳枝，向那树精甩去，口中念道："你若不愿在此修行，那就随我走吧。"打那以后，法海禅寺的四棵菩萨树，就变成了三棵。

搜集整理：愚　夫

法海寺和尚不看病

　　法海寺从前有个老和尚，活了100多岁。这老和尚开始在潭柘寺出家，后来到了法海寺来当住持，听说这老和尚是半路出家的。

　　别看这是个半路出家的和尚，名气可不小，为什么呢？因为他有治病的本事，京西一带的人都来找他看病。不过，磨石口村老人都说："法海寺和尚有点怪，只开方子不看病。"这是怎么回事儿呢？

　　传说，这老和尚是专门治妇女病的，妇女们得了各种疑难杂症都找他去瞧。常言道，郎中瞧病，望、闻、问、切。望，就是看病人的气色；闻，就是闻病人的气息和嗅气味；问，就是询问病人有什么症状；切，就是要摸脉象。统称为"四诊"。但法海寺的老和尚把"四诊"改成了"三诊"，他只"望、闻、问"，不"切"。这是因为和尚不能和妇女的肌肤接触，自然就不能用手给妇女切脉了。到了后来，老和尚医术更厉害了，他给妇女看病的时候，他在门口里头，妇女在门口外头，中间隔着一个布帘子，他就靠"闻"和"问"就能给人开药方子。老辈人说，法海寺老和尚出家前是个郎中，因为给大户人家看病，那病人死了，赖到郎中的身上，官府抓他，他就出家了。出家后，看到黎民百姓有病没钱医，就又开始了给人看病，只因为出家人不能跟妇女有过密的接触，就有了"法海寺和尚不看病"的说头。

讲述人：梁永安、刘光泰
搜集整理：杨金凤

四、与墓葬相关的传说

方寸之地的磨石口，一大特色是墓多、庙多、寺多。对此，石景山区民俗专家李新乐作过分析。他说这与明清时期的择坟建寺的风俗有关。旧时，皇城讲究"东富西贵，南贱北贫"，京城人的墓葬选址，也自然而然呈现贫贱贵富的差别。而明清两朝的特殊人群——太监，有名望和有权势的就大多选在了西面。有权势的大太监，趁着得宠权重之时，效仿皇家，在景色秀丽的地方先盖别墅，再建寺院，死后起坟。太监们生前年老退职，在此侍佛静养，死后就葬于此。故磨石口坟寺杂处，茔庙遍布。最典型的就是田义墓西区，那座坟寺共存的积香庵，因庵前有一巨大的石香炉，又被称为"石香炉庵"。而街上的宦官文化陈列馆是目前国内唯一一座宦官文化陈列馆。

磨石口附近的众山如果细分，从东往西依次为福寿岭、馒头山、白塔坡、蟠龙山、磨石山等。在翠微山之南，东有金顶山，西有黑头山，两山之间横卧赵山，宛如一道天然屏障，使磨石口成为"乾坤聚秀之区，阴阳合

▲ 李新乐（何大炎绘）

会之所"，属于风水所讲的"前照后靠"，是难得的风水宝地。正因如此，达官显贵视此地为"千年吉壤"，不惜重金购买山场，择地而葬。磨石口山上的围墙，多为明清两代遗存。

在法海寺以东、承恩寺以北，有一面积很大的墙圈，是清平伯家族墓，曾有《故清平伯吴公墓志铭》出土。墓志铭为明代吏部尚书王直撰文、著名书法家程南云篆盖。此墓志铭记载：清平伯吴英的曾大父为阿伯通，祖父为吴成，父为吴忠。吴英生于明永乐十七年（1419年），卒于景泰元年（1450年），葬今模式口，"附先茔也"。该地还出土了《明故清平伯吴夫人陈氏墓志铭》。陈氏，明嘉靖年间的国丈陈万言之女，陈氏的姐姐即孝洁皇后。明代的清平伯共9代11人，多葬于此。

在法海寺西南，有宣城伯家族墓，曾有《皇明宣城伯双泉卫公墓志铭》出土。双泉卫公即第四代宣城伯卫守正，字伯英，号双泉。卫守正生于明弘治十三年（1500年）十一月二十三日，卒于隆庆二年（1568年）五月二十八日。墓志铭记载，卫守正"葬磨石口祖茔之次"，这是迄今为止最早出现的"磨石口"地名。明代的宣城伯共

▲ 法海寺村边山峦

7代7人，按照中国的传统习俗，7代宣城伯均应葬于此。在承恩寺以西，出土《皇明乾清宫牌子尚衣监太监慧庵张公墓志铭》，为乾清宫太监张升墓。张升，别号慧庵，生于明嘉靖二十九年（1550年）十二月初九日，卒于天启元年（1621年）九月十四日。墓志铭记载，张升"葬于阜成门外磨石口地方承恩寺之侧"。墓址尚存巨大的墓碑和地宫的石门。对磨石口不熟悉的人，很难发现这块位于居民院里的墓碑和石门。

在磨石口村北的翠微山上有鲍氏家祠。

▲ 鲍氏家祠遗址

在承恩寺东北方向，有太监邓贤墓，曾有《明故神宫监太监邓公墓志铭》出土。邓贤，字彦良，广东肇庆府杨江县人，生于明景泰四年（1453年）四月二十七日，卒于正德七年（1512年）二月十二日，"葬于京城西宛平境翠微山之原。"

在田义墓以东，有朱国治墓。清康熙十二年（1673年）十一月，吴三桂邀请朱国治、云南知府高显臣等人赴宴，劝朱国治等人谋反。

众皆不从，朱国治"骂贼尤烈"，当即被害。朱国治墓碑仍掩埋于原址，国家图书馆藏有拓片。

这些坟地的围墙，多为虎皮墙，高三米许，墙体为"鹰不落"尖顶形，以利排水。为便于游人上山，坟墓之间有宽约两米的通道，类似袖筒。因此，磨石口有"东岫""西岫"的地名，"岫者，袖也。"

此外，磨石口地区还有清顺治年间赠中宪大夫李承训墓、康熙年间诰封通议大夫朱文盛墓等著名墓葬，两处墓葬都曾有墓志铭出土。

磨石口许多传说都与史实相关，有史实依据，流传后更丰富了传说内容，如"疗养院神秘病号"的故事。在1983年胡杏芬女士写的《李知凡太太》发表前，在石景山一带就流传着一位重要的大人物曾在福寿岭疗养院住院休养的故事，传说很神秘。胡杏芬文章发表后，传说的内容更趋于真实，有不少人怀着对邓颖超的敬仰之情来福寿岭"寻踪"，使得传说内容更加丰满，情节更加生动。还有些传说源于历史典籍或民间野史，较真实地反映了宫廷斗争和老百姓的爱憎，如"承恩寺里银杏抱桑"，以树木为依托揭露了太监刘瑾阴谋造反的心理，表达了人们对他的憎恶。因一部分传说故事源于寺庙或墓志碑文，最先由文人阅读碑文墓志后将故事传出，所以在形成较完整的故事时，有明显的文人加工的痕迹。磨石口传说具有明显的地域特点，既有

▲ 承恩寺银杏树

磨石口独有的，如"磨石口传说"，也有些传说与京西门头沟等村落故事基本相同，如"大青小青的传说"。

民俗专家金受申先生于1957年采写的民间故事"磨石口"，情景交融、妙趣横生，字里行间洋溢着浓郁的乡土气息，反映了劳动人民的勤劳与智慧。从采写到今天已经过去半个世纪了，但是，读起来仍然感到十分亲切。

总之，磨石口传说是北京传说的一部分，国家非物质文化遗产专家委员会委员刘锡诚先生曾在《北京传说与京派文化》中对北京传说的特点作了论述："古都传统下的北京传说显示出三方面的特点：一是宫廷和贵族文化的影响及其延续，二是五方杂处的都市群体与市场经济所造成的市井文化的兴盛，三是北方多民族交融带来的内容和风格的多元化。北京传说以史事传说、人物传说和名胜古迹传说为主体，而风俗传说、动植物传说、宗教传说在这里比较少见。帝王将相、英雄豪杰、文人墨客等历史人物，宫廷建筑、庙宇塔寺、园林宫观等文化遗存以及种种史事，对于相对比较闲适的市井群体而

▲ 刘锡诚

言，比起那些从事田野耕作的农民群体来，更能激发出诗意的记忆和联想。"

"磨石口传说"基本符合刘锡诚先生对北京传说的定位，但由于石景山区内的山区面积占全区总面积近三分之一，又有永定河在京城最险要的地段，有一带边山府形成的墓葬文化，因此在北京传说的文化内涵中，具有自身地域特点的传说内容和文化特质。

翁仲和仲翁

磨石口村西路北，有个宦官墓，叫田义墓。墓园里的神道上有一对石像生，就是墓地神道两边的石人，石人又叫石翁仲，据说历史上真的就有翁仲这个人。这个人姓阮，传说是秦始皇手下的一员大将，勇猛善战，屡建奇功，他身长一丈三尺，敌人听到他的名字都闻风丧胆。这么一位功臣，对朝中上上下下影响极大，翁仲死了之后，秦始皇为了让后人记住他，也为了震慑敌人，就铸了个铜像放在宫门外，后来匈奴使者前来朝见秦始皇的时候，看到翁仲的铜像俩腿都打哆嗦。后人根据这个传说就把石人立在墓前，统称为"翁仲"，以辟邪驱怪，当然也用于彰显死者生前的功绩和地位。

田义是个侍奉过三朝皇帝的宦官，深得皇上重宠，所以，田义死了之后，就在田义墓的神道上立了

▲ 翁仲

石翁仲，一文一武，文的在东边，武的在西边，两个石翁仲面对面而立，高差不多有3米，这对石翁仲比十三陵神道上的翁仲小点，比清西陵神道上的翁仲还大，可见田义在朝中的地位了。

为这么重要的一个人立石翁仲，有人居然给弄错了。在建田义墓给皇上呈报建筑规制的时候，一个翰林院的大臣在奏折上错把"翁仲"写成了""仲翁"了。万历皇帝接到奏折一看，气就不打一处来，万历怒道："你们翰林院的官员们怎么能如此的马虎？一字颠倒看似小事儿，但一字之误能酿成大事儿！"那呈奏折的大臣吓得大气不敢出。万历又问："这奏折是谁写的？去给我查！"那大臣赶紧去查，查实后禀报皇帝。皇帝一怒之下，把这位大臣给贬发到山西太原府当通判去了，皇帝为此还写了批示：

翁仲如何说仲翁，十载寒窗欠夫功。

从此不许归林翰，贬汝山西作判通。

这事儿在朝廷里传开了，每个翰林都从此小心认真从文，对那些不认真办事儿，出错的，就说成是"仲翁""夫功""林翰""通判"，就是皇上成心把诗的最后两个字颠倒过来了。

也有传说，这事儿是乾隆游江南的时候发生的，说乾隆走到一座大墓前头的时候，看见神道两边有石人，顺手指着其中的一个石人问身边的一个翰林："此为谁？"翰林回答道："仲翁。"乾隆本想发火儿，一看身边很多的地方官员，怕这事儿嚷嚷出去，怕人家说他翰林院的人水平太差，于是就把这事儿压在肚子里。等乾隆回京之后，立刻下令贬了这个翰林为通判，不过皇帝的这道命令是用打油诗写的：

翁仲为何作仲翁，只因窗下少夫工。

从今不许为林翰，贬入朝房作判通。

搜集整理：杨金凤

田义墓闹龙

田义墓里有不少的龙，都是雕刻在石头上的，磨石口村老人说，田义墓除了石头上刻的龙，还有"真龙"。那这"真龙"又是怎么回事呢？

从前，田义墓东墙外头有一口老井，据说这口井里的水特别好，又甜又清凉，可后来慢慢就没人敢来这里打水了。原来是村里的董老五有一次来打水，他刚把水挑搁地上，还没等往井里下水桶，就看见井里伸进一个龙头，吓得他连水桶都没来得及拿，撒腿就跑，跑出十多米，想回去拿桶，哪知回头一看，那龙的身子已经伸到离井几米外的一棵大柏树上，龙的尾巴在井里，龙头在十几米高的树顶上盘着。董老五脸吓得煞白，村里人见到他问他怎么了，他也不敢说，怕这事儿说出去，万一龙有灵性知道了，追到家里来祸害他。

董老五回去只跟媳妇说了，董老五的媳妇又跟其他小媳妇们说了，就这样，田义墓闹龙的事儿没几天一条街的人都知道了。大伙儿纷纷议论，这龙是哪儿来的，可也有人说田义墓是一个太监墓，不可

▲ 田义墓

能有龙，大不了是条蟒。民间有个说法儿，说是五爪为龙，四爪为蟒，有胆子大的人就跑去田义墓，数龙爪子，可怎么数都是四只爪子，久而久之，人们就说田义墓闹蟒，不是闹龙，到底是龙是蟒，没人说得清。

田义墓北山坡上住着一个孤寡的老太太，拄着根破棍子，一身破旧的衣服，可是缝补得很体面，老态龙钟了，但腰板直溜溜的，走路还快，后来只有她敢上田义墓的老井里来打水，而且每天都去。她担着水从田义墓出来以后，村里人凑上去问她看见蟒没有，她说没看见蟒，看见的是五个爪子的龙。这就奇怪了，别人都看见的四只爪子的蟒，只有老太太看见的是五只爪子的龙，开始还有几个人跟她拌嘴争辩，慢慢时候长了，也没人跟她争了，说她老糊涂了，不识数。

这老太太也怪了，她跟村里人没什么来往，可特别有孩子缘，跟村里的孩子们有说有笑的。这天，老太太打水回来，手里托着一个泥玩意儿，几个孩子就围着她，那是用泥做的龙爪子，爪子是五只，一帮小孩追着她屁股后头要，她就把龙爪子给了街东头的一个小孩，老太太说她是用泥巴糊在真龙的爪子上印下来的，孩子们都稀奇，都抢着跟她要，从此以后，老太太每天从田义墓东墙外打水回来，手上都托着一个泥巴做的五爪龙爪，每次送给一个小孩，看着孩子们玩得高兴，她脸上也会有个笑模样。别看这老太太住在磨石口北山上，可没人能说清她什么时候来的，姓什么，家里其他人都哪儿去了，只是觉得这老太太一脸悲苦，从来没个笑脸，也不跟人搭讪，只有见到孩子们的时候，才上前搭话儿。

磨石口村东边是刘娘府村，刘娘府的贾三有一天到磨石口村里来串亲戚，看见了老太太，立刻吓得脸煞白，因为他听老辈人说过，见到老太太托着龙爪子的，那就是皇帝的生母李娘娘。因为刘妃后来当了皇后，死了以后就埋在了刘娘府，有人掐算，说李娘娘早晚要来京西找刘娘娘报仇的。

说来话长，这李娘娘是个宫女，得到了宋真宗的宠幸，怀上了孩子。巧的是刘德妃也正怀着孩子，刘德妃就买通了李娘娘的接生婆，把李娘娘生的孩子换成了一只剥去皮的狸猫，而把李娘娘生的孩子藏在自己那儿，说是她自己生的。皇帝不知道真相，就把李娘娘打入了冷宫，后来有人帮助，李娘娘逃出了宫。

再说这李娘娘逃出宫以后，趁人不备，女扮男装混进了骆驼队，这骆驼队出了阜成门，直奔西山而来，过了西黄村，沿着山根走，过了杏石口、申王府、礼王坟就进了磨石口村，骆驼队到磨石口要给骆驼喂食，给骆驼修骆驼掌，赶骆驼的人也要歇脚吃饭，李娘娘就趁机躲到了磨石口北山上。李娘娘为什么要在磨石口住下呢，老人说，她是在等他儿子长大了，后来他儿子长大了，她也老了，每天一有工夫，她儿子就从皇城里飞上天，穿过云层来到田义墓这口水井边上等他亲娘。他又怕别人认出他来，所以外人一来，他就变成了四爪的蟒，而李娘娘一来，他就成了五爪的龙。有人说这蟒是白的，可李娘娘看到的是一条青龙。因此，老百姓说，田义墓的龙说不清，有说白来有说青，有人看的是条蟒，老太太说是青龙。

李娘娘在京西一带和儿子相聚，在刘娘府坟里的刘娘娘就不得安宁了，这刘娘娘一不安宁了，就到皇宫闹鬼，皇帝一看，这怎么办呀，只得把刘娘府的刘娘娘坟墓给迁走了。

讲　述　人：刘绍周

搜集整理：杨金凤

田义墓大蛇

田义墓本墓的后边有一个大坑，据说，这坑里住着一条大蛇。大蛇每天喝水，可田义墓里没有井，大蛇就把头伸到墙外头的井里喝

▲ 田义墓石供桌

水，井在田义墓东南墙角的外边，大蛇要喝到水，身子往南30多米，再把身子盘在几十米高的大松树上，头伸到东墙外边的井里才能喝到水。据说从前磨石口村里有六口井，不算九中里头的那口井，井本来就不多，还被这大蛇喝干了一口，这口井就是田义墓墙外东北的那口，以前这口井里的水又满又甜，大蛇喝干了这口井以后就不见了。

村里人都知道大蛇喝水身子必经的那段古墙上有一道很深的印，老人说是大蛇每天喝水，把老墙给磨出的大沟。村里人还说，大蛇喝水的时候，别人都不敢看，只有一个老太太不怕那大蛇，等大蛇把这口井里的水喝干了以后就走了，那个老太太从此也消失了。人们说，田义墓里的大蛇除了到井里喝水以外，从来不祸害村里的人，村里很多小孩子到田义墓里去玩，也没见过大蛇出来吓唬他们，所以人们说这是一条不祸害人的善蛇。

讲 述 人：李天太、乔守恂

搜集整理：杨金凤

第二节 历史人物传说

一、宦官传说

明代"靖难之役"后，宦官势力开始肆意膨胀，在英宗、武宗、熹宗三朝为甚。由于崇佛思想严重，他们多在西山"择平岗曲阜沃壤奥区"之地争建佛寺。清代于敏中等人在编撰的《日下旧闻考》中收入明代王廷和《西山行》一首诗，诗中写道："西山三百七十寺，正德年中内臣作。"诗中说众多寺庙是正德年间的宦官所造。其实，早在明初，宦官们就为盖庙建寺大兴土木了。法海寺是西山最早建成的明代寺院之一。出资修建法海寺的是御用太监李童，他以托梦为由提议建法海寺，并得到英宗的大力支持，其死后就埋于法海寺西南。托梦一事逐渐演化为传说在民间流传。李童为什么要在磨石口北山建法海寺呢？明景泰四年（1453年）立的一块御用监太监朴庵李君碑说明了缘由。

李童，字彦真，号朴庵，江西庐陵人，生于明洪武二十二年（1389年）四月十六日，卒于景泰四年（1453年）五月十四日，终年65岁。他15岁入宫，先后侍奉过成祖朱棣、仁宗朱高炽、宣宗朱瞻基、英宗朱祁镇和代宗朱祁钰。李童初侍朱棣，事事小心谨慎，多向老太监学习宫中之礼，对朱棣训令时时记于心，追随朱棣二十余年，奠定了他深沉的性格和处事不惊的干练之才。他随朱棣出塞北巡，为护驾终日身披甲胄，十数年中，曾得到无数次嘉奖。后来，李童历侍仁宗、宣宗仍然事事用心，一丝不苟，深得皇帝宠幸。宣宗时，李童被擢升为御用太监，更加温良恭谨。英宗即位时才9岁，朝臣各怀心事，尤其是司礼监掌印太监王振权倾朝野，违法乱政，李童虽恨在心头，却由于势单位卑，不敢贸然行事。于是，他欲将一生积蓄及先帝

▲ 旧时法海寺大殿内的李童塑像（左一）

所赐银两倾囊而出，要修建一座庙宇来保佑大明王朝，以回报自己蒙列圣宠幸之恩和表达对大明王朝的一片赤诚之心。于是他托梦选定蟠龙山之阳建寺，名曰法海。此地也确实是风水宝地，馒头山护于左，蟠龙山蔽于右，前面是磨石口龙形古道，再加上前有赵山、金顶山作为两个香炉，有烧不完的香火永保大明太平。英宗果然相信其梦，敕赐建寺，工程从正统四年（1439年）到正统八年（1443年），历时4年，建成后英宗钦赐寺名"法海禅寺"，并命王直为《敕赐法海禅寺碑》撰写碑文。李童死后，葬于寺西南。代宗降旨，命资善大夫、正治上卿、礼部尚书、太子太傅胡濙为其撰写墓志铭。后人根据王直的碑文和胡濙的墓志铭把这段史实演绎成了带有神秘色彩的故事流传下来。

明清时期，宦官除筹资在西山一带建有法海寺、承恩寺等许多寺庙外，还有一些宦官留下了许多诗文和绘画。宦官们一是随着皇帝到京西游玩，二是自己闲暇时游历京西山水，从而留下许多传说，如"李童与法海寺的传说""温祥与承恩寺的传说""司礼太监田义的传说""大太监刘瑾的传说""太监金钟的传说"等。

刚炳的传说（一）

在石景山区有座褒忠护国寺，寺内有刚炳墓葬群及刚炳祠即褒忠祠。墓前立有一石碑，写的是"洪武开国元勋司礼监太监刚炳之墓"。祠里供着刚炳的塑像，只见他身披将军铠甲，紫棠色面孔，浓眉方口，气魄雄壮。由于刚炳是太监，所以没有胡须。殿门外有五通大石碑，碑文多已模糊不清了。其中有一句是这样写的："以姚广孝为军师，无边佛法，勇刚炳为太监，血战功

▲ 敕赐护国褒忠祠

劳。"原来这褒忠护国寺是为了纪念刚炳血战功劳所修。相传刚炳是明太祖的一员武将，身高体健，勇猛异常，无人能够抵挡。他武艺高强，力大过人，他使用的两杆铁叉，每杆重120斤，舞起两杆铁叉，任何兵器都无法近身。传说，他曾跟皇上在北部边陲作战，从败将手中缴得三件法宝：杏黄旗、探地宝、照妖镜。只要把杏黄旗一挥，能飞沙走石；用探地宝一听，能测知敌军营地；照妖镜则能破除妖术。刚炳有了这三件法宝后，更是如虎添翼，所向无敌。

从南京打到北京，刚炳因为护驾有功，在朝廷名声大震，深得皇上宠幸，从此刚炳经常被皇帝唤入内宫，视为亲信随从。刚炳是员武将，有股豪放不羁的气派，朝廷一些嫉贤妒能之人，暗中非议刚炳，说他淫乱皇宫。此语传到刚炳耳中，刚炳大惊，心想："如果真有人乘机诬陷，我如何说得清楚？"

▲ 刚炳墓棂星门（民国）

　　恰巧，皇上出巡，命刚炳料理宫中的一些事务。刚炳本想随皇上出巡，无奈皇上的圣旨不能违抗，只好遵旨。可刚炳十分担心，他想如果有人上奏皇上，陷害于我，而皇上又信以为真，我刚炳就难逃杀身之祸了。左思右虑，刚炳决定净身，以报效皇帝。他想，只有这样，才能使那些陷害我的人无法得逞。

　　没过多久，皇上出巡回来。果然，那伙嫉妒刚炳的奸臣，串通一气，上奏皇帝，说刚炳趁皇上出巡，借料理宫务之机，淫乱宫中。皇上一听大怒，立刻传刚炳上殿。刚炳身披麻服叩见皇上。皇上说："刚炳，你知道欺君大罪如何处置吗？"刚炳说："欺君之罪，应斩。"皇上正要下令推出斩首，刚炳申辩说："圣上息怒，容臣实言，皇上出巡，命我在宫中处理宫务，臣已料知会有人在皇上面前进谗言，所以臣决心净身，效忠皇上，请圣上派人明验。如臣有半句谎言。请圣上治罪。"皇上听后大惊，命人马上验证，刚炳确实已净身。皇上想，此等赤诚非同小可，便下令把那些进谗言的奸臣立即斩首示众。从此，让刚炳任司礼监太监。

当时，北国鞑兵常在边陲骚扰，由于朝廷所派将领连连战败，鞑兵十分猖狂，竟然带兵侵犯北京。皇上再三思虑，派谁去领兵击退鞑兵呢？这时，群臣举荐刚炳，皇上降旨任刚炳为三军统帅，前去灭敌，保住北京城。

刚炳接旨后，率兵出击，只见那鞑兵的首领是北国的一员女将，名叫肖玉梅。肖玉梅年轻俊俏，面如芙蓉。她身穿大红战袍，背插雉鸡翎，使用一柄绣绒月牙刀。刚炳一看领兵的是个女子，不由得仰天大笑说："那北国的丫头仔细听着，休要上前来送死，快让你们北国的男子出来与我决一死战！"

刚炳勇猛异常，这时却犯了轻敌的大错。这北国女子，并非寻常之辈，她武艺高强，无所不能。且善用暗器，那暗器是十二把连环飞刀，她还会施展一套妖术，一般人就是武艺再强，也破不了她的妖术，多死于她那柄绣绒月牙刀下。

那刚炳不知这女子的厉害，只是边骂边打，舞着两杆铁叉，寒光闪闪，用一个降龙伏虎之势，直向肖玉梅刺来，只见那肖玉梅来了个卧地旋身，策马转身就跑。刚炳认为是那女子害怕，扬鞭催马猛地向前追去。

只见那女子越跑越快，一气跑到了八宝山西北的一座小山包上，这小山包叫老山。老山东北有块洼地，肖玉梅便在那里摆了个八卦迷魂阵，准备擒拿刚炳。

何谓八卦迷魂阵呢？据说这八卦阵摆设三个牌场，每个牌场之间和阵地两头都有个塔，每个牌场内设一块无彰牌。在中间的石牌场上写有"迷魂阵"三个大字，这迷魂阵十分厉害，人只要一进去，就好像内有千军万马，任你怎样冲杀，无路可逃，直到精疲力竭被生擒为止。

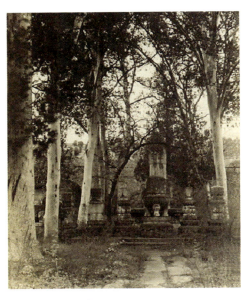

▲ 太监刚炳墓（民国）

刚炳哪知前面有八卦迷魂阵呢？只是一路叫骂杀来。肖玉梅见刚炳越跑越近。口微闭，气聚丹田，用那柄月牙刀来了个弯弓射虎势，向刚炳劈来。刚炳圆睁豹眼，咬紧钢牙，大喝一声，用两杆铁叉架住了那柄月牙刀，只震得他手臂麻木，这才知道肖玉梅并非寻常女子，不由暗暗叫苦。可是刚炳悔之晚矣！他已经冲进了那女子设下的八卦迷魂阵。虽说他有勇有力，但那女子却是以柔克刚。刚炳使用铁锁横舟之式，那女子却用了顺水推舟这一招。这时，刚炳才知道这女子的刀法纯熟多变，十分狡黠。刚炳越来越觉得四面伏兵重重，深感寡不敌众。他率领的三军，已伤亡多半，却怎么也冲不出去。他仔细一想，是否中了计呢？他取照妖镜一照，果然肖玉梅摆的是八卦迷魂阵，诱他上当。那照妖镜也是一件奇异之宝，八卦迷魂阵经它一照，竟然一点也不起作用了，刚炳只觉得精神紧张，拼命杀出了一条血路。

肖玉梅见刚炳破了自己的迷魂阵，知道碰上了劲敌，策马向西跑去。刚炳这回不敢轻敌，并没追杀上去，唯恐再中埋伏。

他见肖玉梅向西跑去以后，就往东走了几步远，见有一小片平地，准备歇息片刻。这时从西边来了一老者，刚炳见那老者相貌不凡，就向他打听此处地名。老者看了刚炳一眼，用拐杖一指说："这座山叫洪炉山，西边的小山叫风箱山。"老者接着又说，"将军请看这洪炉山与风箱山之间的这道山岭，便是风箱筒，将军脚下歇息的这块平地，就是洪炉山的炉口。"刚炳听罢，感到这些地名好生奇怪，偏偏与自己的姓名相讳，不免惊恐万状，便又指了指西边的那座小山包，也就是如今的老山，肖玉梅摆八卦迷魂阵不远的地方问："那又叫什么山？"老者回答："那是钻子山。"刚炳听罢，顿悟，他思忖道："洪炉化钢铁，我的名字叫刚炳，字钢铁，是否天要灭我？我现在歇息的地方是炉口，那边是钻子砸，也许是我劫数难逃，让我做地下鬼。我刚炳一生没什么大错，罢，罢，罢，留在世上一颗效忠皇上的忠心罢了。"说完，仰天大笑，朝天上拜了几拜。

刚炳刚刚站起，就见肖玉梅策马从西边又杀了过来。刚炳急忙上马迎战。那肖玉梅挥着月牙宝刀，来了个劈空灵虚之式，刚炳不敢迟疑，使了个金龙探爪，一下刺中了肖玉梅的肩膀。顿时，血染战袍。肖玉梅左肩受伤。忙腾出右手，从马鞭内摸出那十二把连环飞刀，向刚炳投去，刚炳大叫一声连中数刀，那肖玉梅毫不迟疑，乘机向刚炳劈去，可怜那刚炳一下子被拦腰斩成两截。他的战马受了惊，长嘶一声，向肖玉梅踢了过去，肖玉梅本来左肩受伤流血不止，又被受惊的马踢了下来，还未来得及翻身就被马踏死了。

刚炳的那匹马驮着刚炳的尸体，疯了似的向前猛跑，把刚炳的上半身从鞍上摔了下来，那惊马仍不停地向前狂跑，刚炳下半身也从马上掉了下来，那匹战马还是一个劲儿地猛跑。夕阳落山，月亮升起，这时马跑到一个荒村，去一个石槽旁饮水，那马喝了一阵，也突然倒下死了。

后人把刚炳上半身掉下来的地方叫"上庄"，下半身掉下来的地方叫"下庄"，把战马跑过的村子叫"路过"，后来又叫成鲁谷村。战马饮水的那个荒村叫"荒庄"，也就是今天的黄庄。战马饮水的那个石槽一带被称为"石槽"。战马倒下死去的地方，就叫"马倒城"。在那里还修了一座庙，取名"马神庙"。据说，这就是八宝

▲ 太监刚炳墓（民国）

山一带地名和村名的来历。

　　刚炳血染沙场，众将士齐心协力终于击退了鞑兵，皇上念他的血战功劳，忠勇双全，就在洪炉山下，为刚炳修建了一座庙叫"褒忠护国寺"；还派人把那匹阵亡的马埋在护国寺的西边，封为"兵马坟"；把刚炳留下的盔甲，埋在护国寺的前边，并封为"盔甲坟"。在护国寺内又修了刚炳殿、刚炳墓葬群，这就是八宝山刚炳庙的传说。

讲　述　人：晏逢春

搜集整理：吕品生

刚炳的传说（二）

　　京西过去有座洪炉山，后来为什么又叫八宝山了呢？说起来话就长了。明太祖死后，燕王朱棣带兵从北京打到南京，当了皇帝，他有意迁都北京，就派军师刘伯温去打前站。刘伯温奏明皇上说："目前藩镇割据，一路上恐有瓜葛。"朱棣便指派一名叫刚炳的大将带领精兵五万，护送刘军师。

这位刚炳，手执一杆丈八长矛，胯下一匹白龙马，有万夫不当之勇，而且精通六甲天书，善于阵法。这一日，刚炳率领人马来到洪炉山下，迎面被一队人马挡住。当中一员女将，生得细眉凤目，身材苗条，手执双刀。刚炳见是女流，心想："好男不和女斗，快快让道，免得枪下做鬼。"不想这女将"嘿嘿"冷笑一声，放马过来，举刀便砍。刚炳截架相还，两人大战在一起。这员女将果然有些手段，战了

▲ 刚炳墓石刻

五十回合，不分胜负。刚炳想，区区女流竟如此厉害，我若不能取胜，岂不被天下人耻笑。又战了几个回合，只见女将虚晃一刀，拨马便走，刚炳催马紧追。岂知这是女将设下的一计。原来她早就在洪炉山下布下一个迷魂阵，用无数洪炉将山头团团围住。刚炳轻敌大意，进了她的迷魂阵，只见四周都是通红的炉火，一见炉火，他就晕头转向了，连人带马掉进一个最大的洪炉里，只听轰隆一声——这位身经百战的勇将，身断两截，飞入空中，连他的马也崩飞了。他的上半身落在洪炉山以东的上庄，下半身落在洪炉山以西的下庄，他的白龙马就掉在了洪炉山以西的马神庙。

后来朱棣为了追记刚炳的功绩，就在下庄修了一座庙，起名小护国寺。寺前有座坟，里面埋着刚炳的盔甲。坟前有一石碑，上写：开国元勋刚炳之墓。

在刚炳战死的地方留下了一堆炉灰。一阵雷雨之后，这堆炉灰变成了八样土：红土、白土、褐土、黑土、黏土、黄土、青灰、白灰。后来当地的人们便把这里叫作八宝山了。

来　　源：《石景山传说》

搜集整理：崔墨卿

李童和法海寺

在京西蟠龙山腰有一座500多年的寺庙，叫法海寺。法海寺雄踞山腰，山门一直延伸到磨石口村的东西街道上。寺庙四周松柏掩映，寺中有大雄宝殿、四天王殿、护法金刚殿，还有伽蓝、祖佛二室及钟鼓楼等十几座殿堂。过去是个香火圣地，大雄宝殿里有精美的壁画，堪称壁画艺术之瑰宝。在磨石口村，流传着"南柯一梦法海寺"的故事。

相传，法海寺是明英宗朱祁镇的近侍太监李童为报皇恩，动用千百个能工巧匠施工修建的。李童选择在这个地方建法海寺，是因为他做的一个梦，梦里一位白胡子老人指点他要在京西一处福地建寺。李童派人去寻找，果然在京西蟠龙山腰找到一处地方。李童见这里峰峦环抱，松柏参天，竟与梦中白胡子老人指点的一丝不差，甚是欣喜，遂上报皇帝，由专门为皇家建筑的工部营缮所在此动土。

这天，李童将营缮所送来的所有图样，都翻遍了，竟无一中意的，甚为焦虑。夜深人静，他在灯下查看原龙泉古刹的图样，不觉蒙眬

▲ 李童墓碑，立于明景泰四年（1453年）

入睡。李童忽听远处隐隐似有琴声，随山风吹入耳际。仔细听去那声音叮咚作响，又像是山涧的泉水声。他不觉起身，顺着这叮咚的声音向前寻去。只见从怪石嶙峋的山涧中，涌出一股泉水，石壁上凿刻"龙泉"二字。李童听到的那叮咚之声就是这泉水流淌之声，在幽幽山涧中，像是抚琴之声。李童见那山泉滴入一潭碧池之中，池面上浮着朵朵睡莲，云霞映照，恰如仙境。潭水后面，耸立着一座金碧辉煌的古刹，寺门的匾额上有"龙泉寺"三个金字。李童甚是高兴，没料

到龙泉古寺竟被他找到了。只见龙泉寺十分宏伟，云缠雾绕，殿宇重重。宝顶鎏金，灿烂夺目。李童信步走进寺中，幽深的庭院，回廊曲径。芳木佳树，满眼青翠欲滴，飘来阵阵奇花异草的香气。李童正流连在这如画的仙境之中，突然一阵阴风卷地而来，霎时间枝叶摇落，天地昏暗，如同泼墨。李童见那潭水竟翻滚不止，如同煮沸了一般。忽然，潭水上蹿数丈，一道闪电，跳出一个青脸、凸睛，头长双角的绿发妖怪。这绿发妖怪声如响雷，向李童大吼道："什么人，胆敢闯入我的神功宝殿，赶快给我滚开，不然我要将你化成粉末！"那李童到底是天子近侍，并不畏惧，用手指着妖怪说："吾乃当朝天子的近侍，奉旨在这里兴修法海寺。你是何方妖孽，胆敢前来冒犯！"那妖怪一听哈哈大笑，说道："我乃东海双角真龙，想要在我的宝地动土，先叫你尝尝厉害！"

原来那双角怪兽，是东海龙宫一太子，被唤青龙太子，因作恶多端，被玉帝锁在龙潭上已有500多年了。不料那锁链因年深日久，渐渐锈烂，双角青龙恶习未改，乘机兴风作浪。妖龙把进香的百姓一一吞食，龙泉寺早已香火断绝，于是双角青龙独据宝寺，整日游乐。那李童也并非平庸之辈，早年曾拜祖渊为师，亦能呼风唤雨，撒豆成兵，颇有神通，不把妖龙放在眼中。这妖龙见状，大怒，张开血盆大口，吐出一团浓浓的黑雾，罩住整个山谷。刹那间电闪雷鸣，从天降落一阵脸盆大小的冰雹向李童砸下来。李童却不慌不忙，运用神功，念动真言。不料这团黑雾铺天盖地，惊动了南海的观音大士及二十天神，他们一起前来暗中保护李童。李童向天上吹了一口气，顿时冰雹消散，丽日洒辉。妖龙一见，气得哇哇乱叫，摇头摆尾在空中翻腾，只见大雨倾盆，山洪暴涨，把寺庙、山谷全淹没在一片波涛之中。李童驾起一朵祥云，腾上天空，把袍袖一甩，打开乾坤宝袋，霎时，整个洪水全部吸入袋中。那妖龙不甘罢休，暴跳如雷，张牙舞爪向李童扑来。龙尾震动了山谷，龙身连扭带滚，把山坡劈成两半，山上巨石滚滚，夹着一股泥石流滑向正南，在磨石口村南堆成一个小山丘。

　　观音见妖龙气焰嚣张，与二十天神从天而降，对妖龙大声喝道："孽畜！还不快快与我归来，改邪从善。"妖龙见观音及二十天神降临眼前，不由得心惊胆战。那观音手执杨柳枝，向妖龙身上一扫，叫声："去！"只见一道白光，那妖龙直奔龙泉，不见了。从此，龙泉潺潺不断永不枯竭。

　　妖龙被降伏，李童心中大喜，连忙向观音及二十天神叩头致谢。不料李童的头一下子碰到桌案上，顿时惊醒，原来是南柯一梦。他身上大汗淋漓，如同真的鏖战过一场。他口中连连说道："多谢观音及天神助我成功。"李童按梦中龙泉古寺图景，耗费无数金银，命能工巧匠大兴土木，修建法海寺。从明正统四年（1439年）动土，到正统八年（1443年）竣工，历时四年，修成了一座规模宏大的法海寺。

李童又动用宫廷上百名画师高手，将观音及二十天神绘成精美图画，又令人画上如来、文殊、普贤等菩萨与佛祖。那观音像尤为突出，身披轻纱，肌肤丰腴，体态优美。壁画上还有飞天、菩提、奇花异树，真是云海苍茫仙雾缭绕。

　　如今法海寺的布局和构图以及壁画，和李童一梦所得一模一样，那无与伦比的精美工艺，那栩栩如生的人物，千姿百态，

▲ 法海寺壁画（观音）

那神奇的禽兽和每一棵花草树木，无一不美妙和谐，光彩鲜艳，令人赞叹不已，不忍离去。

搜集整理：孙培元、田　飞

李童和白衣仙人

在翠微山南麓，距磨石口村北500米左右的山坡上有一座古刹，叫法海寺。寺里的其中一绝就是两棵巨大的古白皮松，据说法海寺的白皮松有上千年了，因为这两棵树的树皮是白的，所以当地人称其为白衣仙人。

一说到法海寺的来历，人们就会提起李童的"南柯一梦法海寺"。李童是要找一块风水宝地，上哪儿找去呢？他为此发愁了很长时间，有天夜里，梦中得到一位白衣老人的指点，就到了法海寺这块

▲ 法海寺大雄宝殿旧照

福地。

　　第二天，李童赶紧带着人出了城门，往京西寻来，到了白衣老人指点的地方，见这里曾经是一座古庙的旧址，他犹豫不定，想先住下，四下考察考察，再作决定。

　　李童走了一天也累了，夜里就住到了现在法海寺西边的一个青砖瓦的房子里，听着山泉流水声很快就睡着了。睡到二更时，突然梦中的那位白衣仙人来找他，要跟他下棋，李童正想问问白衣仙人托梦的地方是不是这里，就跟着白衣仙人往东走出一百多米，进了白天去过的废寺的山门大平台上，只见这平台上摆着一个棋盘，不时有仙女飞来飞去，提着仙果篮子。李童很是奇怪，为什么自己白天来，没有这些飞天仙女呢？

　　李童不敢分心，因为他以前不会下棋，只得用心下棋，以择机问白衣仙人福地是否就是此地。一落座，李童跟仙人有来有往，棋下得有模有样。只听仙人说："你若有虔诚心，必得来世福报。"一说来世福报，正说到李童心里痛处，他就是害怕自己当了太监死后无葬身之地。他于是问："仙人指点此地，将来能否做我修来世之地？"

　　白衣仙人说："你下完棋，往院内走，若院内有两棵白皮的树，你就可以把地方定下。"

　　李童问："若没有两棵白皮树呢？"

　　白衣仙人说："你心不诚，或是你心诚而无心力所为。"

　　语罢，白衣仙人一晃不见了。

　　李童赶紧喊："白衣仙人，白衣仙人，我心诚，我心诚……"

　　李童手下听到李童在屋里大喊，以为发生了什么事儿，赶紧冲进去，见李童已下地往外走。只见他急火火按照梦里的指示寻找到东边100多米处，山门的大平台上真就摆着棋盘，再望望天上，只有星星，没有仙女。

　　李童向后走，上了几十级台阶，来到一个院落，只见两棵白皮松挺拔苍翠。李童纳闷，为什么白天自己没到这里来看呢？这是仙人所助啊！他抱着东边的白皮松问："白衣仙人，在宫里，是你给我托梦的吗？"他又跑到西边，抱住西边的白皮松问："白衣仙人，刚才是你给我托梦的吗？"

　　随后，李童招呼人来，在两棵白衣仙人树前摆上供桌，焚香敬奉。后来，李童把法海寺就建在了这里，寺里有白衣仙人的事儿，李

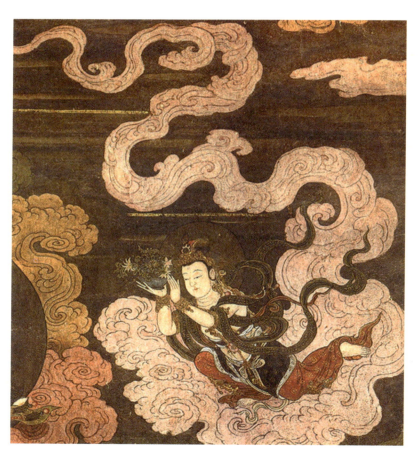

▲ 法海寺壁画——赴会图中的飞天

童还告诉了皇帝，皇帝也要来沾沾仙气，就也起驾来到京西，看见法海寺掩映在树木青翠、祥云缭绕的山峦脚下，兴致就来了，提笔写下了"法海禅寺"四个字。后来这就成了李童建的寺庙的名字。

讲 述 人：吴永福、曹玉兴
搜集整理：杨金凤

三寺对三山

传说，明英宗朱祁镇继位不久，一日出殿夜游。一抬头，忽见紫微星发暗，西边与其紧挨着的一颗星却亮得反常，而且还有一圈圈光环，隐隐遮挡了紫微星的一层光芒，所以紫微星显得暗淡了许多。英宗皇帝心内狐疑，便唤来太监李童，让他看看原委。李童看罢禀道：万岁圣明，西边果有贼星欺主，但不知事端真相，望万岁准臣微服出访，一经查明，即刻回奏。"英宗皇帝当即准奏。十几天后，李童回到宫里向皇上奏道："万岁，臣微服出访，到宛平界的翠微山下，有一地名叫磨石口，臣见山中天子气极盛，必须破此风水方保无虞。"英宗皇帝听罢忙问："这风水如何能破？""启奏万岁，若想破此风水，必须在彼建庙……"皇上当即准奏。明正统四年，浩大的建庙工

▲ 石径山（石景山）

程开始了，一直到正统八年秋，大庙方才落成。后又建庙宇2座，即现存的法海寺、承恩寺和慈祥庵，三寺参差，成鼎足之势。英宗皇帝龙颜大悦，亲自来此观看，李童指着寺庙对英宗说："法海、承恩、祥庵三寺各对一山，即赵山、金顶山和石径山（石景山）。金顶山和骆驼山分别为两根蜡钎，赵山便是香炉，这样，承恩寺、慈祥庵所对的山那么大的'燃不完的'蜡烛，加上赵山这么大的'填不满香灰'的香炉，就可以使这山中的英灵得到慰藉，便不会出山了，天子气也就可以自然消融了。皇上也就可以稳坐金殿了。"英宗非常高兴，后来还赐给李童一块墓地，李童死后，也就葬在法海寺的坡下了。

讲 述 人：孙秀明

搜集整理：翟连学

护墓有功的慈有方

田义墓以历史上独特的宦官现象为主要内容，同时也展示了田义墓园中的石雕石刻艺术和民俗文化。走进去瞧一瞧、转一转，方知岁月悠长，乾坤博大，世界精妙。这座保存完好的墓园何以幸存400余载？这里有一位太监立下了大功。

在田义墓幽静的寿域中，除田义的墓庐外，在他的周围还附葬着一些敬畏田义为人、愿意在这蓝天青山中陪伴着他的后代宦官，他们中就有护持田义墓园有功的慈有方。

慈有方，顺天府大兴县人，本姓杨，号宜斋，生于明万历三十七年（1609年）六月初六。清康熙初年，慈有方官至乾清宫御司房忠勇营中军总护官御马监太监，深得康熙宠幸。他是何时入宫当太监的，明代史料上并没有记载，但他在清兵入关时已34岁，建于明代的慈祥庵不知什么原因成了他的私产。

但是，清朝统治者对宦官有了较明廷更多的要求和限制，康熙即位后不久就诛杀了吴良辅。不过，对忠心耿耿的宦官，清廷还是优容有加，如慈有方就得到了康熙皇帝的格外垂青，在他的墓碑上记载着天子赐福于他的全部经过：清康熙九年（1670年）十二月二十三日小年这天，御前侍卫亚尔泰奉诏慈有方至御前钦赐御笔"福"字一圆、缎三尺。按照清宫习俗，每年到了年根的时候，皇帝总要亲笔书些"福"字或"寿"字来赏赐给中外大臣和翰林院的翰林，以表示皇帝对臣仆的器重和信任。同时赐"福"字和"寿"字的少，并且入宫观瞻御书的就更少了，谁要得到这一殊荣，那可是值得一辈子夸耀的事。

御前侍卫亚尔泰传完皇帝的旨意后，慈有方半天没醒过神来，他以为自己听错了，跪在地上一个劲儿地发愣。直到亚尔泰让他起来赶紧接旨，他才急忙叩头谢恩。随后慈有方诚惶诚恐地来到皇帝的御案前，"扑通"一声跪在地上。康熙看了一眼慈有方，微笑着说："慈有方，朕念你勤劳卓著、忠心可嘉，特赐你御笔'福'字一圆和缎三尺。"慈有方受宠若惊，一边磕头一边说："万岁，奴才我既无犬马之劳，又无洒扫之勤，只有一点忠心，实在不敢当此殊荣！"康熙又微微笑了一下，并让慈有方走近御案前观看自己亲笔书写"福"字。慈有方磕头如捣蒜，口中不住地说："谢主隆恩！"当着慈有方的面，康熙皇帝挥毫运腕，转眼写出一个遒劲有力的"福"字来。慈有方再次跪倒在地，山呼万岁，然后高高捧起"福"字走出暖阁，旁边的其他太监羡慕得要死，眼睛瞪得老大。

慈有方自从康熙赐福以后，心中更增加了对清王朝的感恩戴德之情，日夜琢磨如何报答皇上对自己的恩宠。经过深思熟虑，他决定向皇上奏请捐出私产慈祥庵，用来保护前明太监墓群田义墓。清康熙十一年（1672年），他向皇帝上书，说自己"年已衰老，后继乏人"，恐怕慈祥庵及田义墓被贪利之徒拆毁盗卖，请求皇帝恩准将慈祥庵与山场一并交给徐纯修等僧众重修、保管。这样做一举三得，既能保护田义墓，又打算重修田义墓和慈祥庵，同时还为太监、寺僧提供了年老及死后的栖身之所。康熙闻奏，龙颜大悦，立即恩准。这件事详细记载在田义墓的《皇恩准给》碑中。

又过了一年，即清康熙十二年（1673年），慈有方溘然长逝，葬入田义墓园中。临终前，他让子女把天子赐福的事刻在碑上，以此感激皇帝对他的特殊恩典。如今，人们参观田义墓，在体验中国宦官的独特生活和欣赏精美石雕石刻的同时，还应该想到这位护墓有功的人。

搜集整理：苗天娥

二、僧人传说

京西一带寺庙多，过去京西许多寺庙收跳墙和尚，有些跳墙和尚还俗后不适应外界的生活，就又回到寺庙。磨石口的寺庙中也有一些当地的出家僧人，这些出家僧人讲过一些传说，同时他们也成为后人传说中的人物。磨石口村人栗加有对此做过一些记载。2011年7月26日，他在《佛门六僧》中写道："旧时我村中寺院多，故僧者亦众，择其要者记。

僧人宗永，敕赐承恩寺首任住持。明正德八年（1513年），司礼太监温祥创寺成，武宗赐名承恩并封宗永为僧禄司左觉义兼寺住持，事载武宗皇帝敕赐承恩寺圣旨碑。此碑今残存于寺。

法安，佛名本明，号莲洲，俗名王谦，磨石口东琅山村人，幼年出家磨石口承恩寺，受业德瑞师，曾学业潭柘寺，住持贤良寺，官僧禄司正印。他佛学精深，为人贤明，通古文、诗词，与师弟圣安同为京师著名高僧，圆寂后葬虎头山下贤良寺塔院，享年80余。其徒有四：心慧、纯慧、云慧、妙慧。

圣安，字希庵，虎头山下雍王府人，自幼剃度磨石口承恩寺，与僧法安同出一师。光绪庚子年，八大处灵光寺被联军毁，圣安受该寺住持委托，主持重修。在辽招仙塔内发现并保护佛家至宝——释迦佛灵牙舍利，完工后任住持。圣安曾与师兄法安一道重修承恩寺开山塔院，以悼念首任住持——师祖宗永。

月林，磨石口东龚村人，自幼出家承恩寺，拜师妙慧，为法安徒孙。民国八年（1919年），他参与法安组织的重修该寺开山塔院，祭祀师祖宗永。新中国成立后还俗，为磨石口小学工人。他为人善良诚恳，每参与乡人殁后祭祀事，经唱高昂，嗓音洪亮。

▲ 粟加有（右，已故）、何大炎

普林，磨石口西南八角村人，初为承恩寺僧，拜师云慧，为法安徒孙。其为人奸诈，因犯寺规，被逐出寺。新中国成立初被判刑，后刑满释放，20世纪60年代中期殁于磨石口西门洞旁娘娘庙。

恒昌，承恩寺最后一代僧人，籍里失考，新中国成立初还俗，住北园，以做小买卖为生。他为人老实诚恳且佛识较深，每参与乡人殁后祭祀事以补生计，经声低沉，善下象棋。"

高僧讲经

　　一日，高僧佛图澄正与石虎坐在一起饮酒说法，突然佛图澄说："不好了！不好了！几百里之外的幽州城发生了火灾"，说话间随即转身端起酒杯向幽州城方向泼去，不久之后，佛图澄笑着对石虎说："现在幽州城的大火已经灭了。"石虎觉得奇异，不太相信佛图澄的话，于是就派遣使者前往幽州城验证，数日后使者从幽州城回来向石虎汇报说："那一日，幽州四大城门真的是燃起了熊熊大火，正当人们惊慌失措之际，忽然天空中飘来一阵乌云，接着天上降下了倾盆大雨，扑灭了大火。"

　　这个有本事的高僧佛图澄是哪儿的呢？传说这高僧曾经在法海寺西边的龙泉寺修行，他服气自养，能多日不食，善诵神咒，役使鬼神。高僧不单能降雨灭火，还有给鸟类讲经的本事。据说从前翠微山没有这么多树，高僧来了以后，天天念经，声如洪钟，能传到很远很

▲ 蟠龙山

远的地方，山上的各种鸟，听到这么好听的声音，就都飞到寺里来听经，有的落在屋顶上，有的落在石头上，有的落在墙头上。这些鸟每次来听经，觉得空手来不合适，就用嘴衔了草籽、树籽、花籽，从很远的地方飞来，把这些籽用尖嘴埋在山上，久而久之，翠微山就满山翠绿了，所以后来人们就管这座花香树茂的地方叫翠微山了。

讲　述　人：周秀珍

搜集整理：杨金凤

皇帝的替身和尚

蟠龙山下有个龙泉寺，龙泉寺曾经有个会武术的和尚。人们说他是皇帝的替身僧。

相传，这个和尚会软功，能把自己缩成一团，夜里睡觉就躺在房梁上。龙泉寺过去没有泉，他来了以后，冲着寺西边的山崖竖掌一劈，就把山壁削平了，用拳头冲着山壁的石头一拳下去，就把山壁砸出一个大洞。他又伸出一根手指头，冲着山洞里的地面一点，一个泉水坑就捅出来了，他仰起脖子，冲着蟠龙山吹了一口气，山上的泉水就哗啦啦顺着山崖流进井里。

这个神僧能用手指头写字，在泉水井的山崖上写了六个藏文字，就是六字真言：唵嘛呢叭咪吽。而且这个和尚还能给人看病，多难的病他都能给人看好，还从山上背下来一块大石头，做成了药碾子，自己采药，自己磨药，自己配药。

这和尚为什么会有这么大神力和本事呢？因为他是皇帝的替身。明代皇帝信奉藏传佛教，在京城封授、供养大批藏僧。皇帝举行藏传佛教法事，为藏僧建寺造塔，大量开度藏僧行童，有的皇帝还亲自习学藏传佛教，从事诵经演法活动，自称藏传佛教法王，表现出对

▲ 龙泉寺六字真言石刻

藏传佛教的极度崇奉。明代皇帝为什么如此崇奉藏传佛教呢？这是因为藏传佛教讲的是"即身成佛"。可皇帝真要到寺里修行成佛，那谁来管理国家的事儿啊，于是就想找个功德高、功夫好的和尚替他出家。

皇帝有了找替身和尚的想法，一边派人四处找这个替身，一边寻找替身修行的地方。他把自己走过的地方想了个遍，觉得不能太远，来回不方便，怕耽误国事，又不能太近，太近了不利于以后的修行。想来想去，就选中了磨石口的蟠龙山，意思是盘踞于此，潜心修行。刚选好了地方，太监来报，说在承德发现了一个高僧，皇帝就派太监去请，可太监站在那儿半天不动，皇帝生气了，要自己亲自去。这时候太监才说了实话，说那个高僧是个喇嘛，怕请不来。

皇帝带着两个护卫，化装成了一个和尚，就去了承德，见到那个喇嘛，把自己的想法给那喇嘛说了。喇嘛竟然一口答应了，皇帝又提出个要求，让喇嘛在寺庙里的时候穿上和尚的衣服，到了皇宫里可以穿喇嘛的衣服。

这个和尚来到了蟠龙山，他看到磨石口村里有些人生病，就开始给人治病，可用的方法是藏地学的医术，但这只有他自己和皇帝知道。这和尚待的地方是就在现在的龙泉寺，为了方便皇帝隔三差五地过来找他，就修了几间房子。开始皇帝来的时候，也都是和尚的打扮。

那和尚还在泉水崖下修了个棋盘，摆上两个石墩，皇帝来了，他还跟皇帝下棋，据说是皇帝教给他怎么下棋的，开始是他输棋，到后来每次都是皇帝输棋。所以有人说，蟠龙山上两条龙，一条真龙，来去无踪，一条盘龙，盘卧山中。时间长了，人们把盘龙叫成蟠龙，把这山就叫成蟠龙山了。

搜集整理：杨金凤

三、帝王传说

明万历年间，永定河两岸有渡口、善桥等，特别是为了皇帝的通行，还曾经铺设简易木板御道。清雍正年间，在庞村南建旱桥御道。相传乾隆帝为求长寿，请替僧出家于潭柘寺，这和光宗皇帝请替僧于承恩寺的故事类型一样。据说，皇帝每年6月从京城起銮，出阜成门，到达石景山下的庞村惠济祠驻跸。庞村南旱桥御道宽约60米，当皇帝銮驾来时，老百姓就跪在御道两侧迎接，还要在旱桥前举行过河仪式。

惠济祠就是北惠济庙，在庞村西，当地人称"西庙"，俗称"庞村大庙"。庞村大庙始建于清雍正七年（1729年），赐名"北惠济祠"。它记载了人们治理永定河水患的功绩，为研究北京这座历史名城提供了难得的历史资料。惠济祠现仅存一座四方形碑亭，亭中立有4.35米高的汉白玉碑1座，碑面南而立，螭首龟趺，立于雍正十年（1732年）。碑文记载了永定河的发源、水情及治水情况，碑文清晰可见，几乎无损坏之痕，为后人考证永定河历史状况留下了珍贵的资料。此碑又称"父子碑"，碑阳记载了雍正皇帝歌颂康熙皇帝治理河患的功绩，碑阴为乾隆皇帝颂扬祖先疏导之功，使永定河安流顺畅而作的五言律诗。其中一首是："崇祠依石堰，像设谒金堂。云壁瞻初度，曦轮届小阳。河防慎有自，神佑赖无疆。疏凿非经禹，惟厘永

▲ 碑文局部

▲ 北惠济庙亭额

定方。"落款为"乾隆癸酉孟冬初礼惠济祠因成五言一律以志虔敬"。另一首为："寺碑建雍正，皇考辟神堂。清晏资垂佑，实枚恤向阳。不愆秩宗祀，恒奠冀洲疆。嵩目一劳计，难言永逸方。"落款为"甲申仲春月礼惠济祠叠癸酉旧作韵"。据说父子同文于一碑的现象，在诸多碑文题刻中并不多见，故人们称之为"父子碑"。

碑外有碑亭一座，四面各有一拱形券门，亭额刻有"谟肇恬波"四字，即制订宏大的规划，使咆哮的波涛平静下来，其意仍为根治水患。因永定河所处地势直接关系到皇城的安危，得到了历代皇帝的重视，并留下许多治理永定河的传说。

碑亭以北为前殿，供奉永定河神。殿额曰"畿辅安澜"，为乾隆御笔。殿内额曰"安流泽润"，为雍正御笔。皇帝经庞村南边的旱桥御道到戒台寺驻跸，第三日就能到达潭柘寺进香了。因此在永定河两岸的石景山区和门头沟区，都流传着历代皇帝到西山上香、上行宫、视察永定河等传说。

雍正皇帝也非常重视治理永定河，他从小帮康熙帝处理政务，曾随康熙巡查永定河，他的诗《阅永定河应制》就讲述了这一情况：

帝念切民生，銮舆冒暑行。绕堤翻麦浪，隔柳度莺声。

万姓资疏浚，群工受准程。圣心期永定，河伯助功成。

此外，历朝历代皇帝到京西郊游、打猎等，也留下一些传说。

顺治传说（一）

传说清朝皇帝顺治，因为爱妃董鄂妃的死，再加上朝中满族权贵的种种阻挠，使他不能实现满汉一体、安邦治国的宏图大志，整天闷闷不乐。爱妃已经死了，安邦治国的愿望又落空了，顺治看破红尘，想走出皇宫入空门修行。一天，顺治悄悄出宫，来到京西天泰山，拜了师父就削发做了僧人。顺治在山上每天和师父念经，以图修炼成佛。

这年三月十三，观世音菩萨去王母娘娘那儿过蟠桃会，盛会以后，带着随身的善财童子驾祥云路经天泰山，看见下界人声鼎沸，天泰山的寺内香烟缭绕，直冲云霄，挡住了菩萨的去路。观音按落云头，往天泰山寺中一瞅，看见离宫出家的顺治帝双眉紧皱，愁眉不展。菩萨心中明白，顺治虽然出家，但凡心尚未根除，待我去指点明路，让他好好修炼，早成正果。观音摇身变成了一个进香的老太婆，善财童子变成了老太婆的女儿，模样与董鄂妃一模一样。老太婆带着女儿口念阿弥陀佛，到天泰山寺庙去进香。

这一天正是三月十三天泰山庙会，来进香的人如潮涌。不少人还是从很远的京城赶来的。老太婆带着女儿，一步一磕头，进了山门，来到大悲殿，跪下给菩萨烧香，在一旁诵经的顺治无意中看了

▲ 顺治

一眼这烧香的母女俩，不料那村姑正瞧着顺治。顺治大吃一惊，不由得心中叫了一声："啊！这不是董鄂妃吗？怎么没死？"再仔细看去，却不见那跪在地上的母女二人了。顺治怀疑自己是日思夜虑看花了眼。他精神恍惚，赶紧走出大悲殿，到后院的禅房中去休息。

顺治来到了禅房，躺下休息。恍惚之间，忽然闻到一阵异香飘了进来，睁眼一看，只见一个女子跪在自己面前。顺治不由得更加吃惊，那女子正是死去的董鄂妃。只听她叫了声："妾妃拜见皇上，难道圣上不认识我吗？"

顺治惊得魂飞魄散，叫着："爱妃，真的是你吗？莫非你没有死？真想煞我也！"

董鄂妃说："妾妃身已归天，承蒙王母娘娘的厚爱，封为天上的玉女，只因你我二人前缘未了，还有一次见面的机会，前来与圣上相见。"

顺治听完，把董鄂妃挽扶起来，搂在怀中。约莫一炷香的工夫，董鄂妃对顺治说："时辰已到，圣上保重，妾必须回天宫去了。"

顺治哪里肯放她走，扯着她的衣袖说："快快随我回宫去，切莫再留下我孤身一人！"

这时忽然听董鄂妃叫："大虫来了，圣上快快躲避！"

只见狂风骤起，跳进来一只斑斓猛虎向董鄂妃扑去。顺治大喊：

"救命！"醒来方知是一场梦。他浑身都被冷汗湿透了。

顺治醒后，难以入睡，左思右想，觉得这个梦太奇怪。莫非是菩萨嫌我凡心未了，难成正果？想来想去，决定回宫去见母后，再作决定。于是，他暗自从寺庙后门走出，绕道从南边山坡出了鬼门关，顺小路直奔山下去。

下了天泰山，过了万善桥，一直往东走。一路上，他又饥又渴，只好在路边一个小村歇息。这时顺治忽然看见村口有口水井，一位老太婆正在井边汲水。看见那清凉的井水，直往外流，他不由得更加口渴难耐。顺治向老太婆讨一口水喝，老太婆把桶递给他，顺治就低下头痛饮起来。顺治喝够了水，看出这井很奇异，那水不断从井底升上来，再从井口涌出。顺治问那老太婆，这是什么缘故？老太婆笑着回答："只是井满自流啊！"

顺治不解老太婆的话意，低头寻思，只见水中倒影，哪里是什么老太婆，分明是观音在朝自己微笑呢。顺治顿时大悟，这回是菩萨点化我呢，让我好生修炼，不可胡思乱想，方能早成正果啊！于是，顺治朝天一拜说："菩萨指点迷津，弟子已经明白，今后弟子一定苦念三藏真经，专诚佛门，早成正果。"

顺治拜完，就回到天泰山修行了。据说，顺治在井边喝水的那个村子，直到现在还叫满井村。

讲 述 人：胡义和

搜集整理：孙培元

顺治传说（二）

天泰山上边有座庙，叫慈善寺，别小看这座庙，顺治皇帝就是在这儿出的家。

　　当时有一位老僧住在这座庙里，老僧有个傻徒弟，师徒二人每日礼佛念经，日子过得很清静。小徒弟入庙以来，别的事老僧也不让他干，只是每天早晚两次让他到庙北一处悬崖下去察看山崖有无裂缝。五里来地，傻徒弟每天都要按照师父的吩咐跑上两趟，不论刮风下雨，还是大雪封山、寒风刺骨。不觉过了十年，顺治十八年正月初八这天，正赶上下大雪，小徒弟踏雪顶风，仍然到那处悬崖去察看。山路难走，也不知摔了多少跟头。只是近些天来，小徒弟不知为什么不像过去那样呆傻了，人们说是老僧的佛法把他的智慧恢复了。小徒弟走在山路上，心想：每天这样跑两趟，也不知什么时候是个头。好好的一道小崖哪能裂开呢？今天回去就向师父说，山已经裂了，看师父怎么说。想到这儿，他马上就返回去了。他向师父说："山崖已经裂开一条缝了，黑乎乎的也不知有多深。"老僧听后拉着徒弟的手说："徒弟，今天你的智慧圆满了，我的正果也修成了。我马上就要到西天佛国去，不能每日教诲你了。"小徒弟听了这番话，头脑从没这么聪明过，着急地说："师父如此倒是好事，只是我自己在这深山里，多孤独，多冷清啊！"说完拉着老僧的手跺着脚哭起来。老僧慢慢

▲ 慈善寺

站起来，走到案边，从上面拿出一幅纸打开，问徒弟："你看这是谁？"徒弟止住哭一看，见是一张师父的画像。老僧又说："你想师父时，就展开看一看，不是如同和我在一起了吗？"徒弟忙说："只是不见画像上有师父手拿的龙头拐杖，手中只做这拐杖之势干什么？"老僧笑着说："以后哪位善士为我添上这拐杖，你就拜他为师，继续修行下去。"说完，把画像揣在怀里，右手拄杖，左手让徒弟搀扶，向后山走去。徒弟陪着师父慢慢地来到悬崖下，说来也怪，只见山崖齐刷刷地裂开一条大缝子，黑森森特别显眼。老和尚并不多说话，理了理僧衣，把画像从怀里取出交给徒弟，嘱咐说："我讲给你的话，一定不要忘记，也许你将有个新师父，往后你们也许会被普天下的人们传诵呢！"说完，从容地跳入山缝，不一会儿，只见裂缝轰隆隆地又合拢了。同时，一缕轻烟升腾，向西方快速飘去。徒弟拿着师父的画像，回到庙中。晚上，呼呼的山风吹起，他守着一盏忽明忽暗的油灯，不禁又怀念起师父来，他记得师父的话，等着拜认新师父。

第二天一早，小僧就踏出山门，带上一钵一木鱼，向山下走去，走一步敲一下木鱼，口中念叨着："化师父，化师父。"又是往日的那副呆傻模样了。翻过翠微山就是一路平道，不过正午时分进了西直门，来到京城中。走到午朝门前他已经是疲惫不堪了，但他仍敲打着手中木鱼，引来无数商贾市民，有人问，小僧也不理睬，口中依然叫道："化师父，化师父。"

这时顺治皇帝正在宫中，独自闷闷不乐地坐着，突然听到有木鱼声，急促震心，就喊太监进来，问："是怎么回事？如此深宫何来此声？是僧人还是道士所为？马上给我找来！"太监们循声查访，不一会儿，将小僧引进宫中。顺治皇帝问："为何来此宫禁之外，化何缘？"小僧久居深山且呆痴，并不知天下还有这么一位皇帝，见面前问话的人年岁不大，面目温和，就讲述了师徒之间发生的事情。说完

▲ 慈善寺魔王殿顺治肉胎像

就拿出师父画像递与顺治。顺治接过画像一看，见老僧画像老态龙钟，神采飞扬，是有大道力的人，心中大喜。只是如此高古年纪，没有挂杖，就平展僧像在龙案上，略沉思一下，从容动笔，噌噌几下，就补画了一支龙头拐杖，画像立时，倍添神韵。

小僧见到这个情景，跪地就拜，口中喊着："你就是我的师父！"顺治皇帝见此情景，心想这必是佛灵的感召，该我超脱尘境入空门了。

当天夜里，趁着天黑，顺治便随着小僧出了宫禁，入山修行去了。皇帝没有了，皇太后命人发丧告天下，做了一个假道场，然后埋在清东陵，这都是掩人耳目的法子！

讲 述 人：王润德
搜集整理：包世轩

顺治传说（三）

慈善寺过去香火特别旺，每年的农历三月十三至十五都有很多会档和香客到寺里拜佛，据说来这里求什么都特别灵验，如果能吃上一口寺里的斋饭，那就会更灵验了。

可是年景不好，寺里的粮食也不多了，眼看着三月十三这天过去了，寺里的粮食都用光了，十四、十五再来人怎么办？慈善寺的和尚和住持都一筹莫展。

三月十四这天的五更天，有人"哐、哐、哐"敲庙门，小和尚慧心忙去打开门，一个人一头就栽倒在门口，慧心问：施主你怎么啦？

那栽倒的人不停要水喝。慧心端了水来，来人喝完水，也清醒过来。这时候，寺里的其他和尚也被惊醒了，慧心问来人叫什么名字，来人却问慧心叫什么。慧心说我叫慧心，来人说我叫顺心。慧心问他怎么渴成这样，顺心说，吃得太多了。慧心问为什么要吃那么多呢？顺心说粮食太多，吃不下就糟蹋了。其他几个和尚一听，说哪儿有粮食，我们也跟你去吃点，顺心说，你们不用跟我去，粮食要多少有多少，但你们得答应我一件事儿，几个和尚赶忙说，要答应事儿，得找住持。顺心一听，爬起来就走了。

农历三月十四这天，住持让小和尚把寺里和尚们自己的口粮都拿出来给香客们做了斋饭，可明天怎么办？连他们自己都要挨饿了呀。慧心就说，连夜去附近村里借粮，住持叹了声气，说这荒年，除了皇宫里、县衙里有富余的粮食，百姓家也没富余的。只好等明天跟大家实话实说了吧。

半夜，慧心一直睡不着，他就想起那个疯疯癫癫叫顺心的人，心想，我要是找到他，或许能寻到些粮食。慧心悄悄起来，走到院子里，听到有哗啦啦的声音，仔细一听，声音在寺外。慧心慢慢打开门，蹑手蹑脚往山下走，越走声音越大，走到山门外的南山坡上，明晃晃的月光下，只见一个疯癫的人，把一大麻袋的东西往山下倒，慧心屏息凑近一看，原来是金黄的黄豆，一粒粒大大的黄豆，月光一照，发着金亮亮的光。只见那疯癫的人，刺溜溜出溜到山下，一粒粒把黄豆捡起来，再装进麻袋。慧心想，这么一大麻袋豆子，他什么时候才能捡干净啊？哪知没半个时辰，那一大麻袋的豆子又都回到了麻袋里。慧心看傻了，拔腿就往寺里跑，想去告诉师父。

慧心深一脚浅一脚地往山门跑，突然，看见一个人把山门把住，

▲ 慈善寺山门

那人看到慧心，哈哈大笑。慧心也不敢多看那人，绕开继续跑，可那人又拦住了他的去路，慧心只好一闭眼问，你是鬼还是人。哪知那人说，我是魔王。慧心说那请大师到寺里坐坐，那人说，慧心你睁开眼吧，我是顺心。

慧心一睁开眼，才看清正是

▲ 传说顺治练功留下的铁香炉

顺心。顺心问，你们寺里到底要不要我在这里出家？慧心又拔腿跑，一边跑一边说，我去问我师父。

"收下你了！"原来住持就在跟前。

疯疯癫癫的顺心又蹦又跳，说你们不是缺粮吗，回去等吧，五更天，你们开山门，搬粮食。几个小和尚半信半疑，老和尚一转身回了寺里。

五更天，大家打开山门，几十袋的粮食摆在山门前。老和尚朝着山下喊了一嗓子："魔王，你的本事不小，就来本寺修行吧。"

这个疯癫的和尚，就是出家的顺治。

讲述人：周秀珍

搜集整理：杨金凤

顺治传说（四）

清代建都北京后的第一代皇帝是顺治（福临），他7岁登基，25岁就驾崩了。关于他的死，说法不一。有的说他确实是出天花死了，有的说他是出家当了和尚。关于顺治皇帝出家的故事，老北京有这么一段传说。

在北京西郊有座天泰山，不算高，山上有座庙叫慈善寺，老乡们称它为魔王老爷庙。庙里的门窗全用朱红的油漆刷过。这座庙有三四十间殿房，前边以凤凰山为屏障，东北方就是香山主峰鬼见愁，背后以挂甲塔山为依靠，树茂林深草密，鸟语花香泉清，真是神仙住的好地方。据当地老乡们讲，这座庙的墙上，有顺治皇帝的题壁诗。有一年，顺治皇帝来西山上看祈雨，第一次登上天泰山就感慨万千，住了三个月都不愿离去，和山中的和尚很相投。顺治皇帝回到京城后，仍然惦念这个慈善寺，所以，他就下御旨拨了不少钱粮来修缮寺庙和买香火地。

在顺治皇帝25岁这年，他得了一场病，吃什么药也医治不好，于是在正大光明殿与当朝的大臣索尼、鳌拜、遏必隆、苏克萨哈焚香盟誓，命四大臣辅佐幼主，找了个替身代他入殓，自己化装连夜奔了天泰山，并在天泰山的殿内墙上写了一首长诗，从此这殿内谁也不许进。直到他八十多岁圆寂之后，头还歪着望着北京，遂成了肉胎活佛。人们这时才发现他的身后有一首题壁诗：

天下丛林饭似山，钵盂到处任君餐。

黄金白玉非为贵，唯有袈裟披最难。

朕乃山河大地主，忧国忧民事转繁。

百年三万六千日，不及僧家半日闲。

来时糊涂去时迷，来去昏迷总不知。

不如不来亦不去，亦无欢喜亦无悲。

未曾生我谁是我，生我之时我是谁？

长大成人方知我，合眼朦胧又是谁？

▲ 今人重抄顺治归山诗（局部）

但愿不来也不去，来时欢喜去时悲。

每日清闲谁多识，空在人间走一回。

口中吃得清和味，身上常穿百衲衣。

五湖四海为高客，逍遥佛殿任僧栖。

莫道僧家容易得，皆因前世种菩提。

虽然不是真罗汉，亦搭如来三顶衣。

兔走鸟飞东又西，为人切莫用心机。

世事如同三更梦，万里乾坤一局棋。

禹开九州汤伐夏，秦吞六国汉登基。

古来多少英雄辈，南北山头卧土泥。

恼恨当年一念差，龙袍换去紫袈裟。

我本西方一衲子，因何流落帝王家。

十八年来不自由，江山坐到几时休。

我今撒手归山去，管他千秋与万秋。

　　从此，人们便把这殿称为老爷庙或老佛爷庙，每年三月初三（农历）供善男信女上香瞻仰一次。因此天泰山香火十分鼎盛。相传，"老佛爷"的来历就是从这儿来的。从此，清代皇帝都称自己为"老佛爷"，特别是慈禧太后，则更是乐意人们称她为"老佛爷"。

　　民国时期的爱国将领冯玉祥先生，于1924年曾隐居于此。传说，当冯玉祥先生看见那个已干巴的肉胎佛身时，庙里的和尚在他耳边低声说："这是顺治皇帝。"冯将军听了，笑了笑，说："明明又是你们和尚捣鬼，不知从哪里弄出来顺治皇帝有出家之说，来愚弄百姓。"冯将军的这番话，显然是有道理的。但顺治皇帝的诗和肉胎佛身的故事传说，毕竟已在民间流传了许多年。

来　　源：《石景山传说》

搜集整理：张嘉鼎

燕昭王和郭隗的故事

　　离磨石口村不远的地方，有一个村寨叫衙门口，衙门口过去是清代宛平县的第一衙署，因而远近闻名。《光绪顺天府志》载："衙门口旧有碣石宫近此。"[2]碣石宫是什么呢？据说，这和历史上著名的燕昭王求士有关。

　　公元前311年，燕昭王即位。他当政后，首先得治理国家，因为这时候他的国家——燕国早已经被齐国掠夺得残破不堪。他要修理宗庙，整顿国政，立志报仇兴国。

　　怎么才能尽快治理好国家，让老百姓过上好日子呢？他想先听听其他人的意见。这天，他对老臣郭隗说："我知道燕国弱小，难以与齐国抗衡。请问在这种劣势的国力下，又怎样复兴国家，雪先王之耻呢？"

　　郭隗说，强国之本在于人才。

　　燕昭王说，战争失去了很多人，咱们国家的大将也死了不少，我上哪儿找那么多人才去呀？

　　郭隗就一一地为燕昭王列举罗致人才之道，他说："成帝业的国君，能以贤者为师；成王业的国君，能以贤者为友；成霸业的国君，能以贤者为臣。而亡国之君只能使用一些小人。因此国君越是谦恭下士，有才能的贤者越会来投奔。"

　　燕昭王一听，觉得有理。于是就进一步征询道："你建议我招引天下贤士，那么谁才合适呢？"

　　郭隗答道："从前有一国君，拿出一千两金子，派人去买千里马。历时三个月，花去五百金，却买回来一匹死的千里马。国君见此大怒说：'我让你买的是活马，死的千里马，花费重金买回来，又有什么用呢？'买马的人说：'死的千里马还肯付这么多钱，何况活的千里马呢？天下人必然认为大王看重千里马，我相信往后准会有人来献千里马的。'果然不到一年，那位国君收到了三匹千里马。"

燕昭王说，"这都是别人用过的办法了，你告诉我还有什么用处？"

郭隗接着说："昭王您若真诚求士，可先从隗开始。隗虽能力不强，然能得此重用，那么强于我的人岂不千里往燕？"

燕昭王沉思了半天，他想，"重不重用郭隗呢？他给我出这个主意是想乘机做官呢，还是真的可以招来天下人才呢？"转念一想，"既然我想听人建议，就不应该怀疑别人的用心。"于是，燕昭王便拜郭隗为师，并在今天衙门口村附近，为郭隗建造了一所美丽的宫室——碣石宫，以此表示他礼贤下士、诚招天下人才的诚意。这件事的反响很大，许多有识之士纷纷从各地前往燕国，有从赵国去的剧辛，从齐国去的邹衍，从魏国去的乐毅，可谓人才济济，燕昭王都拜他们为客卿。

燕昭王求得乐毅、剧辛等一些人才后，礼贤下士，虚心听取他们治理国家的意见，吊死问生，扶助农桑，与百姓同甘共苦。经过28年的励精图治，燕国医治了战乱创伤，走上了殷富强盛之路。

讲 述 人：关续文

搜集整理：杨金凤

庆陵堰的来历

在京西石景山，有个古老的水利工程叫庆陵堰，庆陵堰是因为庆陵而取的名字，庆陵是刘旦的墓，可刘旦的陵墓怎么就被叫成了庆陵了呢？

相传汉武帝当权以后，国安民富，天下大治，汉武帝决定把他的儿子都封到边国去，这样既可以巩固国家的边防，也可以让自己的儿子都成才，得到磨炼。

当时刘旦岁数还小，虽说是受封了，但没有马上去受封的地方赴任。等过了几年，刘旦长大了，就离开了长安城，千里迢迢来到今天的北京西边的蓟城，住进了万载宫明光殿。别看刘旦年龄不大，却有胆有识，机智敏锐。他还博古通今，特别好学，通星象、数术，懂经、史、百家之书，还爱好射猎，箭法极准。

刘旦励精图治，招贤纳士，很快便把燕国治理成了一个十分富足的藩国，也得到了父皇的赞赏。等他大哥、二哥去世之后，刘旦琢磨，30年了，自己这么能干，又有治国之道，应该得到父皇的重视。

刘旦深思熟虑以后，就上书汉武帝，请求入宫，给皇帝当卫士。皇帝看了上书，立刻有了不祥之兆："他哪里是来给我当卫士，他是窥视我的皇位，我现在是年老多病，可我还活得好好的，他竟然这么早就别有用心了。"

皇帝不露声色，立刻召刘旦进宫。

刘旦窃喜，觉得自己这一计得逞了，满怀欢喜赶紧来见父皇。哪

▲ 传说刘靖曾经居高观水的西山

知他千里迢迢回到皇城，刚到北门就被士兵拦下了，不让他进宫。

刘旦把拦他的人大骂一顿，哪知他气还没消，就有一队兵马威严赶来，抓住刘旦，刘旦大喊："我要见父皇，看我将来怎么收拾你们！"

来人领头的说："你还想收拾我们？现在我们先收拾了你！"

刘旦不知其意，还在高喊："你们要反叛吗？你们这是杀头之罪！"

领头的说："要反叛皇上夺权的人是你，我们现在是要先问问你！"

这时候，刘旦才明白自己的意图被父皇看穿了。

刘旦就这样被皇上派来的士兵给拒于北门之外，削去藩国内的良乡、安次、文安三县，皇帝把小儿子刘弗陵立为太子，就是后来的汉昭帝。

汉武帝死后，新封的太子刘弗陵继位为汉昭帝，颁赐诸侯王玺书。刘旦得到玺书之后十分生气，他借机跟大臣们说怀疑京师有变，就派遣了他的亲信们前往长安城，借着武帝去世为由去刺探。结果大臣们说，国不可一日无主，太子虽然小，刚八九岁，但这是先帝所立。

刘旦的亲信只好赶回燕国向燕王刘旦禀报，刘旦一听，认为其中有诈，就又派人上书京师，提议要各郡国为父皇立庙，以备祭祀之用。信使见到了霍光大将军，不料那大将军让信使转告刘旦，可以褒赐燕王钱三千万，再封给他一万三千户，但不准在郡国为武帝立庙。

刘旦听完大怒，说这皇帝本该是我，现在你们反倒要这么指手画脚地对待我。刘旦咽不下这口气，就与其他藩王预谋起事。宫里的一些大臣知道燕王的意图，各个想着自保的办法，觉得燕王当了皇帝，自己也能跟着沾光，升个一官半职，于是也跟着做些小动作。刘旦的姐姐鄂邑盖长公主等人知道刘旦要自立为帝，也在暗地里跟刘旦合谋，想先拿掉霍光。不料皇帝看到一些对霍光不利的奏书后，发觉奏书有诈，反而更相信霍光了。

这些人看目的没达到，就密谋要杀了霍光，废了昭帝，迎立燕王刘旦为天子。刘旦答应在登基之后，立上官桀为王，于是他们就准备发兵长安。正在这个时候，忽有侍卫慌张跑来，说全城的井都干了，部队和老百姓都没水喝了。还没等刘旦问话，突然又有侍卫跑来，说猪圈里的猪都冲出圈，四处乱窜，见什么撞什么，遇到什么踩什么。刘旦拍桌而怒，哪知他这怒气还没发出来，一个侍卫一头冲进来，说有好多的鸟莫名其妙地掉到水里淹死了。刘旦再也坐不住了，起身要出去看看，他走到门口，一个人和他撞了个满怀，这人上气不接下气地说，不好了，不知道哪儿来的成群的黄鼠，在皇城门口跳舞呢。刘旦停步，瘫坐到王位上，焦虑不安，突然外边电闪雷鸣，刘旦往屋外一看，天上下来的都是血点子，很快宫中就成了一片血海。雨越下越大，跟着起了大风，大风把宫里的大树连根拔起，把城楼也吹坏了。刘旦战战兢兢盼着风雨赶紧停了。还别说，刘旦还真如愿了，天方亮，风雨全停了，太阳也出来了，可没一个时辰，宫里就起了大火。这一通的灾祸，使宫里人心惶惶，流言四起，人们说是死去的先帝阴魂来报复刘旦了。一些人也动摇了，就把刘旦预谋谋反的事密报给了朝廷。汉昭帝再也没有手下留情，立即诛杀了上官桀和桑弘羊。刘旦自知大势已去，接到汉昭帝的信后，自杀而死，死后就埋在了现在的石景山区。

后来，汉昭帝赐他谥号"剌王"，把他的坟墓称为"戾陵"，但还是以"燕王"的礼仪埋葬了他。过了300多年，人们在戾陵附近建起了北京地区最大最早的水利工程，这个水利工程在以后的数十年间，成为蓟城广大土地上的水利命脉。这个水利工程就是名闻遐迩的戾陵堰。戾陵堰的命名，就是因为它紧靠着前朝的戾陵。

搜集整理：吉　文

刘靖和戾陵堰

《三国志》里说刘靖是"开拓边守，屯据险要。又修广戾陵渠大堨，水溉灌蓟南北；三更种稻，边民利之"[3]。刘靖勤于政务，他一到幽州，就到百姓中了解民情，百姓们跟他说，幽州这地方本来是天赐沃土，可是因为浑河水势不定，怒则摧枯拉朽，荡山涤岸，冲毁村庄，淹没田舍；平和时则安流润土，一片太平；旱则河干流断，赤地百里。要治理此邦，必先治理此河。

刘靖按着当地百姓的指点，登上了今天石景山旁的高山（古梁山），观看浑河的水势。看到浑河自西而来，两岸形成高不可攀的自然"堤堰"。在麻峪村旁（古称东麻谷），河道已经拓宽到1000多米了。在此，河道分成两道，一道向东，从麻峪村南向东流，一道直接向南，沿城子村东部边缘而过。河床中央堆积成一片台地。台地约有

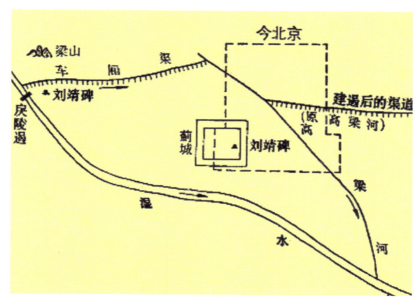

▲ 戾陵堰与车厢渠位置图

三五米高，台面所积皆黄土。

东边水再向东行，过麻峪村后又分为两道，河道里是许多形态各异的池沼。走出这片池沼再东行六七百米，就来到石景山脚下了。两道水在石景山西边四五百米的地方渐渐合为一处。这里的河道，北面高高的基底与南面已经堆积成高台的河心平原，将河道"挟持"成了不足百米宽的"瓶颈"地带。而且这个瓶颈地带正对着石景山与黑头山中间的一个凹下去的沟壑，沟壑的高度与山外的高度相差不多，正可以将水从此引出。他看到此景，心中不免涌起一阵波涛，于是又回身看了看山东面大面积的沃野，觉得为官一方，必须要造福于民，便亲自组织规划设计。没过多长时间，这个北方旷古未闻的大堰——戾陵堰，便正式破土动工了。为了修好戾陵堰，刘靖不辞艰辛，亲自勘察河道，登上梁山（今红光山）俯瞰河道的走势、引渠就低避高的走向，以及流域对渠水的利用。经过多方调查研究，掌握了水文状况，于魏嘉平二年（250年）开始兴工，刘靖率丁鸿部下千人造拦水坝，开车厢渠。

拦水坝以石笼砌筑，高1丈，东西长30丈，南北广70余步；依北岸立水门，门广4丈，立水10丈。雨季出现洪流，可以从坝顶上流过，分洪泄水，减轻水害；平时水流自水门入车厢渠，然后导入高粱河（今紫竹院公园一带），沿途可灌溉农田2000顷。再向东流，经过今天的北护城河、坝河，注入通县北的白河之中，沿线的农田都得到了灌溉。

魏元帝景元三年（262年），朝廷又遣樊晨重修戾陵堰及车厢渠，扩大了灌溉面积，灌田多达3万余顷，百姓视为甘泽。

晋元康四年（294年），西山发了洪水，戾陵堰年久失修，被冲毁了四分之三，车厢渠也出现了漫溢。朝廷派刘靖之子骠骑将军刘弘整修冲毁的坝、渠，刘弘亲临坝地，指挥修复工程，起长堤，立石渠，修主坝，治水门，门广4丈，立水5尺，用工4万有余，包括居住在这里的乌丸族、鲜卑族人民也主动参加，工程很快得到了修复，坝、渠继续在北京地区发挥着泄洪、蓄水的重要作用。

搜集整理：关续文、吉　文

方丈不输皇帝

传说，清康熙皇帝曾到过京西磨石口的龙泉寺，康熙一进寺庙，就觉得这寺庙跟其他地方有点不一样，哪儿不一样呢？康熙看到这龙泉寺里摆着一个大棋盘，棋盘上放的不是棋子，而是笔墨纸砚。康熙暗自想，这寺里的方丈太嚣张了，竟然敢把笔墨纸砚摆出来，那明摆着就是说来人逊他一筹吗？康熙这样想着，就打算跟这位方丈过过招。

康熙一身便装，可随从就跟了四五个，方丈一看，知道来者不是凡人，凡人不会带这么多下人，于是就留心起来。

寺里僧人请康熙殿内歇脚品茶，康熙说："不用了，我就在那棵大树下边休息吧，井边上不是还有棋盘吗，你们谁会下棋，过来。"

▲ 棋桌

僧人说："我们庙里有个规矩，要下棋，先比字，谁的字比我们方丈写得好，他就出来跟你下棋。"

康熙说："本人也有个规矩，谁下棋赢了我，我才给他留下笔墨。"

正在这僧人和康熙争执之时，老方丈从屋里出来，他慢悠悠下了台阶，手里捧着棋子，二话不说，在棋盘上摆上棋子。

康熙心想，看来这方丈不是个糊涂之人，二人开始下棋。

康熙说："我让你三个子。"

老方丈不语，点点头。一盘棋下来，康熙输了。他不想认输，就说："这盘，我让你两个子。"

老方丈还是不语，末了，还是康熙输了。这次康熙再不提让子的事儿了，急火火就摆上了棋子。老方丈终于开口了："我让你三个子。"

康熙立刻说："你看不起我？"

老方丈微微一笑。康熙不好意思争执了，因为刚才他让老方丈三个子，人家老方丈可是没说什么。

这回康熙可是下得很慢，走一步棋恨不得得半个时辰，因为老方丈让了他三个子啊，他要是输了，就彻底没面子了。这时候跟随康熙多年的太监，赶紧把四周的人轰走，他怕万一皇上输了，没面子。

就这么一盘棋，两人从早晨一直下到日垂西山，皇帝还是输了。康熙一看，嘿，这老方丈的棋艺果然很高，不过康熙怎么说也是皇帝啊，他还不想服输，面子上有点过不去，很想难为一下老方丈。

康熙想，你棋好，不一定别的都能吧。他认为自己博学多才，就想用拈联的方式，为难老方丈。

康熙说："方丈，我输了棋，本该跟你比字，只是在比字之前，咱们先对个对子怎样？"

老方丈说："施主随意，老衲奉陪了。"

康熙沉思半响说："山石岩下古木枯，此木是柴。"

不料老方丈略一沉思，随口而出："白水泉边女子好，少女真妙。"

康熙一听，这对联也难不倒他，算了，我一出手写字，估计他就知道我是谁了，皇帝挥笔而书："仙山古刹神泉高人。"

方丈放下手中的笔，低声说："皇上莫怪。"其实老方丈早已看出了康熙的身份。随后，两人谈着汉赋、唐诗、宋词、元曲，各发高论，康熙皇帝暗喜，终于找到了可以与自己谈古论今的人。渐渐地，康熙皇帝与老方丈交上了朋友，康熙经常到龙泉寺看望、请教，老方丈也经常为康熙治国安邦出谋划策。

搜集整理：杨金凤

乾隆买磨刀石

清乾隆皇帝爱微服出游。这年，他带着一个太监和一个侍女，出了皇城往西走，出了西直门，过了田村、琅山，来到磨石口。他听说磨石口出产的磨石，可以磨镰刀，磨过的镰刀锋利无比；也可以磨铡刀，铡物铡铁如泥。

▲ 铡刀

乾隆想看看到底这磨石有多厉害，他走到磨石口，过了第二座过街楼，就从村里古道北边沿着山坡往山上走，没走多远，看见许多人在山坡上采石头，采石场热热闹闹。乾隆好奇，弯腰捡起一旁码放的磨石。突然一个姑娘奔过来，一把抢过乾隆手里的磨石："放下！放下！别来这里捡便宜。"

跟在乾隆旁边的侍女一下火了，一巴掌把姑娘打翻在地，其实她出手不狠，因为那姑娘脚下有块大石头，把她绊倒了。这一下可惹恼了采石场的人，众人举着各种家伙什儿扑上来，把乾隆他们三个人团团围住，质问他们为什么打人。

那侍女赶紧道歉，可磨石口人心齐，非要讨个说法。

太监这时候说话了："你们要说法是吧？看这样行不行，我们买下这姑娘的磨石。"

姑娘一听，顾不得摔破的胳膊，连忙爬起来说："行行行。"

乾隆把手一拦说："请问姑娘，你这石头是干什么用的？"

姑娘瞪起了眼珠子，说："嗨！你是不是京城人啊？我们磨石口的磨石，全京城没有不知道的。"

乾隆说："我就不知道。你说好，给我看看。"

姑娘也不示弱："你等着，我回家把家里已经打磨好的磨石给你扛来看看。"

说完，姑娘跑到几百米远的家里，扛来一块二尺多长半尺多宽的磨刀石，往地上一摆说："你要磨什么？"

乾隆想了想说，我要磨指甲，随后就伸出了右手。

太监一看大惊，这要是姑娘把皇帝的指甲磨坏了，那皇帝还怎么阅章批文啊？太监赶紧伸出自己的两只手说："磨我的，两手，随你挑。"

此时看热闹的村民不干了，纷纷说这是他们发难，只听说磨刀石是磨刀的，哪有磨指甲的道理？

姑娘一点也不胆怯，往石头上倒了点水，然后抓起乾隆的手就往石头上按。太监和侍女同时扑上去拦住姑娘。

姑娘眼睛一瞪，讥笑着说："原来你们都是胆小鬼啊！算了，我磨我自己的指甲。"只见姑娘把右手的食指指甲往磨石上飞快地一蹭，再把手伸到乾隆跟前，只见姑娘食指的指甲薄如蝉翼。

乾隆一下子惊呆了，这磨石真是神了。可他还是板着脸问："你们说磨石好，磨出的刀能砍树吗？"

姑娘明知道来者要无赖，还是忍着性子，她从腰里拔出一把刀道："你看着啊！"

说时迟那时快，躺在路边的一棵二丈来长的大树被一刀砍断。

乾隆心想，这石头要是买回去，磨出的战刀准飞快，打起仗来准好使啊。想到这里，乾隆悄声对太监说："给钱，全买了"。

太监从马上拿下来一袋子银两，对姑娘说："钱给你，三天后我来拉石头。"

这回轮到姑娘傻眼了，她哪见过这么多银子啊，她也不知道这些银子该卖出多少磨石。侍女在一边看出了姑娘的心思，就说："照着你磨指甲的这块磨石，三千块就行了。"从此，皇宫里的磨刀石，用的都是磨石口的了。

搜集整理：杨金凤

乾隆磨石口斗蝈蝈

西山的蝈蝈、蛐蛐好，在京城很有名气，很多养蝈蝈和蛐蛐的人都到京西来捉，能捉到粉脸儿蓝肚皮的，就能卖好价钱。有的到京西来贩蝈蝈的，拿到天桥去卖，天桥要吃的有吃的，要玩的有玩的，说书唱戏打把式的都有，招来四九城的人都到天桥来闲逛或是挣口养家

磨石口传说

▲ 蝈蝈笼子

的吃食。这么热闹的地方，皇上自然也不会错过。

这天，天桥来了位爷，东走西瞧，也不买什么，他正是微服出游的乾隆皇帝。走着走着，瞧见一群人又喊又叫扎成一堆，乾隆想凑上去瞧瞧，挤了半天也挤不进去，他四处看看，不远的地方有个卖风筝的案子，他就踩到案子上看，才知道有人捉到了一只奇大无比的铁皮蝈蝈，叫声出奇地好听。乾隆越看越上瘾，忘乎所以也跟着喊，忘了是踩在案子上，一个跟头从案子上摔到了人堆里，把人家蝈蝈也砸了，蝈蝈笼子也压扁了。

像捅了马蜂窝一样，所有的人都指着乾隆的鼻子数落他，乾隆狼狈不堪，问怎么赔钱。蝈蝈的主人竟然不要钱，说这蝈蝈是有钱也买不来的好蝈蝈。乾隆问上哪儿找你要的蝈蝈去，那人说，京西翠微山上有，怕是你抓不着。

乾隆来到翠微山南的磨石口，问村里人哪儿的蝈蝈好，怎么抓。村里的孩子告诉了他。乾隆就一个人进了山，从早晨到晚上，蝈蝈是抓了不少，可拿到磨石口村里跟孩子们手里的蝈蝈一比，没一个蝈蝈的叫声盖过孩子们手里的蝈蝈。

乾隆就想了个办法，他跟那些孩子们说："你们上山给我抓蝈蝈，要粉脸儿蓝肚皮的，你们把蝈蝈抓回来，我看上的出高价钱买你们的，你们说成不成？"孩子们一听，闲着也是没事儿干，捉蝈蝈也是玩，还能挣钱，几个孩子就跑到山上捉蝈蝈，孩子嘴巴快，一传十，十传百，几天以后，一百多个孩子都把抓到的蝈蝈拿到乾隆住的地方给乾隆挑选，乾隆每天就跟着这群孩子玩蝈蝈，从蝈蝈里选好的收下，一拨又一拨，终于从上千只蝈蝈里，找出一只和天桥那个人的蝈蝈一样凶猛的蝈蝈，赔给了人家。可这事儿还不算完，乾隆玩蝈蝈上了瘾，总不上朝，一有时间就跑到磨石口后边的山上抓蝈蝈。后来有个太监出了个主意，发动磨石口的人，把磨石口的蝈蝈都抓干净，可乾隆有乾隆的招数，他让磨石口村的人上皇宫里去养蝈蝈。

搜集整理：杨金凤

万历皇帝畅游仙山

明代的万历皇帝叫朱翊钧，就是埋在十三陵中定陵的那位。他当皇帝48年，在位期间还游览过石景山，这是有史可查的。

万历皇帝25岁那年，永定河发了大水，一下淹到了北京城，大水40多天才退，把京城冲得房倒屋塌。万历得知原因是永定河上游石景山段决口，就记住了这座山名。恰好第二年秋天，永定河决口处大堤合龙，他就打定主意去看一看。

那一天的石景山，天清气朗，山色苍郁，红叶流丹。年仅26岁的万历皇帝，正值青春年少，也不坐轿，从南天门径直上了金阁寺塔。他东望紫禁城，高墙黄瓦，色彩斑斓，真是铁桶般雄关。他转身西望，可不得了，一条黄色巨河游龙从西山深处喷涌而出，溅着白沫，掀着巨浪向南奔流。

万历来到藏经洞旁，见一株巨柏从石缝中挺出，绿荫罩地。那古柏有一搂多粗，直插云霄，主干上的瘿瘤像一个个虎头熊脑，异常苍劲。听大臣讲，古柏是战国时的燕昭王种植的，树龄已有一千多年！

▲ 石景山山天门

它不但四季常青，而且生机旺盛，裸露的根在石缝间盘来绕去，滋生出许许多多的小柏树，把满山映衬得一片青翠。据说，人吃了古柏的籽儿，可以祛病延年，返老还童。万历一听，来了兴致。他喜欢舞文弄墨，于是立刻在一张雪白的高丽宣纸上，挥毫写下了"灵根古柏"四个大字。山上的寺僧招待皇帝饮食，看皇帝高兴，就索要赏赐，万历皇帝就顺手把这幅字赏了出去。

下山后，主持完堤坝合龙，万历就来到了永定河的板桥边。那板桥横跨在河身上，下边数条铁链上铺着木板，上边两根铁链充当扶手，也不知存在了几百年了。板桥在河面上颤颤悠悠，发出嘎吱嘎吱的可怕声响，且一眼望不到头。万历皇帝好胜心切，迈步上桥，那桥一晃，万历差点跌倒。几个小太监赶紧过来搀扶，大臣们也来保驾。无奈桥面不稳，一个个东倒西歪。桥下那河水浑黄，水势激越，旋涡巨浪扑面而来，又汹涌而去。皇帝心惊肉跳地来到河心，不禁对大臣们感叹道："看见这条河，那黄河的可怕，闭着眼也能想象出来了！"他马上吩咐大臣："抓紧加固堤岸，保证以后再不能决堤，出了漏子，提头来见。"他无心再到对岸，返身下桥，让众大臣奉献诗文，记载这件盛事。大臣们立刻抖擞精神，施展才华，七八个人接连出口成章，颂扬皇帝英明和关心百姓疾苦，把万历皇帝乐得合不拢嘴。

转眼，日落西山。万历皇帝起驾回京。再说，那寺僧送走皇帝，马上派人请石匠把皇帝的题字凿刻到崖壁上。那石刻几百年来，成为石景山上一处特殊的人文景观。

搜集整理：门学文

康熙磨石口骑骆驼

　　旧时石景山是从城外往城内运送货物的一条重要通道，因此磨石口、衙门口、庞村、北辛安、八角村、古城等很多村子都有养骆驼的人家。他们把山区的煤炭、石灰、柿子以及各种山货运回来，有的人家几代都是养骆驼的，旧时叫驼户。那些没养骆驼的人，就给别人家当拉脚的伙计。

　　传说康熙有一年到石景山来巡视永定河水患情况，大队人马走到磨石口附近的时候，康熙皇帝远远看见前面有一座山，随即问太监这是什么山，太监忙答叫蟠龙山。康熙皇帝一听是蟠龙山，就回头往城池里张望。突然，他又指了指蟠龙山东南的骆驼山（今石景山）问，"那是什么山？"太监又赶紧说，"那是骆驼山。"康熙看了看两座山后，沉思不语，太监赶紧上去讨好地说："皇上，蟠龙山是因为您

▲ 拉骆驼旧照

龙恩惠及才这么碧翠鼎力，那骆驼山不过是座普通的山而已。"

康熙摇摇头说，"这骆驼山在前，是专门给我预备的，骑着它上蟠龙山来的。"康熙话音未落，一声嘶叫远远传来，随着嘶鸣声，一峰壮实的骆驼来到了康熙跟前。康熙大喜，下得轿来要骑骆驼。这怎么了得，吓得太监连连相劝。可康熙说，"我连打猎骑马都行，这峰骆驼我怎骑不得？"说罢，就见那骆驼温顺地卧在地上，皇帝一步跨上去，骑着骆驼，带着浩浩荡荡的护卫进了磨石口村。后来，京西地区老百姓中流传着神骆驼的传说，据说往后每次皇帝一来，这神骆驼准在磨石口东口卧着，给皇帝当坐骑。

搜集整理：杨金凤

金马驹刨窑

磨石口村北有座蟠龙山，蟠龙山的南坡有个洞，老人说那洞原来是古墓，古墓让盗墓贼挖了，就光剩下洞了，也有的人说，那是乾隆来小西山打猎的时候，金马驹抛出来的。

相传，乾隆这年从皇城出来，也没多带人，不像去木兰围场那样带着大队人马，就带着十来个人，出了西直门，过了玉泉山，就直奔八大处。乾隆晚上就住在了八大处六处的香界寺行宫。

第二天一大早，乾隆披挂上阵。几百年前，小西山上有一些动物，有熊、虎、獐、麝、狼、狍子、野猪，还有鹿。像赤狐、豹猫、狗獾这类小动物也有不少。金、元、明、清4个王朝以北京为都城，建造宫殿，破坏了原始森林，加上人口越来越多，垦荒屯田，所以植物越来越少，动物也越来越少了。乾隆这次打猎骑得可不是高头大马，因为山上的路不好走，只能骑驴。他骑着驴出了香界寺南门，沿着坡路过山涧、钻树林，一直往西南走来。有随行来报，说前边不远处发现了一头鹿，乾隆来了精神，他下了驴，背着箭，往有鹿的地方赶。

走着走着，乾隆看见树林下的荒草地里有一个大洞，走近，想往洞里探头看，一股寒气从洞里冲出来，他再仔细瞧，只见这洞深不见底，里边好像有动静。乾隆心想？这洞里住着人还是别的什么？于是叫来随从，往洞里扔了块石头，洞里倒一时没了声响，乾隆一心想着去射鹿，就转身离开，没走出十几米，那洞里又有了声响，乾隆就又转了回来。他要到洞里去看个究竟，皇帝要下去，随从们赶紧拦，谁知道这洞里有什么山贼鬼怪啊。

皇帝一想，就让别人先进去一瞧吧，一个侍卫蹲下身就要往洞里下，突然一个大喷嚏从洞里传出来，侍卫被这股气儿吹到半空，一下噗呲落在不远处的一棵树上。第二个侍卫又到了洞口，又是被吹上了树。皇帝看着身边的6个人全都进不去洞，就拿出一支箭，把箭头上

▲ 山洞

抹了毒药，下到洞里。他一步步慢慢往洞里摸索着走，越往里走寒气越大，不大一会儿就开始浑身打哆嗦了。约莫走了20多米，乾隆走到了洞底，奇怪的是，里面什么东西也没有，乾隆举着火把在洞的四处照了个遍，还是什么也没有。他又在洞的四壁上敲打了半天，还是没发现什么。

乾隆一无所获，就一步步往洞口退，因为刚才在洞里没见到东西，乾隆绷紧的心也放松下来，哪知就在他走到离洞口五六米的地方，脚下被一个东西绊倒了。吓得乾隆起了一身鸡皮疙瘩，他挥起手里的毒箭四处乱刺，只见这洞壁上金星四射，乾隆用箭在洞壁上用力戳下来一块，带着这块东西就上来了。乾隆出了洞口，侍卫们七七八八的围了上来，看着乾隆手里拿的，其实就是一块黑煤，也不是什么宝贝。乾隆半天没说话，他看了看四周的山，知道这是翠微山所属的一个小山，当地老百姓都叫蟠龙山，乾隆想，这蟠龙山上有煤呀，这煤又好又亮，今天让我遇上，一定是天意所为，于是下令让人把这里圈起来，专门把这煤运到宫里用。

就在乾隆下令手下圈煤窑的时候，一只小马驹从刚才乾隆钻过的洞里飞奔而出，惊吓得大家目瞪口呆。只见这小马驹一身乌黑，脑袋却是金光闪闪的金脑袋。有侍卫搭箭就要射，被乾隆一把拦住，乾隆说，他昨天夜里住在香界寺行宫的时候做过一个梦，梦里有人给他端来一碗乌金，看来就是这金马驹刨的乌金洞了。后来磨石口村又发现了好几处煤窑，人们说那是金马驹在小西山上拉屎砸出来的乌金洞，其实就是煤窑。

后来，和珅在香山也找到这样一个乌金洞，他把洞里的煤开采出来，运到城里卖，发了大财。

搜集整理：杨金凤

四、其他人物传说

宝三磨石口耍中幡

旧时，磨石口过去每年过"会"100多道，是古道上最繁华的大村镇。街上原有四座壮观的过街楼，东西各一座，中间两座。过街楼很像小城门，是由两个楼垛子托起一座楼子，下面有门供车马行人通过。楼高十来米，门洞达七八米。磨石口的过街楼至少在明代就有了，过街楼上还有法海寺第一任住持僧福寿题写的"诸恶莫作""众善奉行"的名联。村中现在还保持着古道的风情风貌，过街楼遗址也在。过去每到庙会之时，各路花会队伍云集磨石口，在磨石口街上耍中幡成了旧时的一大景观。

"耍中幡"是我国古老的杂技艺术，这些年人们见得少了，但在明清至民国时期，那可是杂技场上的看家功夫。中幡是一根小碗粗细、三四丈高的旗杆，上面挂一幅巨大的旗帜，旗上书写"万寿无疆"或"吉星高照"四个大字，杆上有数十铜铃。"耍中幡"由一个人表演，把中幡抛向空中后，艺人用头额、后脑、鼻梁、肩背以及手肘、膝盖等部位去承接。舞动时，铜铃叮当作响，旗帜上下翻飞，很远的人都能看到听到。相传清光绪年间，慈禧太后就特别爱看"耍中幡"，还把它评为72项杂技中的第一名呢！到了民国，京城"耍中幡"的高手就数宝三了。

宝三大名叫宝善林，是著名中幡艺人王小辫的亲传弟子。他有撂跤的功底，腿脚麻利，臂力过人，"耍中幡"以快、冲、稳著称，用单脚踢幡上头顶的"浪子踢幡"是他的拿手好戏，轰动京城。他在哪里"耍中幡"，哪里的观众就多，从没失过手。不想，有一回却差点儿在磨石口栽了跟头。

宝三怎么走到磨石口了呢？这里头有个缘故。原来，至迟从明代开始，行香走会特别盛行。每年旧历四月初一至十五，京城的善男信女们都组成"会"去天泰山、妙峰山烧香还愿，为助声威往往请杂技高手开路，宝三就是被有财力的香客请来的。

那年四月初十，磨石口街上热闹非凡，有粥茶老会在粥棚茶棚舍粥舍茶，有燃灯老会施舍灯笼蜡烛、轿夫、商贩、舍暑药的、舍冰水的……车水马龙，进香的会众过了一拨又一拨，傍晚时分鲜果圣会才到来。人们听说鲜果圣会来了，呼啦就往东门洞儿（过街楼口）涌去。这鲜果会众声势浩大是出了名的，听说里头有宝三等杂技高手，大家都想开开眼。那舞钢叉的把叉舞得哗啦啦响，走五虎棍的呼呼生风，先后神气地从门洞耍进磨石口村，可到中幡这儿可就卡住了。

▲ 耍中幡雕塑

"耍中幡"的正是宝三。只看他赤裸上身，腰扎红带，年纪也就30岁左右，舞动着80斤重的中幡，一会儿"前后担山"，一会儿"牙键""脑键"，中幡舞得气势磅礴，人们叫好声不绝，可就是从门洞儿里进不来。前边会众的中幡都是停下表演，提着中幡进来的。宝三可不敢，那就栽了面儿。他在过街楼前一边舞，一边就琢磨开了，这十几米高的楼子倒好办，就是七八米的厚度让他为难。也是"艺高人胆大，胆大人艺高"，思来想去，他豁出去了。只见他舞着中幡向后倒退，丹田拔力猛然间大吼一声，把幡向楼上抛去，跟着他飞奔进门洞儿，出洞儿后眼瞅着中幡头朝下坠落下来。就在要落地的瞬间，只见他如闪电般腾空而起，脚尖点了幡杆一下。那幡杆倒也听话，扑棱一声又翻上高空，下来时可就大头朝下了，那宝三威风八面地手一拍杆，中幡竟然稳稳地落到他肩上。

这一手，那真是千古绝技，为鲜果圣会拔了头份儿！据说，他得到会众赏银三百，人可是三个月没在天桥露面儿，后来也没到磨石口走过。磨石口八九十岁的老年人，提起宝三这手绝活儿，至今还挑大拇指哪。

搜集整理：门学文

范小人古村举香炉

磨石口旧时街上古槐夹道，有12口水井和4座壮观的过街楼，闻名京西。它是京西古道的关键一环，运往京城的煤炭和去天泰山、妙峰山进香的香客多来往于古道之间。那里现有古民宅、老门联、老店铺、过街楼遗址，甚至还有明代的天然冰箱。几百年来，那里发生了许许多多的奇闻逸事，老人们至今仍津津乐道。范小人力举石香炉的故事就是其中的一个。

民国年间，京西冯村出了个能人叫范小人。他从小就失去父母，长大后靠给京城客商拉脚为生。他身材瘦小，又穷得叮当响，常受人欺负。一天深夜，他做了个奇怪的梦：有个胖和尚找到范小人，让他给掏耳朵眼儿解痒。范小人照办后，和尚要满足他一个愿望。他想自己给人拉脚，没力气可不行，就提出给他些力气。那和尚闻听哈哈大笑，用手推了他一下就没了踪影。范小人一觉醒来，感到精力格外充沛，踢墙墙倒，踹炕炕塌，心里别提多高兴了。

早晨，他牵着毛驴来到磨石口，见村西过街楼前人山人海。拉骆驼的往东行，香客们奔西来，挤得水泄不通。他可耽误不起工夫，就把毛驴举过头顶，从人群中挤进了门洞儿（过街楼门）。他轻轻松松连过四座过街楼，奔京城干完了拉脚活计。等他返回磨石口时，天已近午。他见门洞儿前依旧人山人海，就凑在人群里看热闹。

磨石口村的大地主薛五正为街道被堵发愁，看到范小人就想敲山震虎，便呵斥道："穷小子！你挤什么？滚！"要在往常，范小人早跑了，这回他可不干了。"我是撞着鬼了，凭什么就不许我挤？"他高声大嗓地吼开了。薛五见他还敢顶嘴，肺差点气炸，就吆喝人来抓他。范小人来者不惧，把来抓他的人打得东倒西歪。不一会儿，十几个大汉躺在了地上。他琢磨着不能耗下去，该来点儿绝的了，两眼一扫，看上了娘娘庙前的石香炉，就飞奔过去。那石香炉是庙前镇物，汉白玉石制作，半人来高，

▲ 京西古道边雕塑

硕大无比，戳在那儿几百年了，还未有人撼动过分毫，估摸怎么也有千斤之重。范小人蹿到石香炉跟前，攥住炉把手双膀用力，"呀！嗨！"那石香炉竟离了地，只见他一翻手腕向上一托，巨大的石香炉竟乖乖顺上了头顶。他举着香炉就往人群里挤，就听呼啦一声，人群中闪开一条道儿。过去只听说过楚霸王力能扛鼎，谁也没瞧见过，这范小人算是让大家开了眼！谁不怕那香炉从空中落下？碰上可就倒大霉了。

那范小人举着石香炉来到西门洞儿，放下香炉说："不让我挤？我还不走了呢！"一边说一边翻上香炉横担着身子在上面悬着睡觉。这一招，真是把整个磨石口街都震炸了。他堵着门洞儿，谁还过得去呀？大伙都怪薛五，"你惹他干吗？我们谁走得了哇？少不得五爷您去说个软话，圆了这个场。"那薛五富甲一方，号称"京西一霸"。他看大伙埋怨自己，心里这个气呀！再抓范小人，他可不敢了。为不得罪香客，他大着胆子快步上前，冲范小人一拱手："范爷！小的佩服。求您大人大量，把香炉请开怎么样？"范小人出了一口恶气，心里舒坦，见薛五低头，更加痛快，说："挑一扁担馒头来，范爷我得贴补贴补。"薛五只得照办。等馒头挑来，那范小人跳下石香炉，大口吃起来。他把馒头攥成球，攥一个往嘴里扔一个，眨眼间一挑子馒头扔进了肚里。吃完，他单手抓住香炉把手，奋力一抛，那巨大的香炉竟飞向十几米的高空，香灰漫天飞，并沿着山路飘到八大处西北的妙峰山，成了京西有名的古香道。

搜集整理：门学文

"万国来朝"

话说清代的时候，皇帝冬天喜欢出门打猎，夏天喜欢到京西来度夏，到京西蟠龙山、石景山等地方观景，夜里就住在京西，听着蝈蝈鸣叫。可是到了冬天，皇帝还要听蝈蝈叫，怎么办呢？太监们就抓了蝈蝈养着，他们要抓几万只，从里头挑选上好的。

磨石口金柱逮蝈蝈是一把好手，挑选蝈蝈也有点绝活儿，就被宫里来收蝈蝈的太监责令帮着收蝈蝈，要收五万只养着，到了冬天，有死的，有不好的，都挑出来，精选一万只，给皇帝听曲儿。看来这皇帝也是极其爱自然的，爱听自然的动静，养几万只蝈蝈，其实跟给皇帝办个蝈蝈音乐会差不多。太监们不叫蝈蝈，叫鸣虫。

好几万只蝈蝈，搁哪儿养呢？就是搁在葫芦里，于是磨石口村里有好转脑子的，在村边种了好多葫芦。秋收后，把葫芦加工，给养鸣虫的工匠们收去养蝈蝈。于是，这磨石口村里的人，除了有从山上开采磨石的本事，还有养蝈蝈、种葫芦的本事。金柱也就是靠着抓蝈蝈发了家。

金柱人缘好，村里人求他的事儿也都帮衬着，他有了难处大伙儿也救急。据说这年大旱，山上草木枯了，蝈蝈抓不够数，眼瞅着到了

▲ 清代养蝈蝈的葫芦

交货的日子，还差上万只呢。金柱逃也逃不掉，因为太监排了人把守着他们家，就怕有个闪失。太监干吗这么较劲儿呢？因为不知道谁出的馊主意，转年的大年初一要给皇帝来个惊喜，美其名曰"万国来朝"。金柱人瘦了不是一圈，是三圈呀，三十多岁的人，一夜白了头。村里有个叫金锁的，私底下找来磨石口村里的和附近的几个核心人物商量。金锁说："往年咱们哥们都沾过金柱的光，有的卖了葫芦挣了钱，有的卖蝈蝈富裕了，金柱给咱们开了财路。现在他有难了，咱们哥们不能不帮吧？再说今年糊弄不过去，往后咱这财路也许就断了，大伙儿想想办法吧。"

村里人和附近村得过金柱好处的，甚至是没得过金柱好处的，都替着想法子。最后决定兵分几路到南方去收蝈蝈，路钱自己先搭上，如果能救急，买回来蝈蝈再找金柱要路费，想必那时候金柱不会不给。就这样，几十口子人到南方收蝈蝈去了。

还别说，他们从南方还真就买回来不少蝈蝈，只是南方北方气候不一样，死了不少，不过给金柱救了急。

到了转年的大年初一，工匠们把千挑万选出来，养活的一万只蝈蝈，都摆放整齐，搁在了太和殿里头，金柱和磨石口村里的人等在宫外随时听唤。大年初一，天气冷啊，金柱和二十几个村民冻得紫茄子一样，就等着宫里的消息，"万国朝圣"是不是弄成了。

哪有弄不成的理儿，太监们也不是吃干饭的。他们告诉打鼓的，皇帝来上朝的时候金鼓齐鸣要卖力气击鼓，越热火朝天越好。大年初一，总算等待皇帝来到了太和殿，鼓手们立刻甩开了膀子击鼓，这鼓的热气加上上朝的臣子们身带的热气混合在一起，太和殿立刻热乎起来，热气烘起，引得蝈蝈立刻叫唤起来，一万个蝈蝈一起叫，那是什么阵势，这"万国来朝"其实就是一万个蝈蝈来到了朝廷。可把皇帝乐坏了。太监们说这代表一万个国家大家初一来给皇帝拜年了，大清国兴旺不衰。

磨
石
口
传
说

皇帝听着听着皱起了眉头，说这蝈蝈叫的声儿不一样，有粗的有细的。是啊，怎么能一样啊，有南方的，有北方的。只听这南方的蝈蝈音色缠绵，这北方的蝈蝈粗犷豪放。两方摽着劲儿，此起彼伏，南方的蝈蝈叫的时候，北方的不叫不配合；北方的叫的时候，南方的停了不发声儿。这可急坏了太监，一个个急得浑身冒汗，本意是万国来朝，现在成了分裂较劲儿了，谁也不知道一会儿皇帝会怎么处置。有个小太监，提议把金柱叫进宫，万一一会儿皇帝问起，把过错都推给金柱，要斩首还是要入大牢，都让金柱兜着。

等里几个时辰的金柱等他，终于看到小太监来通告消息了，以为会得到皇帝奖赏，哪知这小太监一脸怒气，叫上金柱跟他进宫去。

金柱刚进了太和殿，就听皇帝问话："这万国来朝是哪个的主意？"

有太监赶紧上期回话，说是自己的主意，只是这蝈蝈不是自己养的，是有专门的工匠养着。

皇帝让把工匠头找来。

小太监一把把金柱推到前边，金柱哪儿见过这阵势，更没见过皇上啊，赶紧跪下，跪着往前，一步一磕头地往皇帝的宝座下移动了好几米。

皇帝问金柱，蝈蝈叫声为什么不一样。金柱就把去年大旱，北方凑不齐五万只，于是全村人到南方收来一些。

大太监一听，立刻谏言皇帝以欺君之罪把金柱拉出去斩首。

皇帝摆摆手说："难得你们一片忠心啊，本是万国来朝之意，你们还到了南方不少地方收来了这虫，这不正是合了万国的意思吗？去南方的脚钱是哪个出的？"

金柱忙回话："是村里人砸锅卖铁凑的路费"。

皇帝半晌不说话，顿了几分钟后对满朝文武官员说："你们这些人，要有这些庶民百姓的忠心啊，他们就为了这区区的几万只蝈蝈，全村的人齐心效忠，难得啊，难得。"

随后，皇帝命令太监，给了金柱一批银两，让他回去分发给村民。这年的春节，磨石口村的人过了个喜庆的年。大伙儿都感谢金柱，可金柱说，这都靠了大伙儿的合力帮衬啊。后来有人编句顺口溜："蝈蝈上朝，金柱受赏；磨石口人，主意最高。"

搜集整理：杨金凤

飞霞女

万善桥与一条古香道相连，将青龙山的福惠寺与天泰山的慈善寺连成一线，成为旧时京西进香的必经之路。

过去，石景山被称为京西的风水宝地，香会很盛行，许多善男信女都到天泰山进香，每到这时京东八县的人云集天泰山，高跷会、狮子会、秧歌会等纷纷上山。上天泰山的道路有好几条，可众多的人都直奔一条路，这就是慈善寺东路。一条古道在翠屏流泉的山间起伏蜿蜒而过，经门头沟到陈家沟，翻南大山坡过万善桥，拜桥头接引佛，经双泉寺至天泰山。

传说万善桥是一个救夫心切的女子感动了上天才架起来的。一个秋天，一个衣衫褴褛的女子千里迢迢从遥远的南方来，她嘴唇干裂，面黄肌瘦，赤裸的脚鲜血淋淋。当她走到南大山坡下时，被一条深十多米，宽三十多米的深谷拦住了去路，谷中洪水滔滔。

女子跪拜在地，她对着上天说：我是飞霞，走了半年的路才来到这里，我要在明天天亮之前赶到慈善寺进香，这样才可以救我丈夫的命。求求大慈大悲的观世音菩萨，指给我一条到天泰山的近路吧，如果能在明天天亮之前上了香，救了我丈夫，我愿从此一生一世敬奉菩萨。

磨
石
口
传
说

飞霞说完闭目跪拜，第一拜时她听见远处传来隆隆的滚石声，飞霞没有睁眼，她听人说过，在求菩萨的时候要闭目静心。第二拜的时候她感觉自己被一股子冲力向后推了几米，仰面跌倒在地，乱石飞过来砸在身上一阵钻心的疼痛，飞霞依旧没有睁眼，她只是用手摸了摸脸，感觉有热乎乎的血从脸上流下来。飞霞第三拜的时候发现自己磕头的地方已经不是土地，而是石头地了。磕完三个头站起来，睁开眼睛，她的眼前一座彩虹般的石桥架在了深谷之上。

这座桥只有十七八米长的样子，宽有三米左右，雅致精巧地横在两岸之间，桥基和桥拱从上到下全部是石头砌的，非常坚固，任汹涌的洪水滔滔而下却安然无恙。桥的两面是五光十色的石头砌成的桥栏，石头被阳光一照一闪一闪地散发出夺目的光环，把整个山谷照得色彩斑斓，山上斑驳美丽的枫叶一下子全变了色，红透了天际。

飞霞小心翼翼地走到桥上，看见桥的南面外侧桥栏正中镶嵌着一块长方形的汉白玉石额，上面有三个银光闪闪的大字"万善桥"，在石额下方不远处是一个青黑色石狮子头，瞪圆了眼睛俯视着深谷的洪流，那神态，犹如正在吸纳百川，神韵威严。过了桥，飞霞沿着山路继续前行，往西北大约走了五里多路上了天泰山。第二天早晨天亮之前她烧过香，许完愿后就从原路回到了万善桥。

飞霞来到离桥几米开外的北大山坡下，坐在一块石头上。这时大雨滂沱，可飞霞依然纹丝不动，她盘腿而坐，神情宁静、安详。过路的人发现了这里新添了一座桥特别喜悦，过了桥看到桥北头的石台上坐着一个端庄的女子，身体如玉，端坐安然。这个消息很快传遍了十里八村，人们在飞霞坐的石台上方修了一个石拱，从此把桥头的飞霞叫作接引佛。佛旁边种了两棵柏树，如今人们能看到两株合抱粗的古柏，对称而生，传说是飞霞的丈夫知道飞霞在这里打坐就来这里陪伴她。

来万善桥旅游的人还能够看到两株柏树拱卫着一块巨大的花岗岩

▲ 万善桥

石，岩石右下角刻着"万历十一年十一月初一"等字样。此后，人们到慈善寺进香必须过万善桥，否则被认为是心不诚，由此，万善桥成了进香、赶庙会的必经之路，成了善男信女们心中的"圣桥"。万善桥被青山环绕，春天杏花、桃花点缀着附近的山野，夏天长涧轻饮潺潺溪水，秋天色彩斑斓层林尽染，冬季白雪皑皑小桥如玉。

搜集整理：杨金凤

侯大胆

1937年，日本人发动了卢沟桥事变，没多久，就占领了离卢沟桥很近的石景山炼铁厂，他们为了能早日炼出铁，残酷地压榨工人，还从河北很多遭灾害的地方抓来很多童工，这些童工给他们装煤、卸

▲ 日本人强迫中国劳工建起的小高炉
（首钢档案馆提供)

煤，每天只能领到一点点的混合面。日本人这样着急铸铁是要赶快造出枪支弹药好打八路军。

日本人从日本运来了机器，还建起了高炉。这天，日本人庆祝高炉投入使用，敲锣打鼓，把日本的大官请来参加典礼，还请了北平的好多官员，到处挂着日本旗子，连高炉的顶上也挂了一面膏药旗。

日本人这么折腾，中国工人都非常气愤，因为日本人占了他们的地，扩建了铁厂，却只给了他们很少的钱，现在日本人要开始炼铁了，他们想要收拾一下日本鬼子。

怎么收拾日本鬼子呢？人家有枪有炮的，再说庆典上还来了很多荷枪实弹的守卫。几个工人就打起了高炉顶上那日本旗子的主意。商量好以后，他们就开始行动了，操作高炉的工人控制高炉进口的添煤，然后使劲一吹风，那炉火就往上冲，把上面挂的旗子给烧着了，日本人就又派人上去挂旗子，这挂旗子的人是谁呀？正是磨石口村的侯大胆。侯大胆把旗子挂上去，还在高炉顶上拿了个大顶，下面的人惊呼，吓得连眼睛都闭上了。哪知侯大胆刚把旗子挂上，高炉一操作，旗子又烧毁了。侯大胆再次被日本兵用刺刀逼着去挂。反复几次，日本大官们被气得直喊"八格牙路"。没办法，这次只好让侯大胆把旗子挂在高炉的半中腰。哪知这侯大胆身上偷偷带了个小锯，往上爬的半途，把旗杆给锯折了一半，等他挂完旗子下来，日本人立刻下令庆典开始，鞭炮齐鸣，日本大官们总算露出了笑容，哪知还没过十分钟，那旗杆就断了，从高炉半空中掉了下来。

日本人庆典仪式丢了脸，就四处抓挂旗子的侯大胆，那侯大胆早就从厂子西边跳进永定河，过了永定河逃到西山里去了。

讲 述 人：乔守恂、关续文

搜集整理：杨金凤

碑儿上的传说

听老辈人讲，赵匡义攻打北京（燕京）的辽军，辽军仗着城池坚固，粮草充足，拒不出战。赵匡义没辙，西撤30里，在磨石口安营扎寨。刚到磨石口，忽听背后一声炮响，一帮人马杀奔而来，为首的是一员大将，高呼："我乃耶律休哥是也，赵匡义留下人头再走！"赵匡义部下有两员大将，一为呼延赞，一为杨业。呼延赞保护赵匡义，杨业策马扬鞭、迎战耶律休哥。两军交战，只杀得天昏地暗，日月无光。杨业不是耶律休哥的对手，向北败走。行至一个山谷，饥渴难耐，希望有一泓清泉。哪知寻遍山谷，滴水不见。战马似解人意，用蹄刨地，一股清泉涌出。杨业饮罢泉水，再回磨石口。辽军有增无减，却不见赵匡义踪影。杨业被重重包围，耶律休哥高叫："杨业，还不下马受降，饶你一条性命！"杨业宁死不降，一头撞在石碑上，气绝而亡。

老者讲到这里，指着北边的山谷说："后人为纪念杨业，称此地为'渴了峪'，称杨业撞碑的地方为'碑儿上'。"

搜集整理：石 文

关羽的传说

磨石口村向西走，不远就是浑河，浑河为什么是浑的呢，人们说是关公和黑龙打斗时给弄浑的。

相传，从前浑河边的人们每年都要犒劳河里的一条小白龙。有一年，知县请小白龙听戏，小白龙也没跟龙王爷说，就偷偷出来看戏了。浑河里还住着条黑龙，趁小白龙不在，就开始在浑河里翻腾使坏，为的是让龙王爷惩罚小白龙。

却说这小白龙，真就耽误了事儿，到了时辰，没赶回来。小白龙就躲到一个老爷爷家，说你把我扣在缸里，等龙王让雷公电母劈完了，我再出来，要不我准得让他们劈死。老爷爷一想，小白龙平时保护老百姓，降雨润土地，我得保护他。老爷爷刚把小白龙扣在缸里就开始电闪雷鸣，这电闪雷鸣凡间的人听了没多大声，可是小白龙听了那声音可就大了，能把他震死。

电闪雷鸣过去，老爷爷想，该把小白龙放出来了。他刚把缸掀起来一条缝儿，就见一个小人从缸里蹿出来，满脸通红，这小人冲着老爷爷家的一匹大白马就跑过去，一下子跳上马，顺手抄起了老爷爷家的一把长刀，就奔出了院子。老爷爷跑出院子一看，不得了，刚才那小人忽然变成了七尺大汉，骑着那马一路狂奔而去。老爷爷纳闷啊，说我们家没马，也没那大刀，这些玩意儿啥时候出

▲ 关公像

来的？

却说这骑马的汉子，一眨眼工夫来到了浑河，横刀立马一阵叫喊，浑河里的大黑龙就伸出了头，只见这汉子挥刀就朝大黑龙砍去，大黑龙也不示弱，一伸龙角，把大汉卷进河里，就这么着，他们在河里打得昏天黑地，把一河的水都搅浑了。一连打斗了几天几夜，汉子也没打败大黑龙，他手中的刀也钝了，他自己也累得不行，只好先退了。

大汉骑马来到了浑河边的一个村子，这村里也没几户人家。大汉就停马于山脚下，这山就是现在的翠微山。他下马，在泉水边饮水，顺手抓起一块石头磨刀，这一磨，那刀雪光闪闪，锋利无比。第二天，大汉又去浑河与黑龙打斗，过几天再回到村里磨刀。就这么反反复复，一晃大半年过去了，大汉也和村里的人混熟悉了，村民见他用石头磨刀，也到山上找这种石头磨刀、磨剪子，很快，这里的石头能磨刀的消息就传开了。

一天，曾经救过小白龙的老爷爷到这个村里来找磨刀石，遇上了大汉，老爷爷不认识大汉，但大汉认识老爷爷。大汉给了老爷爷一些钱，报答曾经的救命之恩。老爷爷问他是谁，他说叫关羽，老爷爷一看他满脸赤红，立刻明白了，他是小白龙的投胎转世。小白龙说不能在河里看守了，只能到岸上另寻生路。说完，赤脸大汉告别了老爷爷，飞身上马，离开了村子。

别人问老爷爷，那赤脸大汉是谁，老爷爷说，他就是关羽。老爷爷问村里人，这村子叫什么名字，村里人说，还没名字呢，于是老爷爷说，关羽在你们村发现了磨刀石，你们就叫磨石村吧。因为这村口有一个险要的隘口，后来就叫磨石口村了。

讲述人：屈　丽

搜集整理：杨金凤

杨无敌怒撞李陵碑

磨石口村西有古隘口，俗称虎口交牙峪。村东口外，古称碑儿上（旧有李陵碑、苏武庙）。传说宋代名将杨业以勇著称，号称"杨无敌"，他与辽将耶律休哥鏖战于此。杨业战败，撞李陵碑而死，碑石上血迹经久不褪。

▲ 磨石口隘口旧照

磨石口，早为幽州的西部门户，早在五代初期，北方的契丹族首领耶律阿保机统一了契丹八部，于916年建立了契丹国。第二年，他亲率30万大军进攻幽州，未果而去。耶律德光即位后，于936年领骑兵5万，与河东节度使石敬瑭部，合击后唐军取胜。石敬瑭献燕云十六州，当了"儿皇帝"。自此，契丹国改国号辽，幽州为陪都，称为南京，亦称燕京。

960年，后周大将赵匡胤在陈桥发动兵变，夺取皇位建立北宋，并以16年的时间结束了五代十国53年的分裂割据局面，定都汴梁（今河南开封）。976年，宋太宗（赵匡义）即位，于979年5月，亲率大军在镇州集结后进兵河北。一路上，辽南京外围的易州、涿州、顺州和蓟州均望风而降。同年6月，兵临燕京城下。辽守将耶律学古多方坚守，城池难克。宋太宗率孤军攻城之际，闻耶律沙从燕山峪口（今模式口）率大军增援，便拔营起寨，迎战于高粱河。两军对阵，金鼓齐鸣，旌旗飞舞，人喊马嘶，杀得天昏地暗。辽兵伤亡甚众，纷纷退却。宋太宗率部追赶。突然听得数声炮响，又有两翼辽兵杀来。左翼是辽将耶律斜轸，右翼是耶律休哥。此时，败走的耶律沙卷土回击。宋军三面受敌，抵挡不住，纷纷溃退。耶律休哥手舞大刀，耶律斜轸抖动长矛，率领骑兵杀得宋将纷纷坠马，死伤无数。宋太宗的黄罗伞盖成了攻击的目标，直至打伞的士兵倒下，伞踏尘泥，才避开辽军视线，呼延赞挥鞭抵挡，才使得仓皇失措的太宗渡过桑干河（今永定河），南走涿州。不料战马陷入泥潭，太宗呼天唤地，惶恐不安。此时夜幕降临，难辨南军、北军。危难之际，宋将杨业闻讯赶至，太宗急忙呼救。杨业跃马泥潭，把太宗救起，口称："救驾来迟，应该负罪！"话音未落，后面尘土起处，又有辽军袭来。辽兵前队两员大将：一名叫兀里奚，一名叫兀环奴。杨业持刀上马，当先出阵，大呼曰："胡虏慢走!"战了数回合，兀环奴被杨业一刀砍死。兀里奚心中一慌，刀一松，被杨业当头一刀，劈落马下。

救出宋太宗后，杨业被辽兵重重围困于杨家坡地区。虽几经奋战，但兵少力微，矢尽粮绝，救兵无望。杨业一眼看见李陵碑，于是来到近前，面对碑石仰天长叹"天其亡我，天其亡我"，于是一头撞在碑上，立即气绝而亡。

而今，生活在磨石口的老人们，对辽宋之战仍口耳相传，津津乐道。有人还说：在磨石口地区有两座黑色的大墓，埋葬着杨门女将：一位是铁镜公主，一位是梅花公主。还有人说：磨石口村北垣墙山内的谷地，曾是穆桂英的养马场。也有人说：杨业撞碑未死，于宋雍熙三年（986年）由潘仁美掩护，新收云、应、震等州，后为辽军所困，矢尽粮绝，被俘后绝食而死！

搜集整理：关绩文

二友爷爷本事大

古时候，磨石口村住着爷孙俩，孙子叫二友，二友本来有个哥哥叫大友，上山采药的时候从崖上掉下来死了，从此二友就跟着爷爷上山采药。

这天，爷爷和二友正在翠微山上采药，一个穿着布衣的40多岁的男人也来采药。这个人看到二友爷孙俩，就凑上前搭话，这人一张口说话，不是北京人，爷爷就问那采药的是哪儿的人，那人说是从南方来的，爷爷也就没多问。

从此后，二友和爷爷经常能见到这个采药的人，那个人说因为自己从南方来，对北方山上长的药材有些认不全，二友的爷爷就经常教他。

一天下大雨，二友的爷爷淋雨病了，几天没去上山采药，突然有一天，那个南方人找到了二友的家里，还给二友和爷爷带来很多好吃的东西，那些好东西，别说二友了，连二友的爷爷都没见过，这个人竟然在二友家住了几天才走，跟二友爷爷学了很多识别北方草药的方法。二友和爷爷也不把这个南方人当外人，吃的菜粥、糠窝头，也没特意招待这个人。第五天的早晨，这南方人就告辞走了，临走还把二友和爷爷采摘的很多草药买走了，给了二友家很多很多的银两。

哪知这南方人是有来头的，到了第五天的晌午，突然来了一些官府的人，到二友家要人，说他们太医丢了，有人举报在二友家看见过，二友爷爷也不敢问这太医是谁，就把来龙去脉跟官府的人说了，那些人倒也通情达理，说太医一定是已经回城了，这些人赶紧往城里赶。二友小孩好奇心强，就追到磨石口村东的过街楼外头，拉住一个当差的问，那太医姓什么，当差的说，姓李。后来二友的爷爷托人到宫廷里打听，才知道那个南方人就是李时珍。

李时珍怎么会到京西磨石口来呢？原来神医李时珍38岁的时候，

因为医术高明，被武昌的楚王召去当了王府的奉祠正，兼管良医所事务。三年后，皇帝在全国招医术精湛的人，要到京城当医官，结果李时珍就被推举到皇城来当太医，当太医是要考试的，李时珍名列前茅，真就在京当上了太医院院判。太医院是专为宫廷服务的医疗机构，可是这机构的人不好好研究医术，反而被一些庸医们弄得乌烟瘴气，他们尔虞我诈，还不好好给人看病，李时珍非常气愤，平时也不愿意跟那些人混在一起，他就一个

▲ 李时珍

人出了城，骑着毛驴，到京西的翠微山上来采药，学习北方草药知识，恰好遇到了二友和他爷爷。传说李时珍在京城就待了一年，实在是受不了那些不学无术的人自高自大，就愤然辞职回了老家。

李时珍跟二友爷爷学过认草药的事儿，后辈人一直传颂，后来二友就一边采集草药，一边当郎中，成了京西一带有名的郎中。

讲　述　人：刘广泰

搜集整理：杨金凤

山西客商

磨石口的磨刀石好，京城有名。但开采磨石也是挺难的一个活儿。要先把山表层的其他石头掀开，再一层层往下开凿，有的好石头，要把表层的十几米的乱石都掀了才能见到地下的好磨石，所以要

买到石塘里的好磨石，也不容易。有很多客商就住在磨石口，等着石工开采出好磨石，在这些客商里有一个山西人。

从前，磨石口古道是山西客商往京城运送货物的通道，这个刘客商就是其中之一，他把山西产的金黄的小米，通过驼铃古道运到京城自己的铺子卖，再买上些山西人生活常用的东西带回去卖，这样两头不跑空。刘客商每次到京城送完货回去，一定要到磨石口村里买些磨石运回去。因为农户们的镰刀、斧头等好多的农具要用磨石，多少年来，人们认准了磨石口的磨石。

刘客商人缘好，跟磨石口村里的人也成了老朋友，自然磨石口村里最好的石塘里的磨石他能买到手。这事儿被另一个客商看在眼里，他生气刘客商能拿到好的磨石。本来刘客商的磨石开采出来码放在山坡下，就等着第二天装货启程了，可是到了第二天的早晨，大伙儿发现刘客商的磨石不见了踪影。这可怎么办呢？刘客商已经交了钱，采石户只好把钱退给刘客商，可刘客商坚持不要，说这趟放空就放空吧，赔点钱就赔点钱吧。刘客商越是仁义经商，采石户越是过意不去。就在大家推推让让的时候，突然听到码放石头的空场里有人微弱的呼救声，刘客商和采石户顺着声音到了大槐树下的一口古井边，发现声音是从井里发出来的。大家七手八脚把这人救上来，一看，这个满脸是血的人正是平时跟刘客商较劲的一个商人。大家追问他怎么回事儿，这客商实在是搪塞不过去，只好说了实话，说自己看着刘客商每次都拿到最好的磨石，心里来气，昨晚就雇了人，连夜把刘客商的货偷走了，自己逃走的时

▲ 法海寺壁画

候，不小心掉进了这井里，可巧这井里昨天掉进了一个大树杈子，自己被树杈子给拦住了，才没给淹死。

采石户赶忙追问他磨石现在在哪儿，那客商只好说出藏石头的地方。后来那客商带着刘客商到了藏磨石的地方，把磨石帮着装上骆驼。据说，后来那个偷磨石的客商再也没到磨石口村来过。

讲述人：杨金龙、乔守恂

搜集整理：杨金凤

冯玉祥潭峪村打井

据慈善寺当地老人介绍，冯玉祥两次来慈善寺均住在东跨院的厢房。这是一处清静幽雅的小院，房前有一株槐树和两株海棠树，角落里各种颜色的野花丛生，院内有一块《重修慈善寺警戒后世碑》和几尊雕刻精美的石佛。庙后西头有一处小平台，冯玉祥常在这里眺望远山，风趣地称这里是观景台。

马鸿逵在其回忆录中有一段回忆挺有意思："我离津返京至次日，即往西山访冯玉祥，见山前、山后散布着（穿）新僧袍僧人，伫立于隆冬寒风中，及至近前，他们则举手向我行军礼。盖冯特务团官兵之化装哨兵也。彼等以暗藏衣中之手枪，代替佛珠法器，状颇紧张。抵慈善寺，冯治安来接，他亦着僧袍、戴僧帽，唯腿上仍裹绑腿，几不相识。我开玩笑说：'冯零碎（冯治安的外号）你是真的出家了吗？将弟妹置于何地？'他说：'没法子，这是一时之计。'进寺见到冯玉祥，与冯治安一样打扮，唯头上未戴僧帽。他说：'为你预备了稀粥、馒头，我们边吃边谈。'接着说：'我出家做和尚只是烟幕，请告诉大哥（指乃父马福祥）勿以为真……'"

但对冯玉祥做和尚的事儿，慈善寺山下潭峪村的村民可是当真

▲ 慈善寺冯玉祥展室

了，村下的人纷纷上山来看这个大官和尚，只见冯玉祥穿着白色和尚领的衣服，一双布鞋，和蔼可亲。村里的王大爷胆子大，凑上去问："你就是当大官的和尚？"

冯玉祥说："当和尚就不提当官的事儿了，现在我是慈善寺的和尚，跟其他和尚师父一样。"

王大爷点点头，问他："你现在当了和尚，说话还管不管用？"

冯玉祥说："好像还管点用，但不是因为我是大官，而是因为我跟他们是兄弟。"

王大爷接着问："那我跟你是不是兄弟呢？"

冯玉祥说："那可不行。"

王大爷一下子心凉了，叹了口气："是啊，我们平头百姓，怎么能跟你称兄道弟呢？"

冯玉祥搬了个凳子让王大爷坐下，说："我不能跟您是兄弟，因为您是我的长辈，我得叫您王大伯。您找我是不是有事儿啊？"

王大爷一听，心里琢磨，嗯，有门儿。他能这么叫我，是没把我当外人。王大爷说："我们村里缺口井，你看能不能让你的那些兄弟们，给我们……"

冯玉祥明白了老人的意思，立刻对一旁站着的卫兵说："你跟王大伯下山去看看。"

很快，卫兵回来跟冯玉祥说了山下的情况，冯玉祥立刻安排了一个班的士兵下到几百米外的山下潭峪村，帮村里打井，据说一共打了三口井。后来还在潭峪村南山坡上种了很多树。冯玉祥一直倡导绿化栽树。他栽两种树，一种是松树类的，抗旱抗寒能生长持久的，一种是杏树、桑树类，能让老百姓贴补生活的。

现在潭峪村里用的井，还是当年冯玉祥带兵打的，山上的杏树也还活着。据说这山上的杏子还出口到国外过呢。

搜集整理：杨金凤、吕品生

金头十三妹

翠微山下有很多坟，磨石口村东北角有个礼王坟。相传，十三妹打仗的时候曾在这里安营扎寨过。礼王坟是个山包，沿着山往西走几百米就是磨石口，这山和磨石口的山是连着的。

十三妹来京西磨石口，为了要给她爹报仇，她听说那仇人就躲在翠微山的石洞里。那仇人得知十三妹从山东学成武艺回来，要找他报仇，就勾结了官府的人捉拿十三妹，十三妹也不是一般人，她到各个村给村民讲这仇人祸害很多清官和百姓的事儿，大家想到自己家的人曾经被害过，纷纷前来帮十三妹。十三妹招兵买马，聚草屯粮，修城筑堡，杀富济贫，很快在京西一带名声大震。朝廷一看，这十三妹要成气候，就给了十三妹仇人一批粮草和士兵，令其剿灭十三妹的人马。十三妹虽然有磨石口天险坚守，但剿匪的那些官兵武器好，就这样两队人马在礼王坟那个山头上开战了，从磨石口一直杀到狼山，从狼山又杀到洪炉山，最终十三妹寡不敌众，被围剿的官兵割掉了脑袋。当地人都受到过十三妹的好处，就攒钱给她做了个黄金女人头。说是黄金头，其实就是用黄金包的外层，里边是磨石口村的一个铁匠

▲ 石景山地区古墓石供桌

给做的铁头，但民间老百姓都管它叫金头十三妹，后来这金头就埋葬在了磨石口东北礼王坟的那个山上，据说一到太阳好的时候，人们就能看到那座山顶放金光。

讲 述 人：曹玉兴、吕品生
搜集整理：杨金凤

第三节　法海寺壁画故事

《中国壁画史纲》一书中讲到明代壁画的寺观壁画，第一说就是由宫廷画师所画的法海寺壁画，"线条流畅，色彩浓丽，天衣飘动，满壁生辉。人物高大（近似真人大小），很有气势，神态各异，富有性格，诸如梵天肃穆，天王威武，金刚刚毅，天女妖媚，鬼子母慈祥，儿童天真，都真切生动。""法海寺壁画写实严谨，技艺精湛，和谐统一，装饰性强，画风与明代院画相近，是明代壁画中的精品。"书中说："画寺庙壁画的画工都是虔诚的教徒，作画时充满宗教感情，工笔重彩，一丝不苟，毫无个性，完全奉献给了宗教事业，歌颂宗教的伟大、崇高和神圣。"[4]明清时期，壁画总的趋势是走向衰落，随着喇嘛教的兴起，其艺术作品进入皇城，民间美术在这一时期也逐渐兴盛，很多壁画为民间画师所作。但法海

▲ 法海寺壁画中普贤菩萨局部

▲ 法海寺壁画

寺壁画在此情况下，能够如此辉煌华彩地在磨石口法海寺里绘制出来，且用材、用人、设计等之高规格，无疑说明法海寺建造者的显赫地位。与法海寺相关的传说，有一些是建寺的，也有一些是壁画故事在民间的流传，壁画故事虽然很多是佛经中的故事，但在老百姓的流传过程中，便有了多多少少的改动，多数故事中所讲的孝道、善为等，是与佛教传播的精神相吻合的。法海寺壁画中含有很多佛经故事，本书收录4个。

▲ 法海寺壁画辩才天　　▲ 法海寺壁画大梵天局部

金毛犼的传说

在法海寺壁画中，观音菩萨的坐骑是金毛犼。金毛犼长得像犬，特别凶猛，能与神叫阵，还吃人，它是能跟龙争斗的神兽。

京西一带民间传说，观世音菩萨骑着金毛犼来到这里，是因为潔河里有三条青龙，玉皇大帝派了所有的天神下凡，都败给了这三条青龙。当朝皇帝为了救天下黎民百姓，就以真龙的身份，到漯河岸边来跟三条青龙谈判，哪知这三条青龙很狡猾，一条跟皇帝闲扯，一条到皇宫把宫里的宫女们都卷到了自己的窝里，还有一条预备着跟玉皇大帝派的天兵天将打斗。所以观世音菩萨就骑着金毛犼来到了蟠龙山的法海寺，落脚在这里，收治青龙。

人们说金毛犼有着上万年的道行，所以很多小说中都有金毛犼，说破四象阵的慈航道人的坐骑就是犼，孙悟空麒麟山大战妖怪，苦战之时，正好遇上观音菩萨来收这个妖怪，于是观音菩萨跟悟空说，这个怪物是她胯下的坐骑，叫金毛犼，这孽畜是咬断了铁索逃出来的，孙悟空说，那菩萨您还不赶紧收了它，再晚我就玩儿完了，观世音说，悟空莫急，于是观音菩萨断喝一声："你再闹，我就弃了你！"妖怪一听，赶紧收手。只见观世音手轻轻一挥，那金毛犼就在原地打转，转了500转才停下。观音菩萨飘然骑上金毛犼背，口念咒语，就见这金毛犼立刻全身发出金灿灿的光芒，一根根的金毛放射出的光洒满天际，随即四足徐徐莲花盛开，天际立刻有粉色、绿色、金色，加上蓝天和白云，不断发出五彩的光芒。

相传磨石口有个穷书生，多次科举不成，就开始画画，只画金毛犼，金毛犼的气门是他脖子上的一点白毛。这个书生，每一张画都不画金毛犼致命的气门。这事儿被金毛犼知道了，就拔下一根金毛，插在穷书生家的院子里，结果第二年，这书生

▲ 法海寺壁画——金毛犼

就一举成名，还被招进宫里做了驸马。

这金毛犼也叫望天犼，相传紫禁城里的望天犼是专门看着西边的，一旦永定河发大水，金毛犼就叫起来，皇帝就登上城楼躲起来。

讲述人：法　来

搜集整理：拥金措

善财童子

从前，印度福城里有一位长者，他有500个儿子，其中就有善财童子。据说善财童子出生的时候，有很多金银财宝从屋里的地上冒出来，占卜的婆罗门说："恭喜长者！这婴儿的福德大，为您带来了财宝，应该取名善财。""善财"之名，就这样流传开了。

善财生来聪明活泼，善解人意，深得长者的欢心，长者对他疼爱有加。可是很奇怪，善财从小对金银财宝一点都不感兴趣，也不像其他跟他年龄一般大的孩子那样贪玩，小小的年纪一心立志要修行学佛。

这天，文殊菩萨到福城东的婆罗林中宣讲佛法，善财童子听说了这个消息，赶紧就去了，他虔诚地求教文殊菩萨怎样才能求得正果。文殊菩萨告诉他："你要学习普贤行，最基本的方法就是参访善知识。"

善财面有难色地说："圣者！我不知道哪里有真正的善知识可以参访，我无能力分辨善恶。"

文殊菩萨指点说："善财！对于善知识，应该将心力集中在他的德行、特长上，去效法他的优点，而不要去评判、挑剔他的过失、弱点，这就是参访的第一义。"文殊菩萨指示善财参访之道，并预言善财将被人们美称为永久的童子。善财满心欢喜地告别了文殊菩萨。

善财回家，带上了简单的用品，跟父母拜别后就踏上了参拜之路，他跋山涉水，风雨不停，千辛万苦地访遍名寺宝刹。善财先是来到南方的胜乐国妙峰山上，参访德云比丘，学得"念佛三昧法门"，深刻体会到佛子应该具有坚定的信念，常常忆念诸佛的伟大，心念时时与佛同住。善财接受了德云比丘的教诲，并铭记在心。接着，他陆续拜访了菩萨、比丘、比丘尼、优婆塞、优婆夷、童子、童女、天神、天女、婆罗门、长者、商人、医师、船师、国王、仙人、佛母、王妃、地神、树神等各种

▲ 法海寺壁画——善财童子

不同身份的善知识，听受各大名师的教化。

善财童子在参拜了第二十六位名师之后，就来到南印度海上的普陀洛伽山，这山是海上的一个岛屿，岛上有各种甜美的果树和鲜花芳草，明镜般的湖水与银链般倒挂的飞瀑交相辉映出七色的彩虹仙境，只见观世音菩萨结跏趺坐在莲花座上，四周有数以百计的菩萨在聆听观世音菩萨宣讲大慈悲法——观音法门根本大法的道理。于是，观世音菩萨成为善财童子参拜的第二十七位名师。

在我国明代的民间小说《南海观音全传》[5]里，说善财是个孤儿，在大华山过着苦行生活。一次，观音要土地公找众仙假扮强盗、恶棍，欺凌妙善公主并使她跌落断崖，此时，善财毫不犹豫地随她一

起跳了下去，他真诚的求道心，使自己随侍在观音菩萨身旁。

《华严经·入法界品》记载，详细叙述有善财童子五十三参的过程。

善财在接受弥勒菩萨的教诲后，结束参学的云游生活，最后回到普门城，踏入普贤菩萨大行的菩提道场。善财再度受到文殊菩萨的摩顶教化："参访生活已经功德圆满，你将与我同住；从现在开始，我们要依照普贤菩萨的大实践大修行，体现佛法的真谛。"就这样，善财开始修学普贤菩萨的解脱法门。

搜集整理：拥金措

佛陀教化鬼子母神

法海寺壁画的后墙左边，画有鬼子母，鬼子母慈爱地抚摸着孩童的头，是儿童的保护神。鬼子母是众鬼子之母，就被称为鬼子母。在佛教的二十四诸天里有鬼子母，《佛说鬼子母经》中就讲了鬼子母的故事。

佛在大兜国说法的时候，大兜国有一个性情残暴的女人，这个女人生养了许多的小孩，她很爱自己的孩子，却非常喜爱盗食别人家的小孩。那些被这残暴的女人吃掉孩子的父母都不知道是什么人干的，也不知自己丢失的孩子是死是活，女人们天天到街上去找，一边找一边哭。大兜国丢孩子的事儿，弄得全国都人心惶惶，人们干什么事儿，走到哪儿都在议论这个恐怖的事儿。阿难和比丘们就把大家的传述向佛陀报告，佛陀听了以后，知道这个盗食儿童的人不是个普通人物，准是暴恶成性的鬼子母。

其实，鬼子母前世是个放牛人的妻子，因以酪浆换得五百菴摩罗果供养独觉圣者，以此功德，发愿来世生王舍城，并食城中所有人的孩子。所以鬼子母命终后虽投生为守护人间的药叉神之女，却因邪愿根深蒂固，也不顾丈夫的劝诫，暗地里天天到王舍城盗食别人家的儿童。她有一千个儿子，都是鬼王，五百个在天上，率领数万鬼众扰乱诸天人，五百个在人世间，扰乱世间帝王子民，恶势力之大，连天人都奈何不了她。

阿难听到讲述以后，非常忧虑，就问："是否有办法令鬼子母不再盗食别人家的孩子呢？"

佛陀想了想，有了办法，佛陀叫比丘们到鬼子母住的地方，先躲起来，等鬼子母出门以后，把她的孩子全都带回精舍藏起来。

鬼子母从外头盗回别人的孩子回来，进屋一看，发现自己的孩子全不见了，就慌慌张张地丢下盗来的那些孩子，急忙出门去找自己的孩子。第一天没找到，第二天还没找到，就这么一天天地过去了，过了十天，她城里城外都找遍了，也没找到自己孩子的影儿，只见她披头散发，神志恍惚，不吃不喝，发狂一样躺在大街上乱喊。

佛陀就让比丘们去问她："你怎么啦？干吗哭得这么伤心呢？"

鬼子母大哭不止地说："我的孩子不见了。"

比丘们就安慰鬼子母说："你可前去请问佛陀啊，佛陀能知过去、现在、未来一切的事情，你一定能找到孩子的。"

鬼子母一听，对呀，我怎么没想起来呢？于是就跟随着比丘们去找佛陀，很虔诚地问佛陀自己的孩子在哪儿。

▲ 法海寺壁画——鬼子母

佛陀非常慈善，问鬼子母："你为什么在街上哭号呢？"

鬼子母说："佛陀，是因为我的孩子不见了。"

佛陀又问鬼子母："你不在家看守自己的孩子，到什么地方去了呢？去做什么事儿了呢？为什么不好好在家看着自己的孩子呢？"

佛陀这一问，鬼子母心虚呀，不知道如何回答。

佛陀乘机再问鬼子母："你为什么低头不说话呀？"

鬼子母扑通一下，五体投地对佛陀忏悔道："佛陀呀，我是愚痴无明，我是出去盗取别人家的孩子了。"

佛陀紧跟着问道："你爱你自己的孩子吗？"

鬼子母惭愧地说："佛陀呀，我非常珍爱我的孩子，他们每天围绕在我身边，我们一家人可快乐了。"

佛陀立刻板起脸来，对鬼子母说："既然你那么爱自己的孩子，为什么还去盗食别人的孩子？你盗走了别人的孩子，别人家还能快乐吗？他们也和你一样地疼爱自己的孩子，失去孩子的父母亲也和你一样伤心难过地在街头号啕大哭，你可知你将会遭到下地狱的果报吗？"

鬼子母听佛陀这么一说，惊恐不已。

佛陀露出慈悲之色，安慰她说："如果你能忏悔，你就能要回你的孩子。"

鬼子母连连不断地对佛陀说："我一定诚心忏悔，按照佛陀您说的去做，绝不违逆。"

佛陀便为她授不杀生、不偷盗、不邪淫、不妄语和不饮酒戒。鬼子母悟知过去未来因果，长跪合掌向佛陀说："我过去愚痴无明，所以生生世世造恶无端，今日有幸得受五戒，思惟正法，得清净心，彻见万物。愿佛允许我依住精舍旁，我欲千子归投佛陀，并保护妇人家生产时的平安。生生世世保护普天下的孩子，做一切孩子的母亲，以报天上天下众生之大恩。"

佛陀听后，大加称赞。

《鬼子母经》里的故事基本是这样的，但在《摩诃摩耶经》里也精彩地记载了鬼子母改邪归正，成为护持正法的守护神的故事。

民间也管这专吃人间小孩的叫"母夜叉"。母夜叉被佛法教化后，成为专司护持儿童的护法神。另有《毗奈耶杂事》记载，古代王舍城有独觉佛出世，举行庆祝会，有五百人赴会。途中遇一怀孕牧牛女，劝其一同赴会庆贺。此女随行，欢喜雀跃，不料中途流产。此时诸人均弃她而去，因此她十分恼恨，发下毒誓，要在来世投生王舍城，尽食城中幼儿。后来她果然投生王舍城，为药叉神将婆乞多之女，婚后生五百儿。她自恃力强，天天捕食别人的幼儿。佛陀闻悉后，十分忧虑，为解救王舍城中无辜幼儿的厄难，决定以慈悲心教化鬼子母，使其弃恶从善，以安定天下父母之心。鬼子母对自己的孩子十分爱怜，佛陀乘其外出，将其幼子隐匿。鬼子母归来不见爱子，焦急万分，陷入惊悲狂乱之中。最后她不得不向佛陀哭诉失子之事。佛陀对她说，你有500个孩子，现在少了一个，尚且如此，世人只有一两个孩子，失去自己的骨肉，同样无比悲伤。鬼子母闻佛陀言后，果然顿悟前非，悔过自新。

讲述人：法　来

搜集整理：拥金措

最胜长者

进了法海寺的大雄宝殿，十铺壁画特别精湛。在大殿中间的壁画墙上，背面有一幅是普贤菩萨，普贤菩萨的左下边画的是个信士，也叫最胜老人，或者最胜长者。最胜长老这词儿不是咱们国家原来就有的，是从印度传过来的，古印度的时候，是对念佛行者、施主和供养人的尊称。这样类型的壁画在大英博物馆也有收藏。法海寺壁画中的

▲ 左前为最胜老人

信士不止一个，还有一个叫月盖老人的。

明代的法海寺壁画里头还有一个信士叫最胜长者，这个长者两脚分开站立，双手胸前相合，长髯下垂，默默祈祷着。说到最胜长者，佛经里有个故事。说住在舍卫城里头有个老人叫最胜，他们家很富有，可这个人没有怜悯心，特别抠门，上他们家来乞讨的人，他从来不给施舍一点钱物，还毫不留情把人赶走。这个人完全就是个守财奴，防范心重，成天担心家里的金银财宝丢了，就开始铸大铜门，一道，两道、三道，铸了一道又一道，一共铸了七道。就这样，他还是吃不好睡不着，又弄来石头子儿和泥混合起来堆墙，再用铁笼子把屋顶盖上，干吗呀？他是怕老鼠啊，飞鸟啊钻进他家里。

最胜这样贪财，佛陀已经观察很长时间了，这天，佛陀觉得最胜长者的因缘已经到了，就让阿难前往度化最胜长者。阿难托着钵来到最胜长者家，对他说："如果我们布施给贫穷困乏的人，就会得到五种功德。第一种功德是延长寿命；第二种功德是相貌端严；第三种功德是身强力壮；第四种功德是身心悦乐；第五种功德是辩才无碍。"

阿难这一番话说完了，最胜长者心里琢磨开了："我听说瞿昙沙门的弟子阿难是多闻第一，所能诵持的教理超过八万四千亿头象所能背负的经典。然而今天，却只对我说布施的功德，这只能算是乞食之法，不过贪着我的财货而已，并不是真正贤明智慧的人所说的。"

阿难知道，说服最胜长者不是件容易的事儿，他一定会狡辩的，果然他说了刚才的一番话，实在是因为这人太吝啬，所以才说出刚才那样狡诈的话。随后最胜长者又说："不知道今天您已经有斋主供养，还是要继续乞食？"

阿难说："我正要去乞食。"

最胜长者说："既然如此，太阳已经快到正午了，希望您别错过了时间。"

阿难本来以为自己给最胜长者说法，他能有所醒悟，现在看他这样顽固不化，只好摇了摇头，苦笑一声，转身离开了。

阿难回去，禀告佛陀说："佛陀啊，这位吝啬贪婪的长者太顽固不化了，看来弟子的德行是难以度化他呀。"

佛陀就又分别派了阿那律、大迦叶、目犍连、舍利弗等尊者前往。可是没有谁能改变这个最胜长者，他们回来的结果都一样。

舍利弗向佛陀建议说："这位长者的悭执太牢固，就是堆出像天一样高的柴火来燃烧，也没有办法消熔他的心念。希望世尊能亲自至长者家中，以佛陀的智慧来度化他。"

▲ 法海寺壁画中的最胜老人

这时候，佛陀通力已通，瞬间现身最胜长者家，只见佛陀全身大放光明，金光灿灿。

最胜长者一看，哎呀，自己从来没见过这么相好庄严的佛陀，即可心生欢喜，顶礼佛足，在旁坐下。

佛陀对最胜长者说："最胜长者，如果有人能发心布施，那他立刻获得五种不可思议的功德。"最胜长者好奇地问："请问是哪五种功德？"

佛陀说："第一种布施就是不杀生。若能持此不杀戒，则对于一切众生都会慈悲护念，自然心无恐惧。"

最胜长者心想："人们会杀生，都是由于贫贱所造成。现在我家中财宝丰饶，当然可以不杀。这道理真好，我应该信顺。"便说："我最胜，愿尽形寿不犯杀生的过失。"

佛陀随后又开示他以慈悲心持不偷盗、不邪淫、不妄语、不饮酒的功德，可以心无恐惧。长者听了十分欢喜，发愿遵从世尊的开示，永不违犯。

▲ 法海寺壁画中的最胜长者

听到这里最胜长者已是满心欢喜，他想："佛陀开示这么精妙的道理，我应该表示点诚意，报答他的恩惠。"

最胜长者起身，来到藏宝库房，选择供养佛陀的财宝。可是因为他长期养成的吝啬毛病，就打算挑次点的东西当供养品。奇怪的是，他动手拿了十几次，每次拿到手的都是最珍贵的宝物。最胜心烦意乱，拿不定主意。此时，他心里头正念与邪念正激烈地争斗。佛陀一看，就说偈来提醒他："施与斗共集，此业智不处，施时非斗时，速施何为疑。"

最胜长者听到偈语，顿感惭愧，咬牙拿出最好的珍宝，送到佛前，长跪忏悔，不禁失声痛哭。这时佛陀开始为长者开示更多的布施、持戒、修福的道理。长者听着，起身至诚顶礼，发愿成为优婆塞，尽形寿受持五戒。佛陀慈悲为他授三皈依，然后离去。可是佛陀离开不久，魔王波旬变化成具三十二相、八十种好的佛陀形象，来到长者家中，身上放出七尺的紫磨金色圆光，想迷惑和用邪恶让长者退转，被最胜长者识破。

讲述人：妙　莲

搜集整理：吉　祥

第四节　田义墓墓园石刻故事

田义墓在法海寺西南500余米处，是中国的第一座以宦官历史为题材的专题博物馆，是目前全国范围内唯一保存最完好、规格最高、石刻最精美的明代太监墓。墓区内有大量石雕石刻，特点突出，石雕题材广泛，其中一部分用画面的形式讲述了人们耳熟能详的传说故事。

高山流水

高山流水，比喻知音或知己，也形容音乐的美妙。

语出《列子·汤问》："伯牙善鼓琴，钟子期善听。伯牙鼓琴志在高山，钟子期曰'善哉！峨峨兮若泰山。'志在流水，钟子期曰：'善哉！洋洋兮若江河！'伯牙所念，钟子期必得之。伯牙游于泰山之阴，卒逢暴雨，止于岩下，心悲，乃援琴而鼓之。初为霖雨之操，更造崩山之音。曲每奏，钟子期则穷其趣。伯牙乃舍琴而叹曰：'善哉，善哉，子之听夫！夫想象犹吾心也，吾于何逃声哉？'"

元石子章《竹坞听琴》第一折："金炉焚宝烟，瑶琴听素弦，无非是流水高山调，和那堆风积雪篇。"

红楼梦第八六回："师旷鼓琴，能来风雷龙凤……高山流水，得遇知音。"

此掌故讲的是春秋时期，俞伯牙和钟子期的故事。俞伯牙弹奏得一手好琴，而钟子期则擅长于听音辨意。

有一次，俞伯牙在泰山（今武汉市汉阳龟山）北面行游的时候，突然天下起了大雨，俞伯牙只好躲在一块大岩石下面，不免心中寂寥，就拿起随身携带的古琴弹奏。其实一开始他弹奏的曲子和当时的大雨景象有关。弹着弹着，他心境渐变，那曲调犹如山崩一般。这时候，一直在附近听俞伯牙弹琴的一个人叫钟子期，钟子期只不过是个樵夫，听到这么好听的琴声，子期忍不住在一丛野菊后叫道："好曲！真是好曲！"原来，在山上砍柴的钟子期也正在附近躲雨，在一旁早已聆听多时了，听到俞伯牙弹奏到高潮的时候，便情不自禁地叫起好来。

俞伯牙听到有人叫好，便和钟子期打了招呼后又继续弹琴。俞伯牙此时弹琴，凝视高山。钟子期在一边听着，越听越觉得好，不住赞叹道："好啊，巍巍峨峨，真像是一座高峻无比的山啊！"俞伯牙又沉思于流水拨音，钟子期听了以后，又在一边击掌称绝："妙啊，浩浩荡荡，就如同江河奔流一样呀！"

此后，俞伯牙每奏一曲，钟子期就能听出其曲魂，这使俞伯牙惊诧不已。俞伯牙轻轻放下手里的古琴，走向钟子期说："好呵！好呵！您的听音、辨向、明义的功夫实在是太高明了，您所说的跟我心里想的真是完全一样，我的琴声怎能逃过您的耳朵呢？"

自此，俞伯牙和钟子期结为知音，并约好第二年再相会论琴。可是第二年伯牙来会钟子期时，得知钟子期不久前已经因病去世。俞伯牙痛惜伤感，难以用语言表达，于是就摔破了自己从不离身的古琴，从此不再抚弦弹奏，以谢平生难得的知音。这个故事告诉我们：人之相知，贵在知心。

故事来源：《掌故大词典》等书籍
搜集整理：杨金凤

羲之爱鹅

在我国东汉时期有一个大书法家叫王羲之，他字写得好，流传至今，同时还流传下来他爱鹅的故事。这个故事流传于民间，可谓家喻户晓。《晋书·王羲之传》记载：王羲之起家秘书郎。复授护军将军。羲之既拜护军，又苦求宣城郡，不许。乃以为右军将军、会稽内史。性爱鹅，会稽有孤居姥养一鹅，善鸣，求市未能得，遂携亲友命驾就观。姥闻羲之将至，烹以待之，羲之叹惜弥日。

　　这个故事说的是，王羲之生性喜欢鹅，在会稽这个地方，有一个老奶奶养了一只大鹅，这只鹅叫得特别好听，王羲之听说以后，就约上几个朋友一起去看，有人跑到老奶奶跟前将王羲之要来的消息告诉了老奶奶，老奶奶一听王羲之要来，家里也没什么招待的，急忙把鹅给宰了，准备招待王羲之。王羲之到了老奶奶家一看，鹅已经死了，惋惜不已，他只得感叹而归，为此叹息了一整天。

　　另外还有一个王羲之爱鹅的故事，说在山阴有个道士，希望得到一本王羲之手书的《黄庭经》，但右军大人名满天下，又怎会卖一个老道士的人情？幸好他得悉王羲之爱鹅，遂精心调养一批良种白鹅，每日于王羲之与友人郊游处放养。王羲之终于"偶然"碰见了这群白鹅，十分惊喜，便想要买下白鹅，道士说："你只要给我写一篇《黄庭经》，我就将这些鹅悉数相赠。" 王羲之高高兴兴抄写完《黄庭经》，就用笼子装着鹅回来了，觉得很快乐。这篇书法世称右军正书第二，后人更是根据这个典故，而有将《黄庭经》称作《换鹅帖》的。李白在《送贺宾客归越》中写道"山阴道士如相见，应写黄庭换白鹅"说的就是这个典故。

　　王羲之喜爱养鹅，他还观察鹅的体态、行走、游泳等姿势，从中体会出书法运笔的奥妙，领悟到书法执笔、运笔的道理。

故事来源：《晋书·王羲之传》等书籍
搜集整理：杨金凤

刘海戏蟾

在我国，有一个《刘海蟾》的神话传说，刘海蟾是传说中的一个人物，《列仙全传》云：刘玄英号海蟾，原名操，事刘守光为相。一日忽有道人来谒，索鸡卵十枚，金钱十文，以一文置之几上，累十卵于钱若浮屠之状。海蟾惊异之，曰："危哉！"道人曰："人居荣禄之场，履忧患之地，其危殆甚于此。"海蟾大悟，遁迹终南山下，修真成道，化为鹅，飞冲天。俗又称刘海。后将"刘海撒金钱之戏"讹传为"刘海戏蟾"。在民间有刘海戏蟾的传说。

刘海小的时候，有一天他上山打柴，看见路旁有一只三只脚的蟾蜍受了伤，赶紧放下柴刀，蹲下给蟾蜍的伤口包扎好，后来这蟾蜍变成了一个美丽的姑娘，和刘海成婚，成为刘海的妻子，还给刘海生了孩子，刘海的妻子有一个大本事，就是能从嘴里吐出金元宝来。

刘海的这个妻子怎么会有这么大本事呢？传说南海龙王有个女儿叫巧姑，巧姑趁龙王外出的时候，变成了一只金蟾蜍，跳出白龙潭来游玩，就在小金蟾玩得高兴的时候，突然一条凶恶的大蟒向她扑来。危急时刻，正在山上砍柴的刘海赶忙前来相救，刘海与大蟒搏斗，终于救下金蟾。金蟾特别感恩刘海的救命之恩，就送给了刘海一颗龙珠，然后和刘海告别，回了龙宫。

金蟾回到龙宫以后，每天都想着刘海勇猛救自己的样子，这一天，她实在是太想再见刘海一面了，就偷偷地出了龙宫，变成一只金蟾，趴在荷叶上，盼望刘海能再次出现。等啊等啊，从天明等到快要天黑的时候，果然刘海出现了。刘海拎着砍刀，要上山砍木头盖房子，刘海砍柴的地方就在白龙潭边的山上。砍了一阵，刘海累了，就来到白龙潭边喝水，他刚蹲下，还没来得及用双手捧水，发现身边有一串金钱。

刘海想，谁丢的钱，一定很着急，他就站起来，大喊："哎……

谁把钱丢在这儿了？谁的钱啊？"

喊了半天，刘海也没见有人应，怎么办呢？刘海就来到白龙潭边的一棵树下，把钱挂在了树上，打算回家。

刘海刚一转身，挂在树上的那串金钱叮叮地响了起来，刘海看了看，摇摇头，转身继续要回家，哪知那串金钱响得声音更大了。刘海又停住了脚步，嘟囔道："真是怪事。"

白龙潭里的金蟾，见刘海又停住了，更使劲地拽手里的线，原来这串金钱是金蟾用线拴着的，丝线就在金蟾手里。刘海要走，她就在水下拽线，让那串金钱发出响声。

刘海感到奇怪，有一次来到树下，聚精会神琢磨那串金钱为什么自己会响。正在此时，上次那条要吞吃金蟾被刘海打跑的大蟒从树林子里偷偷爬了出来，从刘海背后扑上来。

龙女在水下看得清楚，见大蟒要吃刘海，急忙从水中飞出来，跳跃到刘海的背后，刘海突然看到水里跳出了个东西到了自己身后，急忙转身，发现了已经扑到面前的大蟒。刘海手疾眼快，抽出砍柴刀，和大蟒厮杀起来，最后终于把大蟒斩成两段。

刘海见是小金蟾在危急中救了他的命，十分感激。又见那牵动金钱的丝线也随着金蟾上了岸，就向金蟾道谢说："小金蟾哪小金蟾，今天你救了我的命，可你救了我的命，我的日子也不好过，还是穷小子一个呀。你要是一位姑娘该多好，跟我回家，给我做媳妇"。

刘海说完，轻轻地把那牵金钱的丝线系在金蟾的脖子上，牵着金蟾在水边玩了起来。刘海前面走，金蟾在他的身后跟着玩。忽然间刘海觉得手里的丝线一下重了，回头一着，大吃一惊，原来那金蟾真的变成了漂亮的姑娘，跟在身后朝他微笑。刘海忙向那姑娘说："你是什么人，怎么我牵的小金蟾不见了呢？""我就是那小金蟾，你不是说，要把我带回家做媳妇吗？"

刘海一听，想起了小金蟾赠送给他龙珠的事，明白了这姑娘的来历。于是，刘海带着金蟾回家了。

故事来源：《掌故大辞典》等书籍

搜集整理：杨金凤

八仙过海

民间传说，很久以前有八位得道的仙人，这八个人是铁拐李、汉钟离、吕洞宾、曹国舅、张果老、韩湘子、蓝采和、何仙姑，人称八仙。有一天，八位仙人要到东海去游蓬莱岛。本来，他们腾云驾雾，一眨眼就能到了，可是吕洞宾偏偏出了个馊主意，提出要乘船过海，顺便观赏一下大海的景色。其他的仙人一听，觉得很有意思，就纷纷答应了。

八位仙人来到了海边，吕洞宾拿过来铁拐李的法器拐杖，往海里一扔，说了一声"变"，顿时拐杖变成一艘大船，八位神仙就坐上了船。

大船在海上航行，风浪不时袭来，所以大仙们觉得航行的速度太慢，吕洞宾就说："我们不如每人都拿出自己的宝物，让船快点行。"吕洞宾率先拔出宝剑，扔进水里，水里顷刻翻起了大浪，涌动着船往前行，过了一会儿，吕洞宾收回了宝剑。

铁拐李摘下自己的宝葫芦，对着船尾吹了几声，船的速度又快了。汉钟离不甘示弱，举起大扇子，扇了几下。船行驶得更快了。蓝采和抄起快板抛入水中。可是过了一会儿船又慢了下来，几位大仙笑着说："怎么你的快板不灵了呢！"蓝采和一看自己的宝物不见了，就急急忙忙跳入水中去找，结果是被龙王太子给偷走了。蓝采和追上去想抢回自己的快板，龙王太子就是不给，俩人就大战起来。俩人大战，掀起大浪，把大船打翻了，张果老翻身爬上毛驴背；曹国舅脚踏巧板浪里漂；韩湘子放下仙笛当坐骑；汉钟离打开蒲扇垫脚底；铁拐李失了拐杖，幸亏抱着个葫芦；吕洞宾踩着宝剑；何仙姑坐在莲花上，都没有落水。

　　龙王太子打了一会儿，就潜入水里逃跑了。几位仙人径直追到龙宫。龙王太子早在半路上就安排好，它挥舞大旗，催动虾兵蟹将，掀起海上大潮，一浪接着一浪冲着八仙打来，汉钟离挺着大肚子，飘然降落潮头，轻轻扇动蒲扇。只听"呼呼"两声，一阵狂风就把虾兵和蟹将都扇到九霄云外去了，吓得其他海怪连忙关了龙宫大门。龙王太子见汉钟离破了他的阵势，忙把脸一抹，喝声"变"。海里突然蹿出一条大鱼，张开闸门似的大口来吞汉钟离。汉钟离急忙扇动扇子，不料那大鱼毫无惧色，嘴巴越张越大。正在危急时，忽然传来韩湘子的仙笛声，大鱼听了，竟然斗志全无，朝韩湘子歌舞参拜起来，渐渐浑身酥软，瘫成一团。吕洞宾挥剑来斩大鱼，谁知一剑劈下去火星四溅，锋利的宝剑斩出个缺口。仔细一看，眼前哪儿有什么大鱼，分明是块大礁石。吕洞宾气得火冒头顶，铁拐李却在一旁笑眯眯地说："待我来收拾它！"只见铁拐李向海中一招手，他的那根拐杖"刷"地飞了过来。铁拐李把拐杖拿在手中，一杖打下去，不料却打在一堆软肉里。原来，海礁已变成一条大章鱼，拐杖被章鱼的手脚缠住了。要不是何仙姑的花篮罩下来，铁拐李早被章鱼吸到肚皮里去了。原来那大礁和章鱼都是龙王太子变的。这时，他见花篮当头罩来，慌忙化作一条海蛇，向东逃窜。张果老拍手叫驴，连忙急追。眼看就要追上，不料毛驴被一只蟹精咬住脚蹄，一声狂叫把张果老抛下驴背。幸亏曹国舅眼明手快，救起张果老，打死了蟹精。

　　龙王太子现出原形，闪耀着五颜六色的龙鳞，摆动着七枝八杈的龙角，张舞着尖利的龙爪，向大仙们猛扑过来。八位大仙各显法宝，一齐围攻龙王太子。龙王太子斗不过八仙，只得向龙王求救。龙王知道后，把龙王太子痛骂了一顿，连忙亲自把快板还给了蓝采和，一场风波总算平息了。

八仙经过一番大战，各自的本领大增，又一同去游蓬莱岛。八仙一到，只见霞光普照，天地一片灿烂。

资料来源：《儿童故事》
搜集整理：杨金凤

彭祖焚香

《史记》载，彭祖是陆终公的第三个儿子，是黄帝的八世孙。传说彭祖活了800岁，在70岁时看去还像个婴儿。彭祖所画的画儿，大多是烧香祈寿的样子，身边还围着一些儿童。把这样的画赠给他人，表示祝福对方长寿。我国民间每年农历六月十二，被人们视为彭祖的祭祀日。

传说彭祖是个特别刻苦又非常有善心的孩子，13岁那年，他在水田里做农活，看到一位老爷爷经过，老人也看到了他，就停下脚步观察他，看着看着，老人不觉得嘴里说出："这个年轻人气数将尽啊，可惜！可惜！"

彭祖见老爷爷站着发呆，以为老人是因为满路的泥巴无法过去发愁呢。彭祖也没多想，跑过去说："老爷爷，你过不去路了吧？我背着你过去吧。"于是彭祖走到岸边要背老爷爷过去，老爷爷也不客气，只是趴在彭祖的背上叹气。

彭祖问："老爷爷，您有什么难事儿吗？为什么叹气呢？"老爷爷开始不想说，后来一想，既然受人恩惠，就要与人消灾。于是老爷爷把彭祖岁数将尽的事儿告诉了彭祖，彭祖一听大惊失色，得知遇见高人，他把老爷爷背到干净的地方以后，赶紧下拜说："彭祖求神仙爷爷救我！"

老爷爷见彭祖下跪拜求，就告诉彭祖："农历八月十五晚上，在自家门前的大路上，摆上八仙桌，桌子上要供清茶、水果、点心等，再用桌裙遮住桌子的四周，然后你就躲在桌子下面……"老爷爷告诫一番后，就走了。

彭祖天天想着老爷爷的话，终于盼到了八月十五，到了晚上，彭祖按照老爷爷说的，躲在了桌子下面，等了很长时间，彭祖都有点犯困了，迷糊的，听见一阵脚步声渐近，有人说："既然人家诚心相敬，我等借此歇歇脚也好"，于是几个人坐下来边歇边吃边聊……这时，彭祖从桌底下一下子蹿出，看他们有男有女正好是八位，于是磕头拜道："恳求八仙救命！"那些人正是八仙，刚好云游到此。八仙不是凡人，他们一看这阵势其实早就明白了其中的玄机。俗话说：吃人家的嘴软，拿人家的手软！于是八个人一合计，便每人给彭祖增添了100年的寿期，让他好人长命。这就是后人常说的"彭祖八百单三岁"，也有人说是813岁。

也有传说，彭祖是厨师的祖师爷。他做的野鸡汤特别鲜美，黄帝品尝后大加赞扬，并把彭城（今江苏省徐州市附近）封赐给他。历代奉他为我国饮食营养学的始祖。过去学厨艺要举行"拜师仪"，焚香点烛，供彭祖像。

资料来源：《中国民间故事》等书

搜集整理：杨金凤

米芾拜石

米芾拜石又叫米颠拜石，故事说的是一个宋朝人，《石林燕语·卷十》记载："（米芾）知无为军，初入州廨，见立石颇奇，喜曰：'此足以当吾拜'。遂命左右取袍笏拜之，每呼曰：'石丈'。言事者闻而论之，朝廷亦传以为笑。"

　　说的是米芾担任无为军事长官，刚刚到达州官坻，看见一块立石极为奇异，十分惊喜地说："这奇石足以让我祭拜"。于是就命令部下给自己穿上官袍，并手持笏板拜祭那块石头，一边拜还一边喊着"石丈"。喜欢传话的人听到后就四处谈论这事，在朝廷百官中也把它作为笑话来传播。"这事后来还被载入《宋史·米芾传》。

　　另外一个故事记载在《梁溪漫志·卷六》中："米元章守濡须，闻有怪石在河，莫知其所自来，人以为异而不敢取，公命移至州治，为燕游之玩。石至而惊，遽命设席，拜于庭下曰：'吾欲见石兄二十年矣'。"

　　故事说的是米元章做濡须的太守，听说河边空坝上有一块怪异大石，不知它是从什么地方来的。人们认为它是神异之物，不敢搬动它。米元章命令把这奇石搬运回州郡，作为人们游玩的景物。当大石搬运回来的时候，米元章十分惊异，即刻就命下属摆设宴席，跪拜于庭堂之下，并且说："我想见到您石兄已20年了"。

　　后来世人称米芾为"石痴"。

故事来源：《石林燕语·卷十》等书籍

搜集整理：杨金凤

孙康映雪

　　孙康是晋京兆人，家里贫寒，夜里借着雪光读书，苦学不辍，后用勤学的典故。《全唐诗》中李翰在《蒙求》中写道："孙康映雪，车胤聚萤"。徐子光集注引《孙氏世录》："康家贫无油，常映雪读书，少小清介，交游不杂，后至御史大夫。"也做映雪读书。

　　故事说，在我国晋代的时候，有个名叫孙康的少年，他酷爱读书。孙康家里很穷，每天他要上山砍柴、下地种田，白天很少有时间读书，只好利用早晚多读些书。夏天日照长，可以读书的时间也长；冬天日照短，可以读书的时间短。

晚上读书最安静，但孙康他买不起灯油，只好把书放下，但心里总思考着书中的内容。过了好长时间，他才昏昏睡去。

不知过了多少时间，他又醒了过来。当他把头侧向窗户一边时，突然又发现窗缝里透进一丝光亮。他认为天亮了，准备利用早起时间读一会儿书。

他翻身下床，推开窗户，只感到一阵寒气迎面扑来。向外一看，一片茫茫白雪，把附近的山川原野、林木房舍装点成银白色的世界，四周一切都发出光亮。

孙康心想，"这雪光不就是一种不要点灯就有的光线吗?它不是也可以用来读书吗？"虽然还是半夜，但孙康毫无倦意。他马上取出书来，同时取一只小凳子，走到屋外。宽阔的大地上映着的雪光，正好被孙康利用来看书。

半夜时分，刺骨的寒风吹着白雪，冻得衣衫单薄的孙康直打哆嗦。实在忍受不下去时，他就起身跑一跑，跳一跳。手指冻僵了，就不住地搓，不住地把它放在嘴前哈热气。

后来每逢雪夜，孙康就利用雪映出的光亮起来读书。这样的苦学精神，使他的学识突飞猛进，成为一个饱学之士。后来他终于当上了御史大夫。

后来，"孙康映雪"这个典故，用来形容勤学苦读。

故事来源：《掌故大辞典》《儿童故事》等书籍
搜集整理：杨金凤

张骞乘槎

　　"张骞乘槎"故事始见于南北朝梁代宗懔的《荆楚岁时记》，书载"武帝使张骞使大夏，寻河源乘槎经月而至一处，见城廓如州府，室内有一女织，又见一丈夫牵牛饮河。骞问曰：'此是何处？'答曰：'可问严君平。'乃与一支机石而归。至蜀，问严君平，君平曰：'某年月，客星犯牛女。'支机石为东方朔所识。"

　　张骞奉汉武帝之命，离开长安乘木筏溯黄河而上，不觉间来到银河，遇见了牛郎和织女。

　　这个美丽的传说，最早见于晋时张华的《博物志》，隋唐时该故事广为流传，官府坊间人人皆知。杜甫在《有感五首》里就写有"乘槎断消息，无处觅张骞"的诗句。另一首唐诗是李白的《将进酒》："君不见黄河之水天上来，奔流到海不复回。" 张骞因为出使西域，建立殊功，传说武帝派张骞去寻黄河源头，张骞乘槎（木筏）溯水而上，经过很长一段时间，穿过荒无人烟的地带，到达一座人烟稠密的集镇，男耕女织，秩序井然。他走进一户人家，见这家的女主人正在织布，其丈夫牵牛饮水。张骞很诧异，向他们询问："这是什么地方呢？"

　　男主人指着牛正饮的河流说："这是天河。"女主人把支撑织机的一块石头送给张骞，张骞带回后，被见多识广的东方朔认出，说这是天上织女织机下的填石。

　　后来，"张骞乘槎"这一典故，用来比喻出使远行。

　　　　　　　　　故事来源：《掌故大辞典》等书
　　　　　　　　　搜集整理：杨金凤

羊续悬鱼

《后汉书·羊续传》载：羊续，今山东邹城市石墙镇羊续村人，为官清廉奉法。羊续在南阳郡太守任上，廉洁自守，赴任后数年未回家乡探亲。一次，他的夫人领着儿子从老家千里迢迢到南阳郡看望丈夫，不料被羊续拒之门外。原来，羊续身边只有几件布衣和一点点的粮食，根本无法招待妻儿，于是羊续劝说夫人和儿子返回故里，自食其力。

羊续虽然历任庐江、南阳两郡太守多年，但从不请托受贿、以权谋私。他到南阳郡上任不久，属下的一位府丞给羊续送来一条当地有名的特产白河鲤鱼。羊续拒收，推让再三，这位府丞执意要太守收下。当这位府丞走后，羊续将这条大鲤鱼挂在屋外的柱子上，风吹日晒，成为鱼干。后来，这位府丞又送来一条更大的白河鲤鱼。羊续把他带到屋外的柱子前，指着柱上悬挂的鱼干说："你上次送的鱼还挂着，已成了鱼干，请你一起都拿回去吧。"这位府丞非常羞愧，悄悄把鱼取走了。

此事传开后，南阳郡的百姓无不称赞，敬称其为"悬鱼太守"，也再无人敢给羊续送礼了。明朝于谦有感此事曾赋诗曰："剩喜门前无贺客，绝胜厨内有悬鱼。清风一枕南窗下，闲阅床头几卷书。"

资料来源：《后汉书·羊续传》
搜集整理：杨金凤

吹箫引凤

吹箫引凤也叫弄玉吹箫。《列仙传》记载：萧史者，秦穆公时人也，善吹箫，能致孔雀、白鹤于庭。秦穆公有女字弄玉，好之，公遂以女妻焉。日教弄玉吹箫作凤鸣。居数年，吹似凤声，凤凰来止其屋。公为作凤台，夫妇止其上，不下数年。一旦，皆乘凤凰飞去。故秦人为作凤女祠于雍宫中，时有箫声而已。

　　故事说的是，秦穆公时代有一个叫萧史的人，他善于吹箫，而且吹奏出的箫声能把孔雀、白鹤引到庭园里来。

　　秦穆公有个女儿名叫弄玉，她也喜欢听箫声，每天痴痴地听萧史吹奏，穆公得知了女儿的心思后，就把弄玉嫁给了萧史。

　　从此萧史每天教弄玉吹箫，学凤的鸣叫声。学了几年，弄玉吹出的箫声就和真凤凰的叫声一样了，弄玉吹的箫声竟然能把天上的凤凰引下来，停在他们的屋子上。

　　有一天，弄玉和萧史乘上凤凰双双升空飞去。后来就用吹箫作为结婚的典故。《全唐诗》中，李瑞《赠郭驸马》诗写道："日暮吹箫杨柳陌，路人遥指凤凰楼。"

资料来源：《掌故大辞典》

搜集整理：杨金凤

注释:

[1] [清]富察敦崇：《燕京岁时记》，北京古籍出版社1981年版。

[2] [清]周家楣、缪荃孙等：《光绪顺天府志》，北京古籍出版社1987年版。

[3] [西晋]陈寿：《三国志》。

[4] 祝重寿：《中国壁画史纲》，文物出版社1995年版。

[5] [明]朱鼎臣：《南海观音全传》。

第三章

磨石口神话和故事

第一节　神话

太阳和月亮

在磨石口一带流传着一个关于太阳和月亮的动人神话。

传说，盘古开天辟地的时候，太阳和月亮都在白天出来。那时候，月亮和太阳一样，都把天地照得一片光亮。太阳却不像现在这样炎热、刺目。月亮是个美丽的少女，太阳是个英俊的少年。他们同出同归，时间久了，太阳渐渐地爱上了月亮，但一直藏在心中羞于吐露。所以，每天早晨太阳的脸都要涨得红红的。

有一天，太阳终于鼓起勇气，向月亮求婚。谁知，月亮很傲慢，竟然认为天下没有能配得上她的。她看了太阳一眼，骄傲的脸上显得无比冰冷。她对太阳说："就凭你这样配娶我吗？我住在华丽无比的月宫中，有无数的星星围着我，侍奉着我。而你只不过是一无所有的穷小子。你每天早晨不过是跑到东海洗把脸，晚上回去了，也是一个人，连一个仆人都没有，嫁给你，谁来侍奉我？"太阳本是有远大志向的英俊少年，听到月亮这种无理的话，他气愤极了，他从没想到在一张美丽面孔下竟然包藏着这么骄傲、贪图虚荣的一颗心。他心中的爱情之火熄灭了，但身上发出了像针一样的光芒。月亮不知道这是太阳心中一腔怒气所发射的光芒，她抬起那张美丽又傲慢的脸，一下子，月亮的脸便被这针一样的光灼伤了。月亮疼得大喊一声，逃回家去了。从那以后，月亮与太阳便分开了。等月亮脸上的伤好了以后，落下了满脸的疤痕。她只好在天黑以后悄悄走出来，并且用一块纱布把脸遮掩住。所以月亮再也不能像以前那样明亮了。她一想起漂亮的容貌已不复存在就无比伤心，脸也越来越苍白了。

太阳被激怒后，决心干一番大事业。在阳光的普照下，大地五谷丰收，鲜花常开不败，万物都沐浴在太阳的光芒之下，欣欣向荣。有时，月亮忍不住，白天也偷偷看一眼大地的壮丽景象。不过，那都是赶在太阳还没去东海洗脸之前，而且月亮也不敢待的时间长了，她怕太阳洗完脸以后，那强烈的光芒再灼伤她。

就这样，太阳白天出来，月亮晚上出来。

在晴朗的夜晚，你瞅瞅月亮，仍可清楚地看见她那带有疤痕的脸还没长平呢。

讲述人：梅广德

搜集整理：朱克林

葫芦始祖

古代漂河（今永定河）边上，住着兄妹俩，一个叫伏羲，一个叫女娲。他们与天地为伴，偌大世界，就他们兄妹俩。哥哥每天到山上去砍柴、采药，妹妹每天在家里做饭、持家。一天，妹妹病了，想吃鱼，哥哥就来到河边给妹妹钓鱼，钓上钩的鱼没一条能留住的，眼瞅着天黑了，伏羲突然在石头缝里看到一只大乌龟，便把乌龟抓了回去。

伏羲把乌龟拿回家，要给妹妹做汤喝，补补身子。可妹妹说什么都不让哥哥杀这只大乌龟。哥哥就把乌龟放在笼子里。伏羲哪知道，他抓回来的是龙王的三太子，专门看管河道的。

河里的巨龙，看大乌龟离开了河道，就兴风作浪，立刻天地间洪水滔天，伏羲和女娲没地方躲没地方藏，连块救命的木板都找不到。就在兄妹俩绝望的时候，只见从上游漂下来一个大葫芦，兄妹俩赶紧钻进葫芦，突然一个大浪冲过来，那个装大乌龟的笼子被水冲了过

255

▲ 永定河旧照

来，妹妹看到了那个关大乌龟的笼子，她拼尽力气把笼子里的大乌龟给放了。

大乌龟回到河里，用身子压住巨龙的尾巴，巨龙被压断了尾巴，成了秃尾巴龙，狼狈地逃跑了，水也停了下来。兄妹俩从葫芦里钻了出来，没有吃的东西，妹妹就把一颗葫芦籽吃下去了，结果没多久，女娲生下了一个葫芦娃，这葫芦娃又一代代繁殖，地球上的人就多起来了。

搜集整理：杨金凤

石磨

据史料记载，"磨室口"即燕的"磨室宫"之地。《史记·乐毅传》记载"故鼎反乎磨室"是也。很多专家认为"磨石"是从"磨室"谐音而来。

相传，这磨室和石磨有关。宇宙初开的时候，只有伏羲和女娲兄妹在昆仑山，有神祇让他们兄妹结为夫妻，以繁衍后代。妹妹女娲觉得羞耻，就跟哥哥伏羲说，咱俩一人找一块石头，各自抱着石头往下滚，如果滚到山下，两个石头能够合在一块，就是天作之合，要是合不在一块呢，你我还是兄妹。

伏羲也没别的办法，那就听天由命吧。两人就从山顶，各自找了一块大圆石头，从山上往下滚落。两人往下滚的时候，没觉得怀里的石头有什么不对劲，可都滚到山谷里的时候，才发现各自的石头都不是原来的石头了。伏羲抱着的石头变成了凸形的，女娲抱着的石头变成了凹形的，凸形石头和凹形石头严丝合缝地抱合在了一起。于是伏羲和女娲算是由上天做媒，结为了夫妻，生儿育女。后人不忘上天的好生之德，就以这石头为膜拜对象。人们认为凸起的石头是男的，凹进的石头是女的，这两相一合就是磨盘，意思是男女之合。

▲ 石碾

人们不想让伏羲和女娲抱合的石头被风吹雨打，就修了个神秘的石头房子，把两块石头供奉进去，称为磨室。每到伏羲和女娲合抱成磨盘的时候，人们就来祭祀，还要唱歌起舞，谈情说爱，热闹一番。

不过后来，这象征着生育之神的石磨被碧霞元君娘娘代替了。但是石磨却给人们的生活带来了很大的方便。

讲 述 人：李新乐

搜集整理：杨金凤

第二节　磨石口民间故事

狗腿子的传说（一）

京西过去有个在朝廷当官的人，一人得道鸡犬升天，他的儿子人送外号霸王虎。霸王虎在村里，打鸡骂狗，祸害妇女，十里八乡没有不恨他的，前山后坡的见了没有不躲他的。

因果有报。这天他在山上打猎，遇上个采蘑菇的姑娘，踩烂了人家的蘑菇篮子，拽着姑娘就往平坦地儿拉，姑娘反抗，霸王虎被姑娘一脚端下了山坡，摔断了腿。

霸王虎当官的爹，把附近医术高的郎中都叫了来，要给他儿子换腿。十几个郎中都说没办法，其中一个郎中说他有办法治，就是得有人把自己的腿给献出来。霸王虎一听，说我霸王虎要太阳太阳不敢怠慢，要月亮月亮不敢晚来，就对他爹说："爹，咱家那么多家丁呢，随便找个来。"

霸王虎的爹说："要找，也要找个腿脚好的，年轻的，身子骨棒的。"

一群家丁站在院子里，霸王虎的爹就挑了一个，跟郎中说，马上给他儿子换腿。郎中说："换腿是个大事儿，我得准备一下。等明天一早，太阳一冒头，就开始换腿。"

霸王虎的爹怕家丁跑了，就把家丁关进后院的柴房。半夜的时候，郎中偷偷摸到柴房，听到家丁在哭泣，说往后只有一条腿，怎么养家糊口啊，上有老母，下有妻儿。

郎中凑近柴房，低声对家丁说："你别哭，我有办法救你。"

家丁说："你又不能把你的腿给我，有什么办法救？"

郎中说："我现在放你出去，明天早晨五更之时，你给我弄条狗腿来，其他的事儿你就不用管了。"

到了第二天，太阳一冒头。霸王虎的爹就如临大敌一样，招呼家里所有的佣人和家丁准备给他儿子换腿。

郎中出来一看，满院子几十口子人，就说："换腿的时候不能有人瞧着，你们得给我找个干净的、没人能看见的地方。因为这换腿的时候怕光，见了光这腿换了以后也得烂掉。"

霸王虎的爹就找了个伸手不见五指的黑房子。

过了一个时辰，霸王虎见郎中和家丁从黑屋子出来了，赶紧进屋把儿子也抬出来。郎中说："三月不能下地，伤筋动骨一百天呢。好好养着。"

郎中收了霸王虎他爹给的银两，有人抬了家丁和郎中一起出了门。郎中到了山里，把银两给了家丁就走了。只见这家丁一溜小跑地逃走了。

原来郎中给霸王虎换的是一条狗腿，等到三个月能下地的时候，才知道这条腿是狗腿，可是也没办法啊，狗腿长在身上了。后来人们传说，那郎中是个神仙，连那个采蘑菇的姑娘也是神仙扮的，看不得霸王虎欺压百姓，特意来惩治他的。

讲 述 人：刘广泰

搜集整理：杨金龙

狗腿子的传说（二）

传说有个衙役，老是狗仗人势，砸了一个郎中的铺子，还烧了铁匠的房子，人们都恨透他了，郎中就想找一个机会治治他。

有一天，县官腿摔了，让郎中给治，郎中就吓唬县官，说这腿要是不换的话，会一点点往上烂，一直烂到肚子，吓得县官赶紧让郎中给他换腿。县官问郎中谁的腿适合他，郎中说，那个衙役的腿跟县官的腿一样长，一样粗。县官下令，找来了衙役，郎中把衙役的腿卸下来，给县官接上了。

衙役把家里所有的财宝都拿来了，给郎中，求他给自己安上条腿，郎中收了钱，分给了被衙役祸害过的铁匠等人，然后痛痛快快地给那衙役换了条狗腿。后来人们就管仗势欺负老百姓的人叫"狗腿子"。

讲述人：文　承
搜集整理：田丽云

张老头和三个儿媳妇

磨石口的张老头有三个儿媳妇，这天上午，她们做了一锅稀饭，等着地里干活的老爹爹和她们的丈夫回来。没过两袋烟工夫，人回来了。

这大儿媳妇赶忙捞了一碗，端给了丈夫，嘴还不闲着："要吃还得家常饭。"二儿媳妇琢磨着，不对劲，也赶忙捞了一碗，端给了丈夫："要穿还得贴身的衣。"这三儿媳妇琢磨着，这可不对劲，索性在锅里一搅和凑合一碗，端给了丈夫："是冷是热还得各人的妻。"轮到张老头的时候，拿勺往锅里一搅，也不用捞了，也没有捞的了，干脆稀里哗啦盛了一碗。他瞧着这碗稀饭汤，心里很不是滋味，"要吃还得家常饭，要穿还得贴

▲ 老民居大门

身的衣，是冷是热还得各人的妻，嘿！要是老伴活着，我这一碗也不稀。"

讲 述 人：李迎年

搜集整理：吕品生

后生想媳妇

磨石口有这么一个后生，自小死了母亲，靠父亲卖柴火维持过日子。这后生呢，又不务正业，就好养个鸟，斗个蛐蛐什么的，到了20来岁，连个媳妇也没有说上。他心里有时也想男大当婚，女大当嫁，这也该找了。可当父亲的心知不行，这么大人了，正经日子不好好过，在家是横草不捏，竖草不拔，你还张罗着说媳妇呢。这事，父亲索性就不提。

这事，后生可搁不住，日子一天天过去了。有一天，后生想出一主意，什么主意呢？晚上等他爹躺在炕上睡着了，他悄悄地在墙上写了这么两句话："小子今年二十五，衣服破了没人补。"他的意思就是向他父亲要个补衣服的。写完以后，看了看没有什么毛病，后生躺床上就睡着了。

第二天大早起，后生醒来，这么一看，嘿！他父亲早就出去了，再往墙上这么一看，后生乐了，乐

▲ 磨石口村旧照

什么？有了下文，这小子趿拉着鞋，到墙根往墙上一看，"小子今年二十五，衣服破了没人补。"，这是他的话呀，再往下一瞧："要想有人补，还得二十五。"

讲 述 人：李迎年

搜集整理：吕品生

"要强"的王老汉

从前，在磨石口的村西有一位王老汉，全家五口人，住在一间很破的茅草房里。王老汉很"要强"。每逢赶集，人们就能看到王老汉提着几只猪蹄往家走，一边走还一边招呼着他那三个光着屁股的儿子。并且底气很足，听到的人们都有这样的感觉。

一天傍晚，一群老头儿在村中的大槐树下聊天，当然里面少不了王老汉。走近一听，老头儿们话里话外都透着一个"吃"字。只见王老汉的嘴上油亮亮的，衣襟上也和别的老头儿不同，油渍麻花儿的。

▲ 老槐树

他正在和人们聊着他年轻的时候所吃过的山珍海味，说得十分过瘾，满脑袋淌汗。正当人们想着王老汉所说的全聚德烤鸭的时候，王老汉那三个光着屁股的儿子气喘吁吁地朝这跑来，一边跑一边嚷道："爸爸，爸爸，你擦嘴用的猪蹄让猫给叼走了。"犹如一声炸雷，王老汉晕了。待他醒后喝道："没用的东西，怎么不让你妈去追。"他那三个儿子望着发火的爸爸，嘟哝着说："裤子你穿走了，我妈出不去门呀！"

搜集整理：董永山

张王氏改邪归正

相传很久以前，在磨石口村里，住着一户人家，男的姓张。夫妻恩爱，生有一子，取名叫其里。一家人勤劳治家，丰衣足食。

谁知好景不长，妻子突然暴病身亡，留下了年幼的儿子。无奈，父亲只好给其里娶了个继母。继母姓王，这位继母还带来了一个男孩，比其里小，于是就取名叫其外。

日子过得很快，其里和其外都渐渐地长大了，这时，狠心的继母开始为自己的儿子其外打算了。因为其里是长子，继母却总想让小儿子继承家业，便对其里怀恨在心。

一天，继母躺在床上哼哼叽叽地叫个不停，其里的父亲忙上前问道："你这是怎么了？是不是病了？"继母支吾了一会儿说："唉，我这心口痛得厉害，昨天做了个梦，梦见仙人告诉我，这病不治好，三天以后必死。"其里的父亲大惊，想到前妻已死，如今后妻再死，两个孩子岂不都没有了母亲！连忙说道："还是请个高明的先生看看吧，要是能治好病，花多少钱都可以。"其里的继母却说："不用请先生了，昨夜仙人已托梦说，只有用大儿子其里的心做药引子，这病方可好转。"父亲生性懦弱，悲痛万分，但又怕后妻真的死了，留下两个孩子没有依靠。可做父亲的怎么能杀亲生儿子呢？想来想去，只好打发其里逃到外乡躲避起来，自己到集市上买了一条狗，悄悄地把狗杀了，取出狗心煮熟，端到继母跟前。那恶毒婆娘心中暗自欢喜，以为真是其里的心，三口两口便把那心吃掉了。

此时，其里的父亲心里全明白了，这妇人哪里是什么心口痛，哪里有什么病，目的是想谋害大儿子啊。其里的父亲内气心闷，又不能说破，没几日，就病倒在床上，心口疼痛难忍，吃什么药也医不好。继母慌得不知所措，只好天天烧香叩头，求菩萨保佑。

眼看着其里父亲的病一日比一日重，没有好的希望了。一天，门口来了个走江湖的郎中，说是有祖传秘方，专门医治心口痛。其里的继母心想："病急乱投医，求这郎中看一下，也许真能治好丈夫的病呢。"于是，她便把郎中请到家中，给丈夫看病。只见那郎中把了一个时辰的脉，随后开出药方，递到继母手中，说道："这味药方，必用你儿子的心做药引子，病人吃了才能好转，否则，不出三日病人就没救了。"继母听后，吓得魂飞魄散，心想，"该不是自己害人之心的报应吧。"想到这，抬眼一看，那看病的郎中转眼不见了。继母吓得连忙跪倒在地，知道郎中是菩萨所变，连忙向西方叩头不已，求菩萨饶恕。

郎中走后，继母吓得躺在床上，三日吃不下饭，合不上眼。越想越感到罪孽深重，她后悔万分，勉强从床上起来，烧香求菩萨饶恕她一次，愿意重新做人。然后，她又跪在其里父亲的床前，痛哭流涕，求他宽恕。她说，如果其里的父亲能宽恕她，求菩萨给她一次重新做人的机会，只要留给她亲生儿子其外一条活命，她宁可离家乞讨。

其里的父亲见她诚心悔过，便把事情的原本告诉了她，继母听完，得知大儿子其里逃到外地避难，并没有死。她又暗自感谢菩萨，使她吃的只是一颗狗心，否则罪孽就更深重了。她请求把其里从外地接回家中，愿意像亲生母亲一样对待其里。

其里的父亲听罢她的一番话，心里顿时感到不那么憋闷了，心口痛也减轻了许多，甚至还能喝进一点汤水。加上继母的小心侍候，病竟渐渐地好起来。

其里的父亲病好以后，立即把在外乡避难的儿子其里接回家中，并带着一家人，给菩萨烧香，感谢菩萨的大恩大德，帮助继母改邪归正。从此，一家四口人重新生活，过着幸福和睦互敬互爱的日子。

搜集整理：吴　青、朱克林、田　飞

磨石口九头山子

磨石口村南有一座小山包，山上有一片茂密的果树林。这一片果树林被一个姓赵的财主霸占着，时间一长，人们就称这小山为赵山了。

清光绪年间，门头沟的阎六爷，买了这块地方，在这里修了一个很气派的墓地。从此之后，这里又多了个名字"九头山子"。阎六爷排行老六，靠贩盐起家，他做买卖总是笑口常开，背地里却心狠手毒，人们送他个外号，叫作"笑面阎罗"。

那年夏天，阎六爷半躺在树荫下的躺椅上，喝着茶水，看着街上的景色，甚感惬意。躺了一会儿，一阵困意袭来，忽觉身子飘飘腾起，眼见得身下的大地在向后移去。他心里暗自思忖：我又未生双翼，如何就飞起来了？一会儿，只觉到了一个地方，只见在一座巍峨的高山下，有一个小小的土丘，其形状颇似一把钥匙，而钥匙的尖端又恰好指向村北的一座古老禅寺。土丘四周都是各种各样的果树，树上结满了五彩缤纷的果实，非常诱人。这时，他的耳边忽然响起了一个声音："生当万贯，死当九头。"他左右寻觅，不见有人，却见

▲ 老坟

一条巨大的青蛇从草丛中钻了出来。他心里一急，撒腿就跑，两条腿却走不动。那蛇来到他的面前，猛地扑了过来。他身子猛地一挣，吓出一身冷汗，定神一想，原来是南柯一梦。他坐在那里，沉思良久，不解其意。一日，他忽发游兴，亲自骑了马，整天在京西一带游山玩水。当他来到赵山，登山一看，恰是自己梦中之境，于是找到了赵财主，花了大价钱，将此地买了下来。此后他请人设计出一座大坟，找了一些能工巧匠，便开始施工。

一年过后，墓修成了。大坟有一个月牙形高台，月牙台正面九个宝顶，中间高两边低，弧形排列。墓台四面围有小河，称作月牙河。笑面阎罗看后，猛地想起那日中午的梦境，心中暗想：我那日梦境中明明有人言道："生当万贯，死当九头。"难道这九头就应在这九个宝顶上了吗？心里一边暗自狐疑，一边暗自高兴。

这件事很快传到了皇帝耳中，皇帝大怒道："天子也不过九五之尊，一个盐贩子竟敢欺君罔上，给我抓来，我倒要看看他长了怎样的九个头。"于是将阎六抓来，当即枭首，坟却留了下来。

后来，阎六的后人偷偷地收了他的尸体，埋在坟中。当地人把月牙台和九个宝顶称作九头山子。到了清宣统年间，有一个南人，在磨石口的店里住了下来，每日昼伏夜出。

一天夜里，明月高挂，这南人穿好衣服，背了包裹，从店中走了出来。他七拐八拐，来到九头山子前，围着九头山子转了一圈又一圈。店主人见此人行为蹊跷，便跟在后面。月光下，只见那人轻轻登上九头山子，在中间山子下的平台上坐下，从包裹里拿出一棵白菜。店主人借着月光，仔细看去，这棵白菜从里到外，放射出一种淡绿色的光芒。随后又见那南人拿了个什么东西在平台上摆好，口中念念有词。不一会儿，一只放着金光的蝈蝈，从坟里爬了出来，振翅叫了几声，那南人也学着蝈蝈叫了几声，那蝈蝈便三跳两跳，跳到白菜上吃了起来。

那南人见蝈蝈吃到好处时，便用手将蝈蝈死死扣住。就在这时，只见南人手中的蝈蝈，竟变成一只三寸多长纯金的蝈蝈了。南人急忙将蝈蝈装入口袋。接着，又见一只纯金蝈蝈从坟里跳了出来。店主人一见，不觉"啊呀"一声，那只刚刚钻出来的金蝈蝈，猛地跳了回去。南人也吃了一惊，便乘着夜色急忙逃去，不知了去向。

现在九头山子早已不复存在了，但这个名字和这个故事，一直流传至今。

搜集整理：浩　吉

偷龙王

　　磨石口村有龙王庙，曾经有个偷龙王的故事。过去民间有求雨的习俗，求雨要先请神，人们都跪在龙王庙的神像前烧香祈祷，十里八村的选一个有威信的老人念叨着："一炷香请天公，二炷香请帝王，三炷香请愚公，四炷香请龙王……"

　　相传，一年请龙王的时候，磨石口村里有个傻子，吵吵着非由他灌葫芦，灌葫芦就是所有参加求雨的人，都把事先已经做好的带塞子的葫芦上的塞子拔开，然后接了龙王庙旁边的山泉水灌进去，等葫芦

▲ 龙王

里的水满了，再把塞子塞好，带上，这次因为傻子捣乱，一些人的葫芦里泉水没灌满。

最早的时候，龙王庙供着的可不止一条龙，有黑龙、白龙、青龙、黄龙、火龙还有雷公以及电闪娘娘，一共7尊神像，大伙儿带着装了水的葫芦就在龙王庙跟前，等着偷龙。按照往年的习俗，多是偷白龙，上千年都是偷白龙，哪知这傻子在别人偷了白龙出来以后，他又把黑龙偷出来了，河边的人都认为白龙是降雨的，黑龙是作孽的，这可怎么好，因为偷出来的龙是不能当时送回大殿的，还必须给他举行完仪式才能送回去。有老人就叹气，这下可要遭殃了，干脆这龙王今年别请了，也有的说，白龙祖祖辈辈都请，能压住黑龙。

求雨的人浩浩荡荡地抬着龙王，走到龙泉寺门口的一个大碾子跟前，碾子上方早已经搭好了大棚，抬白龙的人要把白龙王放在碾子上，哪知傻子抱着黑龙王坐在了碾子上，任凭人们怎么轰他也不走，大伙儿又怕他摔了抱着的龙王，只得任凭他犯傻。然后大伙儿就上供、烧香、磕头、念经。这傻子抱着黑龙王坐在碾子上，也被当神仙供起来了。人们不断许愿，说如果老天真的下了雨，就杀羊供奉龙王，还愿。

这年，老天还真就下了雨，不过这雨下得有点奇怪，村南边下的是毛毛细雨，村北边下的是瓢泼大雨，而在碾子上供的白龙是在村南边，傻子抱着黑龙王在村北边。

雨也求来了，该还愿了，村里人抬着白龙，抬着羊，到龙王庙还愿，先是把龙王放回原来的地方，把抬来的羊头冲着7尊神像，等着神像认，抬着的人要等到羊在神像跟前全身抽动，可这羊就是不抖身子，大伙儿等了两个时辰还是不抖，也没有羊毛落下来，因为只有羊毛落下来才能证明是白龙收下了供奉。按照往年的习惯，羊再不抖，就要往羊身上泼水，让羊抖下羊毛，这样算是神认了羊，才能在龙王庙的院子里把羊杀了，再把肉、骨头、羊头、羊蹄子等放进大锅里炖熟了，然后家家户户拿着自己家那份肉回去吃，就算是祈雨成功了。哪知今天，人们往羊身上一盆一盆地浇凉水也不抖也不掉毛，神仙不认，羊就不能杀，不能杀就不能炖，这祈雨就不能结束。正在大伙儿着急的时候，傻子抱着他的黑龙来了，脖子上还挂着一只兔子。只见他把黑龙放回神台，再把兔子从脖子上取下来，对着兔子啐了几口唾沫，这兔子的毛就掉得光光的，他很高兴，说黑龙认了他的兔子，就开始杀兔子，炖兔子。

有人就说，不然让傻子往羊身上啐唾沫，看是不是羊身上也掉毛，很多人都不同意，说给龙王的羊，怎么能啐唾沫呢。又过了两个时辰，人们都累得不行了，可傻子一个人吃着香喷喷的兔子肉，馋得人直流哈喇子。这时候有个机灵的小孩，把傻子嘴里吐出来的带着唾沫的骨头往羊身上一砸，羊就哗哗地开始掉毛，大伙儿一下子高兴了，杀羊，炖肉。

到了第二天，大伙儿说起傻子的事儿，结果傻子不见了。后来有人老是在龙王庙附近看见他，但都是一个影子就不见了。有人说，其实那傻子就是黑龙，他看到人们千百年来老是祭拜白龙王，冷落他，就想出了这个主意，折腾祈雨的人。

搜集整理：杨金凤

李道士

磨石口村以前有煤窑，出煤，而且煤质特别好，皇城里的好多字号都用这里的煤。后来被一个皇宫里的太监知道了，就把这煤窑包下来了，转给一个外来的商人经营。哪知煤窑被宫里一包下来，商人还没经营几天竟然不出煤了。这商人只好在磨石口北边的山上找煤。

过去磨石口西边有座破庙，庙里住着个道士，后来人们才知道这道士姓李。这李道士有求必应，会给乡民看病。村西头住的人家，总说夜里能看见西边天上莲花开，这莲花开的时候，一瓣一瓣缓缓开，像神花一样，据说能看见莲花开的人，福报就好，家里就能富裕起来。于是商人日夜不睡觉，天天等着莲花开，但一直没等来。他想，是不是因为自己心不诚呢，于是就卖了家里一些值钱的东西，拿钱修好了破庙。庙修好了，他天天等着和尚高人来住，可是除了李道士，没别的人来，眼瞅着皇宫催煤的日子就到了，商人也没采出煤来，就打算收拾东西，一家人到口外逃荒去。

这天夜里，他在院子里把骡子拉出来，把儿子抱上骡子背，一家老小刚要出门，突然他儿子指着天上，说看见莲花开了，商人也往天上看，果然是天上有莲花开，一朵，两朵，他数了几遍，都是九朵。商人赶紧让一家人跪拜，嘴里不停地说："谢谢，九莲圣母娘娘救了我一家老小。"只听天上有声音传来："你修了庙，发了善心，应得的。"这时候商人才明白过来，那李道士是受了九莲菩萨点化的，赶紧到庙里去谢李道士，李道士早已经离开了。

一家人赶紧拿着铁锹往自家的煤窑跑，到了煤窑跟前一看，一堆发着亮光的煤堆在那儿。商人知道是九莲圣母娘娘救了自己家老小，就在街上又修了座庙。磨石口村庙多，仅村西的田义墓东边就紧挨着龙王庙、娘娘庙和慈祥庵，有些小庙千百年下来已经不存在了，但是磨石口村人有钱修庙的事儿，京西的人都知道。

搜集整理：杨金凤

拜窑神

磨石口村的煤好，传说连太后娘娘都用过磨石口的煤呢。民间认为，煤窑出煤好，是因为窑神帮忙。

相传在明代的时候，磨石口村有个叫黑汉的小伙子，干活儿不惜力气，好多煤窑都抢着雇用他。他家里就一个老母亲，家里供着神码子，就是刻板上印的窑神纸像，上边写着"煤窑之神"。也有的窑神庙供奉的是彩色的塑像，老百姓家一般是供奉神码子，这神码子上的窑神是个黑脸儿，端坐，脑袋上戴着官帽儿，穿着黄袍子。黑汉这次上的雇主家是磨石口村里的采煤大户，人家供奉的窑神讲究，是坐立像，头上戴着的是金色儿的盔头，身上穿的也不是袍子，是铠甲，亮光闪闪，左手拿着开山斧，右手倒提着一串铜钱。民间流传着《窑喜歌》："拔道如同佛爷龛，龛里头供着神三位，山神、土地、窑神在中间，各位要想认识祖师爷呀，您就顶灯、挂镐、倒提一串钱。"那这窑神是谁呢？京西人传说，这窑神是一个做过窑工的人，多次在窑里大难不死，成了神，窑工们就开始祭拜他，求他保佑自己进窑也能安安稳稳地出来。

据说这窑神的铠甲闪的光越亮，那煤就越好。所以黑汉每天都在窑口的拔道处窑神龛跟前摸摸。他一摸，别人也学着摸，窑神身上的

▲ 拜窑神

铠甲就越来越亮，窑里的煤就越来越好，雇主家的钱也就赚得更多了，这雇主是个明白人，钱多就多给煤工点钱。正月初五是大多数煤窑开工的日子，窑主更是给窑工吃好喝好，所以磨石口这口窑，不但煤好，窑主的口碑也好。天有不测风云，一次黑汉到别的窑上给人家帮忙，窑塌，被埋在里面了，所以京西老百姓说每口窑的窑神是认人的，不能乱到别的窑上干，黑汉死了以后，磨石口的窑主还一直帮忙照顾黑汉的老母亲，直到老人家去世。

搜集整理：杨金凤

王婆得女

京西一带，有给孩子洗三儿的习俗，意思是洗干净前世带来的罪孽，求得一生安稳。洗三儿的时候要专门请人来主持仪式，有个王婆就是干这个行当的，挺有名。

相传，一个大户人家，请了王婆来给孙子洗三儿。这天，亲戚都来了，带着贺礼，鸡蛋、小米、红糖、核桃、大枣和小孩的穿用。这家人在院子里摆放了大桌子，预备了洗三儿面。一切都准备妥当了，王婆却是左等不来右等不来，就派了伙计去找。

伙计走到山坡下，看到王婆一脸大汗，摇摇晃晃，伙计赶上前去搀着王婆，王婆在路上一直嘱咐伙计，千万别跟主人家说她病了。

到了大户家，正房里已经设了香案，上边供奉着碧霞元君、琼霄娘娘、云霄娘娘、催生娘娘、送子娘娘、豆疹娘娘、眼光娘娘等13尊神像。香炉里盛着小米，插着香。香炉下边还压着纸元宝，孩子的母亲住的屋子里，供着炕公和炕母的神像。眼看着已经到了中午，大伙儿都到院子里吃饭，可这王婆连一口也吃不下去，脸色一阵阵发黄，她用扇子一个劲儿搧着。

总算等到吃完洗三儿面了，王婆先让本家的长辈女主人上香叩头，然后把一个铜盆子摆放在炕上，这铜盆子里是用槐树枝和艾叶熬的汤。王婆把孩子抱过来，嘴里念叨着："先洗头，做王侯；后洗腰，一辈儿更比一辈儿高；洗脸蛋，男娃娃长大做知县；洗脸沟，女娃娃长大嫁知州。"一边说着一边给孩子洗，王婆又叫人给孩子添盆，这家的人从老到小，排着队往盆里添水，一人添一勺温水，再往盆里搁钱和喜果，比如枣、栗子、桂圆，王婆嘴里也不停，又开始念叨："长流水，聪明伶俐，有大出息……早立子，连生贵子，子孙不断……桂圆桂圆，连中三元，朝中做官……"忙活完这些，王婆就开始拿起一个棒槌，在盆里搅动："一搅二搅连三搅，各个领着弟弟跑，辈辈红火走大运，子孙万代福喜享……"然后开始给新生的孩子梳头打扮，嘴里念叨着："三梳子，两篦子，长大戴个红顶子，刷刷牙，漱漱嘴，与人说话不丢丑。"接着就用鸡蛋在孩子脸上滚儿下，说："鸡蛋滚脸，一生无险。"这些仪式做完后，就用布把孩子裹起来包好，捆上。让家里人把所有的神像请下来，送到院子里烧了，把烧剩下凉凉了的纸灰，用红纸包上一包，放在产房的炕席下边。最后是家人给这孩子起个小名，把孩子小名写在纸上，贴在土地爷或灶王神龛旁边，以保佑孩子平安长命。

上边这一套都做完了，王婆已经手脚冰凉了，只有那个接她的伙计知道，悄悄地把王婆扶到主人家的后柴房。这王婆让伙计给她端盆热水来，伙计遵命赶紧去，这王婆闭上眼睛，不一会儿，一个女娃生下来了。且说这王婆，今年已经70多岁了，怎么还能生孩子呢？传说女娲神曾经给她托过梦，只要她接生够一千个孩子，给一万个孩子洗三儿，她就能不婚而生。王婆早年丧夫，无子，一心想得个孩子，不管多累，别人给不给钱，不管穷人富人的孩子，她都尽心地接生，还给做洗三儿仪式，她接生的孩子早就超过一千个了，今天这孩子正好是她给洗三儿的第一万个，女娲神就赐给了她一个女儿，为什么不赐给她儿子呢，是因为王婆总是要死的，她死后，她女儿可以接着给天下的女人们接生、给天下的孩子洗三儿。

搜集整理：杨金凤

八宝

传说京西的八宝山很久以前是个仙岛，上面有八宝。岛上有山，山上有一位仙人，他住在一间金屋子里。屋里有金床、金碗，院里有金驴、金鹿、金铲、金簸箕。在岛上金驴给他耕地，金鹿给他磨面，仙人用金铲种地，每年还要收获一些特大的金豆。

有一天，仙人正独自静坐，蓬莱仙岛的一个童子送来一封邀他去游玩的帖子。接到帖子后，他立刻把金驴赶到屋里，收割了成熟的金豆。一切料理好了，他才驾起祥云和童子一道前往蓬莱仙岛。行到大海上空，匆忙中金钥匙从他那宽大的袍袖间掉了下来。

金钥匙掉进了海里，把龙王府门上的琉璃瓦砸了下来，龙王大怒，念动咒语，让水漫小岛，用泥沙把金房子给封了起来。龙王担心这位仙人回来会报复，就东迁了龙宫，海水也跟着一退千里，露出了广阔的平原和一座座山峰。这样一来，仙人岛也不孤单了。过了很久很久，仙人回来了，他怎么也找不到自己住的仙岛了。这时他才发现金钥匙不见了。没办法，仙人只好先去找金钥匙，否则就是找到仙岛和金房子也没用。

不知又过了多少个年头儿，有人开始在仙岛定居下来。有个姓刘的老汉，在岛上以种黄瓜为生，他种的黄瓜特别大。有一年，黄瓜快熟的时候，来了一位风水先生，他在地边转了几圈，指着两条黄瓜对老汉说："这两条黄瓜你不要卖给别人，等长老了我来买，你要多少钱，我给多少钱。"刘老汉并没有在意，只是留心护理着这两条黄瓜。过了没几天，突然又来了一位老道，他目不转睛地盯着这两条黄瓜，对刘老汉说："老人家，这对黄瓜我买下了，你开个价吧！"刘老汉憨厚地说："这对黄瓜早有买主了。"老道说："两条黄瓜能值几个钱，卖给谁不都是一样呀？我多给你些钱，就卖给我吧。"刘老汉见推辞不掉，只好说："那你就拿去吧。"没隔几天，风水先生又来了，他看黄瓜没了，就问老汉，老汉只好把前几天发生的事情详细地叙述了一遍，风水先生听了，失望地摇头说："那两条黄瓜是仙人丢下的开这宝山的金钥匙，你把金钥匙卖给了别人，这山上的宝贝再无出头之日了。"从那以后，仙岛上的八宝就被埋在山里，再也没有人取出来过。不过这八宝山的名字却流传了下来。

讲 述 人：王高代
搜集整理：董永山

20万

磨石口附近的杨家坡上从前有几间洋房，平时老百姓也不大往洋房那边去。洋房是干吗的呢？是洋人避暑的地方，一到夏天，花红柳绿的时候，就不断有洋人来杨家坡的洋房住，他们不光是读书散步，还爱骑洋马，一骑上马，就在附近的山上跑马，就是这跑马，跑出了麻烦。这天，几个洋人骑着马在山上过够了瘾头，回去一看，把钱包丢了。钱包并不是他们非要找的，他们要找的是钱包里的一张20万的汇票。

这几个洋人急坏了，他们四处打听，因为洋人里头也有懂中文的，几个人就从杨家坡找到了磨石口，说也就凑巧了，正被磨石口一个羊倌捡到了。

洋人说："你把20万的汇票给我可以吗？"

▲ 曹进英（左，92岁）、李菊林54岁

羊倌就问："白给你吗？"

洋人想了想，又跟一同来的几个洋人商量了一番说："我给你5000块大洋，谢谢你的，好不好？"

羊倌回答道："不好，5000块大洋太少，你的20万，给我的5000，不行。"

那些洋人虽然会说点中文，也说不大好啊，谈来谈去也没谈拢，眼看着天也黑了，几个洋人只得先回杨家坡洋房。

羊倌一想，这20万的汇票何不我自己取回来？我一不是偷的，二不是抢的，荒山上白拾的，不行，我明天一早就去银行取钱去。

羊倌一夜没睡着觉，就盼着天亮好去取钱。终于熬到天亮了，估摸着差不多银行也该开门了，他就把汇票揣在怀里出了门，他一边走一边想，我穿得这么破衣烂衫的，拿着这么一大笔的钱，人家银行的人能取给我吗。他嘀嘀咕咕走着，说来也巧，半道儿遇上了村里的一个穿得体面的有钱人，羊倌就上前悄悄跟有钱人把20万汇票的事儿说了，他求有钱人帮他取这钱，当然也不能让人家费力气，取回来给点好处。

这有钱人衣着华丽，油头粉面，一看就是个有身份的主儿。有钱人也没推辞，因为他正好也是去银行，顺手的事儿，就这么着，有钱人就把汇票接了过来了。

有钱人来到了花旗银行，刚好银行开门不久，人也不多，有钱人就牛哄哄地走到柜台口，把汇票递了进去，那窗口里的银行职员，看了看汇票，再看看有钱人，把汇票又从窗口给退了出来。

有钱人一瞪眼睛，吼道："干吗？没钱吗？"

银行的职员说："您这钱取不了。"

有钱人胸脯拍得咚咚响，说："我的钱，我凭什么取不了？"

有钱人总来银行，银行的职员也都认知他，所以也就不敢惹怒他，好言好语地说："这钱一定不是您的。"

有钱人一听，脖子梗梗着，一拍柜台说："这汇票上没写着爷我不能取吧？汇票在我手里，钱就是我的！"

可不管有钱人怎么说，怎么耍横，职员也不急，最后告诉有钱人，说这张汇票已经挂失了，钱取不了。有钱人眼珠子一转说："不像话，给我的账还挂失，这不诚心耍我吗，瞧我回去不收拾他们！"有钱人是给自己一个台阶，说完，灰溜溜就出了花旗银行的门。

等在门外的羊倌见有钱人从银行出来，一蹦三跳地就扑上来等着拿钱，有钱人把汇票给了羊倌说："废纸一张，人家挂失了！"说完，有钱人干自己的事儿去了。

再说这羊倌，看着20万的汇票成了废纸，心里不甘心，怎么琢磨也不是滋味，他就去杨家坡找那个洋人。羊倌和洋人一见面，羊倌拿出汇票说："5000块大洋就5000块大洋吧，我吃点亏算了。"

洋人摇着头说："5000块大洋，那是昨天的事情。今天，这个，已经是一张废纸了。"

羊倌没办法了，憋着一口气就下来山，据说这口气羊倌一直没出来，慢慢就到了眼睛上，不久一只眼睛就失明了，有人说，那是一股毒火没出来，走眼睛上了。也有的说，是因为他见财眼开的结果。后来这个羊倌就得了个外号叫"20万"。

讲　述　人：李天太

搜集整理：杨金凤

白大仙喝咸菜汤

传说，老早以前，磨石口村有个大户人家院子里有个财神庙，这一年，大户人家要拆了这个财神庙，换地方重新盖一个。俗话说，宁拆十座桥，不拆一座庙，拆庙是会缠上因果的活茬儿，一般人不敢接这个活儿。可是大户人家有钱啊，就出大价钱找来了人，被找来的拆工也不敢不给拆，央求大户人家一件事儿，这事儿要办了，他们就帮他们才敢动手拆。大户人家说："行，你们说吧，应你们什么事儿？"

拆工说："你们家只要冲炉打三抢，打完我们就拆。"

大户人家一听，这也不是什么难事儿，就说："等着，打三枪就打三枪。"

不一会儿，大户人家就拿来枪，跟拆工说："打完你们乖乖的拆啊。"话音未落，"砰砰砰"三声枪响，这枪是冲着财神庙前供着的炉打的。

拆工见枪也打了，二话不说，就上去拆炉，哪知刚一靠近，从炉后边跳出来个白净净的刺猬，这刺猬一出来，拆工们吓了一跳，赶忙给刺猬作揖、闪路，哪知这大户人家的人却一把把刺猬给抓住了。

拆工们拆完财神庙走了。大户人家的人可是折腾起那只刺猬来了，他们不知听谁说的，给刺猬灌咸菜汤刺猬就咳嗽，于是没事儿就

▲ 李天太（左，92岁）、李墨林（59岁）2014年讲述传说

给刺猬灌咸菜汤，咸得刺猬不停咳嗽，他们听着刺猬咳嗽就欢声大笑，拿刺猬解闷，他们是高兴了，可刺猬受不了啊，一来二去，这个刺猬就给折腾死了。

自打刺猬死了以后，这给刺猬灌咸菜汤的大户人家就没得好，这家的一个男人到地里看庄家，走到半道儿遇上一股旋风，那旋风在他身上绕了一圈就没了，这男人就觉得身上不合适，回家以后，几天几夜的难受，觉得身上越来越不合适，没多久就死了。

村里人说是这大户人家是伤了"五大家"里的白衣仙人，因为民间普遍认为五大家是与人长期伴生的，属于灵异的东西，如果侵犯了它们，它们就能以妖术对人进行报复，如果敬奉它们呢，就则会得到福佑。所以村里人说，大户人家是不怕因果，结果那只白衣大仙儿的刺猬，就来报复他们了。

讲 述 人：李天太、李菊琳
搜集整理：杨金凤

黄鼠狼和狐狸

磨石口村东北的山叫福寿岭， 相传，福寿岭上以前狐狸多，隔三差五的就到村子里吃鸡，村里人家养的鸡老是溜达到山坡上找草籽呀、松子呀什么的吃，狐狸趁鸡不备的时候，就把鸡咬死，然后吃掉。

吃鸡的除了狐狸还有黄鼠狼，有一次，一只黄鼠狼抓住一只老母鸡，喜滋滋儿的叼着老母鸡刚走几步，"咔嚓"一声，黄鼠狼让猎人埋的夹子给夹住了，疼得黄鼠狼一张嘴，鸡就从嘴里掉出来了。黄鼠狼越是想挣脱脚下的夹子，越是疼，黄鼠狼就大声喊。

黄鼠狼这一折腾，不远地方的狐狸听见了。黄鼠狼一见狐狸，心想，这下自己可有救了。

狐狸能救黄鼠狼吗？黄鼠狼自己觉得狐狸应该救它，为什么呢？因为黄鼠狼救过这只狐狸的儿子。

黄鼠狼说："狐狸大哥，你真是我的救星啊，快救救我吧。"

狐狸说："救完了你，你拿什么感谢我呢？"

黄鼠狼说："我几天前救过你儿子，现在你救我，应该的呀。"

狐狸说："我儿子已经死了，你救也没救活它。"

黄鼠狼说："我毕竟是救过你儿子啊，你现在把我救上来，你救上我来以后，我要是活不了也不怨你。"

狐狸还问："你拿什么感谢我？！"

黄鼠狼说："我把那只鸡给你。"

狐狸说："那好吧，你等着。"

说完，狐狸就抓起鸡，自己大吃起来。

黄鼠狼疼得哭起来，求狐狸救它，说："狐狸大哥，反正那鸡是你的了，你把我救出来再吃吧。"

狐狸不慌不忙地说："我饿着，没劲儿救你，等吃饱了就救你啊。"

　　黄鼠狼只得等着狐狸吃完了鸡，等啊等啊，狐狸可算是把鸡吃完了。再一看黄鼠狼，早就疼死过去了。所以要说，不要指望坏人发善心，当然，自己也不要干坏事儿，交人要交好人，做事儿要做好事儿，不能像黄鼠狼和狐狸那样祸害人。

搜集整理：杨金凤

第四章

磨石口传说的传承

第一节　磨石口传说主要传承群体

千百年来，磨石口的传说薪火相传，传播渠道主要是世世代代的口耳相传，也有些被记载于碑刻或书籍上。其传播形式多样，传说故事历史悠久，有广泛的传播群体，已知的主要传承人有以下诸人。

一、磨石口传说传承人

曹玉兴（已故），石景山庞村人，是石景山民间故事传承人中最具代表性的讲述人。他原住在永定河边的庞村，能讲十几个永定河传说故事，后搬到磨石口居住。他在庞村时就听到过关于磨石口的一些传说故事，搬到磨石口后继续搜集磨石口传说。他非常好学，对石景山地区的民俗文化有一定的研究，并经常与磨石口村里的老人聊天，将搜集到的磨石口传说故事整理后送到区文化馆。2009年，他已96岁，很多传说都是他小时候听爷爷、奶奶讲的，如此算来，他讲述的一些故事在石景山地区起码已经流传了200多年。

二、磨石口传说研究者

1. 孙培元（已故），曾在法海寺文管所工作，先后收集整理了"南柯一梦法海寺""法海寺四柏一孔桥""康熙帝龙泉寺下棋"等传说，一些传说收录进《石景山传说》《石景山名胜掌故传说》等书刊。

2. 吕品生（已故），曾任石景山区文化文物局副局长。吕品生走遍了石景山区的山山水水，搜集整理了石景山区的民间传说、民间谚语、民谣等一大批民间文学资料；从国家图书馆和首都图书馆等处搜集、复印了许多与石景山区民间文化相关的资料，为石景山区的民间文化保护、传承及研究工作提供了许多翔实的资料。他搜集整理了八大处、磨石口、八角村、新古城、潭峪、天泰山等地区的传说故事。

▲ 石景山区少年儿童图书馆组织学生在京西五里坨民俗陈列馆用中英文讲述民间故事

3. 栗加有（已故），曾在石景山区政协工作，是磨石口村老户，祖上从医。他研究磨石口民俗文化和石景山历史文化多年，结集有《历代诗人与石景山》《蓟草庵文集》等书。

4. 于书江，30多年来一直坚持不懈地利用业余时间搜集石景山地区的民间传说、民谣、民谚等资料，参与石景山区民俗类书籍的编辑和文章的撰写工作，搜集的传说有"夏二奶奶施粥""傻汉子摔盆生千树"等。

▲ 左起：栗加有、何大炎、李新乐

磨

石

口

传

说

5. 李新乐，几十年一直坚持田野调查工作，研究石景山区民俗文化，参与石景山区各类民俗书籍的编辑和撰稿，三十余年风雨，走遍京西山水，采集石刻拓片近300张。有些传说故事就在碑刻上，而今，这些30多年前的石刻已经风化，因此他保留下珍贵的历史资料，如"宗永师梦游承恩寺""老太监温祥告御状"等。

6. 门学文，研究磨石口民俗文化，搜集整理了"范小人举香炉""宝三磨石口耍中幡"等，参与了石景山区许多民俗、民间文化书籍的编辑和文章的撰写工作。

▲ 周朝翰

▲ 李荣成

三、磨石口传说讲述者

1. 周朝翰，自2007年开始为石景山区申报磨石口传说，一直参与磨石口传说的讲故事活动，先后参加了石景山、门头沟区及北京市等地的多次故事会讲演。

2. 李荣成，原在公交总公司工作，现居住金顶街街道模式口西里。李荣成是石景山区民间故事会中的骨干成员，先后在社区、石景山区、门头沟区参加各类故事会活动，参加2014年北京故事会活动。

3. 尹航，从小学开始就参加石景山区举办的各种故事会演讲，7年来，她把故事带进校园，特别是每年的六一儿童节活动中，她都给同学们讲述"王老汉栽种河堤柳"的传说。

▲ 尹航

4. 李玉涛，广宁街道办事处公务员，带领区文化馆的老师到麻峪小学，为学校的师生进行演讲方面的业务辅导。作为公务员代表，他多次参加石景山区传说故事讲演活动，讲述"河堤柳的传说"等一些民间传说故事。

5. 马玉兰，石景山区居民，通过参与石景山民间传说故事宣讲活动，对民间传说故事产生了浓厚兴趣，多次参加故事演讲会。

▲ 李玉涛

6. 张嘉仪，2010年5岁半的时候通过老山街道的推荐，参加了"2010年石景山区民间传说故事会暨第五届中国文化遗产日""端午节主题宣传活动"，讲述了石景山的传说故事"小梁王考场遇岳飞"。她是该活动中年龄最小的参赛选手，从此，她对讲故事萌发了浓厚的兴趣，多

▲ 马玉兰

次参加石景山区的民间故事会。

7. 李东红，社区工作者，从2010年开始参加民间故事会演讲，讲述过"四照谷与神马驹"等传说。

8. 田雨萱，从小就喜欢讲故事，5岁开始就在区文化馆学习表演、朗诵。2010年6月，在石景山区"文化遗产在我身边"主题活动中，她讲述了石景山区民间传说故事"范小人古村举香炉"，把主人翁范小人演绎得惟妙惟肖、扣人心弦。

9. 吴成龙，石景山区驻区武警部队指导员，自2010年开始，多次参加石景山区民间故事演讲活动。

▲ 吴成龙

磨石口传说讲述者一览表

讲述人	性别	民族	出生年	学历	住址	备　注
曹玉兴	男	汉	1913年	无	模式口村	儿时听长辈讲述
吕品生	男	汉	1927年	高中	鲁谷	在20世纪80年代听曹玉兴讲述
孙培元	男	汉	1929年	小学	八角	曾在法海寺工作，听磨石口村民讲述
李新乐	男	汉	1946年	大学	古城	经常到磨石口村调查，听村里人讲述
门学文	男	汉	1957年	大学	杨庄	多次到磨石口村采访，听老人讲述
栗加有	男	汉	1941年	高中	磨石口村	磨石口村老人，小时候听长辈讲述

讲述人	性别	民族	出生年	学历	住址	备　注
杨金凤	女	汉	1957年	大专	古城	石景山区文化馆干部
于书江	男	汉	1943年	大专	苹果园	中学退休教师
王春梅	女	汉	1970年	本科	八角	石景山区文化馆干部
于贵斌	男	汉	1934年	高中	重聚园	农委退休干部
王占岭	男	汉	1945年		琅山村	
高凤谦	男	汉	1941年	小学	磨石口村	
李永德	男	汉	1936年	小学	福寿岭	石景山区卫生院退休干部
王维长	男	汉	1934年	无	申王府	首钢烧结厂退休工人
仲德钧	男	汉	1929年	无	磨石口村	
周朝翰	男		1941年		磨石口村	
李荣成	男		1950年		磨石口村	
尹航	女	汉	1999年		八角社区	石景山区实验中学学生
李玉涛	男	汉	1964年			广宁村街道办事处
马玉兰	女		1964年			铸诚集团任销售部经理
李东红	女		1965年		八角街道	杨庄中区社区居民
张嘉仪	女		2004年			石景山区景山学校远洋分校学生
田雨萱	女		2002年			石景山区古城二小学生
任媛	女	汉	1978年	大学	磨石口	磨石口居委会干部

第二节　磨石口传说的保护

　　在关于磨石口的传说中，很大一部分是附着在磨石口古村落、古寺庙和明代珍贵壁画等物质基础上的，对磨石口整个村落的整体保护，是磨石口传说得以传承的基本条件。如今，磨石口（模式口）大街已经被公布为第二批北京市历史文化保护区。而"磨石口传说"于2009年被列入第二批市级非物质文化遗产代表性项目。

一、对传说相关文物的保护

　　在磨石口保护工作上，历史上既有过专家学者，也有过普通百姓。沈雁冰（茅盾）就亲自签署过公函保护法海寺壁画。1950年，中央美术学院教授叶浅予先生参观法海寺时，发现法海寺的正殿是士兵宿舍，壁画上钉了几个钉子，有受损危险。叶浅予先生便很快给文化部文物局写信，提出保护文物的意见。

▲ 全国重点文物保护单位法海寺标志碑

在石景山区档案馆里有一份中央人民政府文化部部长沈雁冰于1950年4月18日亲自签署的公函：

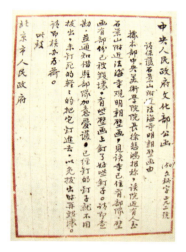

▲ 沈雁冰签署的中央人民政府文化部公函

▲ 沈雁冰信函（石景山区档案馆提供）

1956年，郭沫若和当时的北京市市长彭真来到翠微山下的磨石口处理永定河引水工程中发生的塌方事故。郭沫若到法海寺看了壁画，他认为法海寺壁画是和敦煌莫高窟、芮城永乐宫壁画一样珍贵的艺术珍品。1957年，法海寺被列为北京市第一批文物保护单位之一。

吴效鲁老人保护法海寺壁画的事迹在民间广为流传。吴效鲁曾是北京九中的教工，负责学校的宿舍管理，同时，他也一直义务保护着壁画，没有分文报酬。在"文化大革命"期间，他与红卫兵斗智斗勇，有效地保护了法海寺的壁画。他掌管法海寺大殿钥匙二三十年，直到晚年病重才下山，终年74岁。

对磨石口地区的保护，著名学者舒乙也作出了极大的贡献，他为如何保护磨石口街区、法海寺、承恩寺等提出了许多切实可行的意见和建议。

编号	名　　称	所在地	保　护　理　由	备　考【使用单位】
31	西山八大处（长安寺、灵光寺、三山庵、大悲庵、龙王堂、香界寺、宝珠洞、证果寺）	石景山区	各庙保存明代（1368—1644）清代（1644—1911）建筑法式，又遗存一些明代的精美塑象。	园林局
32	法海寺	石景山区模式口	明正统四年（1429）建，大殿座上存有明代完整壁画，艺术价值极高。	
33	冰川擦痕	石景山区模式口	为数十万年前的冰川遗迹，是华北罕有的科学实物资料，尤其是北京史前期的重要发现。	

▲ 1957年北京市第一批文物保护单位名单（石景山区档案馆提供）

二、对磨石传说的收集整理

20世纪80年代初，石景山区文化部门对磨石口传说进行了新中国成立后的第一次搜集整理，部分传说收入《石景山传说》。2007年，石景山区文化委员会为磨石口传说申报开展了再次的田野调查和搜集整理工作，成功将磨石口传说申报为北京市级非物质文化遗产项目，同时开展了多种形式的传承保护工作。

1. 1998年，石景山区文化馆组织普查搜集"石景山晾经台和卧牛山的传说""滚金炕"等石景山地区传说故事32篇。

2. 2006年6月，"石景山区首届中国文化遗产日"举办。展演主办单位是中国民俗学会、石景山区文化委员会、古城街道办事处。

3. 2007年，石景山区非遗办工作人员从区档案馆复印搜集各类传说资料30多篇，增加和充实了《磨石口传说》申报资料。

4. 2007年6月9日，由区文委主办，区文化馆、法海寺等文物保护

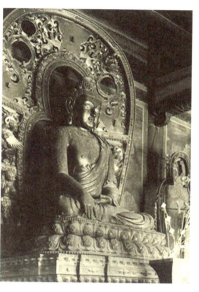

▲ 被砸毁前的法海寺三世佛和天王塑像

▲ 被砸毁前的大雄宝殿内罗汉塑像

▲ 舒乙（左）在磨石口考察

▲ 收录有磨石口传说的书籍

单位承办的"石景山区第二届中国文化遗产日"活动在八大处公园举行。活动内容包括非物质文化遗产保护工作项目展演、非物质文化遗产保护工作图片展、民族民间手工艺品展示、传说故事演讲等。

5. 2008年6月14日，由区文委主办，区文化馆、图书馆、少儿馆承办，区园林局、古城街道

▲ 第三个中国文化遗产日宣传展示活动上石景山区民间传说故事会现场

办事处协办的"中国文化遗产日，石景山区民间传说故事会"在古城公园举办。副区长付生柱等领导出席，千余人参加，共演讲故事12个。同时举办"石景山区非物质文化遗产保护工作展览"，现场展出了30块非物质文化遗产宣传展板。

6. 2009年6月，石景山区"中国文化遗产日"宣传活动在区图书馆举办。宣传活动突出表现了石景山区的地域文化特色，部队、学校、机关、社会的十余位故事员讲述磨石口传说及石景山区域内的其他传说。

7. 2010年6月，由石景山区文化馆承办的"文化遗产在我身边，2010年石景山区民间传说故事会暨第五届'中国文化遗产日''端午节'主题宣传活动"在古城公园举行。共21名故事员参加，评选出成人组和少儿组优秀故事员。

8. 2011年和2012年的"中国文化遗产日"活动在法海寺举办，李荣成等十几个故事员登台讲述了磨石口传说。

▲ 第五届"全国文化遗产日活动"部分参赛故事员

▲ 传说故事图片在古城公园展出

9. 相关机构还先后在社区、学校、区图书馆、区少年儿童图书馆设立了民间传说传承基地。

石景山区少儿图书馆在传承教育活动中，针对本地区和外来打工子弟的少年儿童群体，开展以石景山区民间传说为课题的保护、传承、教育、开发、创新工作，从非物质文化遗产概念、价值、传说故事等方面进行生动形象的展示和传播，同时结合中华民族传统文化、民俗、礼仪等开展综合性教育。他们先后采取了"听故事活动"，即请专家和荣誉队员讲解、诠释故事；"体验讲故事活动"是以"荣誉宣讲员"为种子，以点带面壮大队伍，开展讲故事展演和比赛；"演故事活动"是把故事搬上舞台，由区文化馆业务干部对其进行辅导。"画故事活动"就是把石景山区的民间传说故事用儿童绘画等漫画形式进行诠释。

石景山区图书馆的民间传说故事传承教育基地主要针对成人，社会成员为不同阶层的人员（公务员、社区居民、驻区部队、在校大学生、来京务工人员、其他社会人士等），宗旨是使其了解石景山区的优秀传统文化，热爱石景山区的山川热土，激发热爱家乡、建设家乡的情怀，推动石景山区的各项建设事业。

10. 石景山区实验小学，针对小学生学习英语的难点，将石景山区的民间故事由石景山区居民龚彪翻译成英语，让孩子们在故事中学习语言，同时以故事剧的形式，激发孩子的学习兴趣。

▲ 舒乙在中国文化遗产日宣传活动上讲话

▲ 民间故事展板在承恩寺非物质文化遗产传承基地展出

11. 进行项目的基础工作和数据库的建立，拓展网络等宣传渠道，进行项目的对外宣传，并在磨石口的承恩寺建立了全区传说讲述交流基地，在磨石口居委会建立了磨石口村的传说传播基地。

▲ 石景山区少儿馆员辅导读者讲传说故事

随着城市化的推进，磨石口这个古老的村落也在发生着变化。为了把磨石口古镇旧时的街市情形完整地记录下来，石景山区老干部局原局长乔守恂多次协同画家何大齐一起，对磨石口古村落过去的店铺和建筑进行实地考察，由何大齐先生精心绘制了40米长的磨石口市井图长卷，为磨石口传说的物象记录留下了宝贵的资料。

▲ 龚彪将部分石景山民间传说译成英文

随着京西大文化概念的推广，石景山区工作人员先后到与北京交界的河北涿鹿和涿州及市内的大兴区、门头沟区联手搜集民间故事，并携手举办各类弘扬民族文化的研讨及演出活动。2013年，在门头沟举办了石景山演出专场，石景山区的故事员讲述了"永定河传说""磨石口传说"，为传播民间文学中的民间传说开拓了新的渠道。

▲ 石景山区与门头沟区联合举办民间故事会

磨石口传说在一定程度上弥补了正史的不足，形象地表现了劳动人民的聪明、智慧、勤劳、勇敢以及在社会发展与进步中的重要作用，再现了人文历史风貌，反映了磨石口地区寺庙、宦官墓园等精美古建的形成与变迁。同时，经过文人加工与百姓口口相传的民间故事更生动、形象，更有利于代代传承，更具有人文价值。

但是，我们必须看到磨石口传说的濒危状况：一是了解磨石口传说的人在逐渐离世，健在的大多年事已高；二是随着经济的发展，外区人、外地人大量涌入以及"农转居"的完成，人们的生产方式、生活方式和意识形态发生了重大变化，磨石口古朴的民俗风情延续遇到困难，失去了民间故事生存的环境和根基；三是民间文学，尤其是以

▲ 模式口居委会组织暑期磨石口传说故事会

▲ 古城街道组织的传说演讲活动合影

▲ 中国文化遗产日宣传展示活动中，向民间传说传承教育基地颁发牌匾

口传心授的形式传承下来的民间故事，在高科技迅速发展的今天，已渐渐不再是人们喜闻乐见的文学样式，民间故事正在逐渐淡出历史，甚至可能会自行消亡。为此，今后要进一步做好磨石口传说的挖掘、整理和活态传承工作，把传说丰富的人文内涵转化为资源，这对打造石景山区的地域文化特色，把石景山区建设成首都西部文化、休闲、娱乐服务区，具有十分重要的历史文化意义。

〔明〕沈榜：《宛署杂记》，北京出版社1962年版。

〔清〕富察敦崇：《燕京岁时记》，北京古籍出版社1981年版。

〔清〕于敏中等：《日下旧闻考》。

〔清〕周家楣、缪荃孙等：《光绪顺天府志》，北京古籍出版社1987年版。

温功义：《明代宦官》，紫禁城出版社2011年版。

中国民间文学集成全国编辑委员会、《中国民间故事集成·北京卷》编辑委员会：《中国民间故事集成·北京卷》，1998年出版。

祝重寿：《中国壁画史纲》，文物出版社1995年版。

中共北京市石景山区委宣传部、北京市石景山区文化委员会：《石景山名胜掌故传说》，同心出版社2002年版。

政协石景山区委员会：《石景山文史资料》，2001年出版。

　　磨石口是个好地方，名副其实的地灵人杰。

　　站在磨石口村北的蟠龙山上，东望京城，西观永定河；南有百年之久的钢铁企业——首钢；西北是连绵起伏的山峦，可谓是西接太行，东连帝都。于山上往下俯首，便是磨石口古老的村落和法海寺、承恩寺等寺庙。一条古道穿村而过，盘桓在历史的年轮中，伴着蟠龙山的松涛，诉说无数神秘的故事。

　　"磨石口"这个名字，古老而朴拙。老舍先生在他的名著《骆驼祥子》中多次提到祥子经过磨石口的情形："一闭眼，他就有了个地图！这里是磨石口——老天爷，这必须是磨石口！——他往东北拐，过金顶山，礼王坟，就是八大处；

从四平台往东奔杏子口，就到了南辛庄。"除了磨石口，老舍先生在书里还提到了21处地名，都以磨石口为中心。后来老舍先生的夫人胡絜青来磨石口，看法海寺壁画，赏古街、古井、古碾盘，老舍先生的儿子舒乙更是对磨石口产生了浓厚的感情，一地缘，两代情，结在磨石口。此外，著名史学家侯仁之、史树青，著名诗人贺敬之、作家魏巍等都先后来过磨石口。

石景山区曾经出版过《京西古道模式口》一书，书中有胡絜青先生题词："古道沧桑"；侯仁之先生题词："古道寻根，叶茂花容"；史树青先生题词："蓟丘遗址睡多年，识得城依石景山。考献征文欣有获，宁台磨室信堪传"；贺敬之题词："京西古道的回顾"；魏巍题词："古道新颜"。

磨石口还是个民俗文化丰富的村落，民间舞蹈太平鼓有几百年的历史传承，至今90岁以上的老人还能击鼓起舞。京畿之翼的磨石口是被文风古韵浸染着的地方。如今，在模式口社区居委会组织的故事会上，孩子们听得津津有味，他们今天是听者，未来就是传播者。

《磨石口传说》一书能够出版面世，非常感谢北京市文化局和北京非物质文化遗产保护中心对古都北京优秀民族民间文化遗产的高度重视，感谢石景山区文化委员会对民间文学普查工作的长抓不懈，感谢石景山区文化馆和模式口社区居委会的多方支持。同时感谢何大齐、于净波提供的绘图及石景山区文化委员会文物科提供的照片，感谢乔守恂、门文学、李新乐、于书江、任媛、王春梅、杜建坡等同志的支持和帮助。同时，书中收录的部分传说来自以往石景山区编著的一些书籍，

　　优秀的民间文化遗产，是涵养人们精神世界的食粮，是石景山区文化事业发展的精神财富。这样一笔宝贵的财富，希望不要沉入历史的长河。当今，城市化进程急速推进，网络、微信等传播媒介越发普及，口耳相传的文化遗存面临着从未有过的濒危局面，诚望民间传说这一传统文化形式，在当今文化大发展大繁荣形势下，能够起到珍珠光耀的作用，虽不耀眼，却存璀璨。

杨金凤